여성동학다큐소설
청산편

해월의 딸, 용담할매

성동학다큐소설
산편

해월의 딸, 용담할매

고은광순 지음

도서출판 모시는사람들

상남자, 상녀자가 거기 있었다

1950년대 중반에 6형제 중 넷째 딸로 태어나 가정과 사회에 만연한 여성 차별상에 분노하며 자랐다. 1999년부터 2005년 호주제가 폐지될 때까지 한국 사회의 여성 차별 의식과 열심히 싸웠다. 남성들의 엄청난 저항에 부딪히면서 차별을 당연시하는 한국 남자들의 찌질함이 일제강점기에 본격적으로 시작되었다는 것을 알게 되었다. 일제 강점 후 많은 사람들이 성씨와 족보를 조작하는 등 남성 중심의 양반 흉내놀이를 했기 때문이었다.

그렇다면 일제 강점 이전에는 어땠을까 궁금했다. 파고들어 가 보니 일제 강점이라는 큰 산을 넘자마자, 수백만의 입도자가 있었고 수십만의 혁명군이 움직였다는 동학의 물결이 있었다. 이들은 한반도 역사 속에서 가장 진화한 철학을 가지고 있었던 사람들이었다. 그들은 양반과 상놈, 여자와 남자, 부자와 가난한 자, 어른과 아이 등으로 나뉘는 모든 차별을 거부했다. 그들은 자기 안에 귀한 하늘이 있는 것처럼 다른 존재들 안에도 귀한 하늘이 있다는 것을 알았다. 사랑으로 함께 나누는 공동체를 꿈꾸며 한 걸음 한 걸음 나아갔던 그들이야말로 개벽세상, 유토피아를 준비하던 사람들이었다. 상남자, 상녀자들이 거기 있었던 것이다.

그런데 2012년 귀촌을 결정하고 서울 생활을 정리한 뒤 자리 잡은 청산이 바로 1894년 동학혁명 기포를 결정한 본부가 있었던 곳일 줄이야…. 운명적으로 내 손에 들어온 도종환의 『정순철 평전』을 통해 해월의 딸 최윤과 그녀의 아들 정순철을 만났다. 그들이 만들어 간 역사가 나를 또다시 전율케 했다. 하늘이 나에게 또다시 귀한 숙제를 주셨다고 생각했다.

여성 차별 철폐 운동을 계기로 관심을 갖게 된 동학이었지만 귀하고 아름다운 말씀을 들려주셨던 명상 스승도 동학 접주의 외손주였고, 강연을 하며 알게 된 〈한살림〉도 동학에 뿌리를 두고 있었다. 청산으로 귀촌한 것은 마치 동학소설을 쓰기 위해서인 것 같았다. 동서남북에서 동학이 내게 달려들었다. 마침 동학에 미쳤다는 세간의 평을 듣고 있는 박맹수 교수님이 도와주시겠다고 흔쾌히 편을 들어주셔서 겁도 없이 큰 계획을 세우게 되었다. 동학 때문에 30년 가까이 전국을 누비고, 다시 일본에서 4년을 공부하신 박맹수 교수의 생생한 자료들을 소설에 녹이고, 사실성을 부각시키기 위해 다큐소설 형식을 취하기로 했다. 다큐소설이니 찾아낸 사실에 약간의 창작을 가미하면 될 것이라며 주변의 인권사회운동가, 명상지도사, 국어 교사 등 여성들을 잡아끌었다. 그렇게 모인 15명의 여성들이 여성적 시각으로 새로운 각도에서 동학을 조명해 보고자 했다. 2013년 말에 시작해서 동학혁명 두 갑자를 지난 2015년까지 동학언니 14명은 동학에 파묻혀 살았다.

매일 아침 동학 심고와 주문 공부, 단체 답사와 개인별 답사도 병행했다. 기도를 하면서 울고, 답사를 다니며 울었다. 헐벗고 굶주린 채 닳아진 짚신 발이나 맨발로 추운 겨울 산속을 쫓겨 다녔을 그들을 생각하며…. 보따리 하나 달랑 들고 추격을 피해가며 30여 년을 조직 사업에 매달렸던 해월을 생각하며…. 쓰러져 가는 동료들의 시체를 밟고 끊임없이 관군과 일본군의 총구 앞에 나아가는 것을 기쁘게 선택했던 동학군을 생각하며…. 남겨진 처자식들의 처절한 고생을 떠올리며 울고 또 울면서 글을 썼다. 기도하면서 떠올랐던 영상이나 꿈에서 듣고 보았던 소리와 정보들도 확인 후에 이야기 속에 집어넣었다. 최윤이 고문당하는 장면은 40년 전 박정희 군사정권 시절에 대학생이었던 내가 당했던 그대로를 적었다.

글을 써내려가면서 동학의 동(東)이 서에 대칭되는 동일 뿐 아니라 빛, 광명, 생명을 뜻한다는 것, 해월이 34년을 도망 다니면서 조직 사업을 한 것은 무력을 통해서가 아니라 깨달음을 통해 새로운 세상을 이루기 위해서였다는 것, 동학에 입도한 사람들의 숫자는 우리나라 전체 인구의 1/3~1/4이 될 정도로 엄청난 숫자였다는 것, 혁명 직전 그들은 2년여에 걸쳐 합법적 통로를 통해 동학 공인과 자주적인 정부 정책을 실현하려고 무진 애를 썼으나 조정으로부터 모두 무시당했다는 것, 남접과 북접이 대립적으로 존재했던 것이 아니며, 4월 이후 충청권에서도 계속 움직임이 있었고 8월에는 경상도 지역에서 광

범위한 저항이 있었다는 것, 적과 싸우더라도 생명을 빼앗지는 말라는 등 동학농민군의 사대명의, 12개조 기율에 대해서는 일본 지식인들조차 탄복했다는 것, 고부 군수 조병갑과 그의 사돈 이조판서 심상훈은 동학혁명의 처음부터 끝까지 치명적으로 관련된 철저한 기득권지킴이였으며 민초들에게는 혁명의 걸림돌이었다는 것, 부와 권력을 가진 탐욕스러운 자들은 그것을 지키고 불리기 위해서 동족도 쉽게 죽이고 나라도 쉽게 팔아먹더라는 것, 일본은 일찍부터 조선에 스파이를 파견해서 엄청나게 많은 정보를 이미 파악해 놓고 있었다는 것, 이미 1888년 조선 팔도 전체를 정확하게 측량해 만든 전도(全圖)를 마련했으며, 1889년 성능이 뛰어난 신식 무기를 자체 생산하여 무력을 확보한 뒤에는 조선과 중국을 집어삼키기 위해 서양의 다른 제국주의 국가들처럼 눈이 빨갛게 되어 있었다는 것, 동학군 진압을 위해 파견된 제19대대 대대장, 동학당정토대 총지휘관 미나미 고시로(南小四郎)는 메이지유신에 반대한 일본 민중들을 살육 진압했던 경험이 풍부했던 자라는 것, 일본 천황이 대본영을 히로시마로 옮겨 군부와 정부의 직접 지시로 조선 동학군을 탄압했다는 것, 그들은 동학 관련 문서들을 악착같이 수집하여 일본으로 가져갔다는 것, 일본군 3천 명이, 병사 1인당 죽창을 든 농민군 200~300명을 대적할 수 있는 무력으로 두 달간 3만~5만 명 정도의 동학군을 대량 학살했다는 것, 살아남은 동학도들이 3 · 1운동의 주역이 되었고 그때 각성한 젊은 사자들이 일제강점기 내내 독립운동을 위해 사투를 벌였다는 것, 동학의 2세, 3세들이 새로운 세상을 위해 새로운 사업을 벌여 나갔다는 것, 타력으로 얻게 된 광복 속에서 강대국의 야심 때문에 한민족은 치명적인 분단을 맞게 되고 그 골은 지금까지 점점 깊어져 왔다는 것을 알게 되었다. 그리고 내가 어렸을 때 어른들이 왜 '글깨나 쓰고 말깨나 하는 똘똘한 놈들은 모두 좌익이 되었다'고 하면서 쉬쉬했는지, 똑똑한 젊은이들이 월북하고 납북되었는지를 분명히 알게 되었다.

무엇보다도 21세기에도 풀리지 않고 있는 한반도 분단의 시발점은 19세기 말, 무력으로 조선을 강점한 일본의 탐욕이라는 것을 알게 되었다. 그리고 현재 세계의 평화를 위협하는 것 역시 강대국의 무기 산업이라는 것을 알게 되었다. 전쟁 때문에 무기 공장이 가동되는 것이 아니라 무기 공장으로 이익을 보는 자들 때문에 전쟁이 생긴다니…. 이 우주에서 가장 어리석고 가장 부끄러운 짓이 인명 살상용 무기를 만들어 내고 그것을 소비하는 것이다. 소설을 쓰고 나서 나는 '평화어머니' 활동을 시작했다. 이번 소설 작업이 톱니바퀴처럼 물어다 준 또 하나의 숙제다. 동학군들이 뒤에서 힘을 보태 주실 것을 믿는다.

끝으로 소설을 쓰면서 도움 받은 많은 자료와 증언들의 출처를 일일이 밝히지 못하였음을 너그러이 이해해 주시기를 바라고, 13권 우리 옥동녀들 출산을 도와주신 도서출판 모시는사람들의 박길수 대표를 비롯한 직원들과 펀딩에 참여해주신 후원자 님들께 무한감사를 드린다. 책에 제시된 날짜는 음력임을 밝힌다.

2015년 가을 청산에서 고은광순

차례

해월의 딸, 용담할매

1. 어마, 돌나물이 신기하네

여섯 살 윤이

겨우내 휘몰아치던 칼바람이 슬그머니 자취를 감추더니 북쪽의 흰봉산과 도솔봉에 더 많은 햇살이 머무르고 높은 하늘에서 새소리가 살아나기 시작했다. 집 뒤의 삿갓봉에서는 다다다다닥 부지런한 딱따구리가 새집을 장만하는 모양이다.

나뭇가지에 물이 올라 연둣빛으로 변해 가고 지난가을부터 가지 위에 쌀알만 하게 달려 있던 눈이 커지기 시작했다. 봉오리의 노란빛이 진해지더니 개나리가 피었고, 분홍빛이 진해지더니 진달래가 피었다.

날씨가 따듯해지자 윤이는 부쩍 밖에 나와 노는 시간이 많아졌다. 김 씨는 마당 한쪽의 흙을 손가락으로 헤치며 윤에게 와서 보라고 했다. 김 씨가 흙을 헤친 곳에는 연둣빛 싹이 뾰족이 드러났다.

"아아…."

윤이는 그 말뿐. 입을 벌리고는 동그란 눈으로 김 씨를 쳐다보았다

"왜?"

"얼마 전까지도 여기에 눈이 덮여 얼어 있었는데…."

"빨래터 큰 바위 옆 소나무도 이렇게 조그맣게 시작했단다."

"어엉? 저 큰 나무들도 이렇게 작게 시작했던 거라구요?"

"그럼!"

"아웅… 세상에… 그렇구나!"

그러고 보니 울타리 밖 양지바른 곳에도 이미 흙 위로 돋아난 싹들이 지천이었다.

"내일이라도 윤이랑 나물을 뜯으러 성지골이나 구지막골로 가 볼까 봐요."

연화가 파를 다듬다가 일어나 치마폭의 흙을 털며 말했다.

"그래 배나무골이랑 생양재에도 참나물, 취나물, 고사리가 많이 난다더라."

"엄니, 그런데 윤이는 다른 애들이랑 참 많이 다른 것 같아요."

연화는 열네 살이나 어린 동생을 사랑스러운 눈빛으로 바라보았다.

"너 닮지 않았느냐?"

김 씨는 연화를 보고 미소 짓다가 가는 한숨을 내쉬었다.

배연화, 최덕기(아명 솔봉), 최윤….

모두 자기가 낳은 자식이다. 김 씨는 연화 아버지 배 서방과 살던 때를 떠올렸다.

연화 아버지 배 서방의 죽음

배 서방은 부모 때부터 영월 윤 진사의 노비였다.

김 씨는 농민의 딸이었지만 아버지가 병으로 쓰러져 농사를 못 짓게 되자, 경신년(1860) 봄에 딸이라도 굶지 말라며 윤 진사네 노비 배 서방에게 인연을 맺어 주었다.

배 서방은 외거노비로 살 수 있도록 청을 넣어 가까운 곳에 나가 살게 되었다. 삼 년 동안 아이 소식이 없더니 4년째에 아기가 들어섰고, 갑자년(1864) 정월에 드디어 딸아이가 태어났다.

배 서방은 기다리던 아이여서 그랬는지 시도 때도 없이 들여다보며 예뻐하였다.

아기 우는 소리가 들리면 하던 일을 제쳐 놓고 뛰어와 아기를 안고 나갔는데 여름에 연꽃이 만발한 연못으로 데리고 나가면 아기는 울음을 멈추고 깔깔대고 웃었다. 이것이 아기 이름을 연화로 지은 까닭이다.

몇 해 전 윤 진사는 중국에 다녀오는 역관에게서 뜨거운 여름에도 덩굴을 따라 꽃을 피운다는 귀한 나무를 선물 받았다. 능소화나무라고 했다. 몇 년은 잎을 피워 덩굴을 올리더니 3년쯤 되자 꽃을 피우기 시작했다. 봄꽃들이 우르르 폈다가 다 지고 푸른 나뭇잎조차 축 늘어지는 뜨거운 여름이 되었는데 과연 능소화는 제철을 만난 듯이 꽤 커다란 주홍색 꽃을 탐스럽게 피웠다.

윤 진사는 집을 찾는 손님들에게 중국 황족들이 즐기는 꽃이라며 거들먹거렸다.

연화의 재롱이 점점 늘어날 때쯤, 배 서방은 꽃을 좋아하는 딸을 위해 봄에 능소화 줄기 하나를 베어다가 울타리 밑에 심어 두었다.

줄기가 점점 자라나 연화가 다섯 살이 되었을 때 꽃이 피기 시작하더니 이듬해에는 울타리를 쑥 넘어 올라 꽃이 피었다.

연화는 아침에 눈을 뜨면 문을 열어 꽃부터 보려 들었고 딸의 웃음에 배 서방의 입은 귀에 걸렸다.

어느 날 윤 진사가 말을 타고 시회에 다녀오다가 배 서방네 울타리 위로 핀 능소화를 보게 되었다. 그는 말머리를 관아로 돌렸다.

연화를 나무 그늘에 앉혀 놓고 김을 매던 배 서방 내외는 멀리서 육모방망이를 들고 달려오는 포졸들을 기이하게 바라보았다.

그런데 그들은 점점 자기들을 향해 오고 있는 게 아닌가.

육모방망이 패들은 다짜고짜 배 서방을 포승줄로 꽁꽁 묶어 관아로 끌고 갔다.

수령은 영문을 모르고 무릎을 꿇린 채 안절부절못하는 배 서방을 향해 호령했다.

"네가 윤 진사댁 머슴놈 배가냐?"

"그… 그런뎁쇼."

"네가 윤 진사댁 귀물을 훔쳤다는 게 사실이렷다!"

"예? 무슨 말씀을…. 도무지 그런 일은 없사옵니다."

"그럼 네놈 집 담장 위로 솟았다는 능소화는 어찌 된 것이냐?"

"아, 예…. 그건 우리 딸이 꽃을 하도 좋아해서 몇 년 전에 작은 가지 하나를 베어다가 꽂아 둔 것이 그리 큰 것이올시다."

"이놈아, 그 꽃이 무슨 꽃인 줄 아느냐? 그 꽃이 양반 꽃이니라.

너 같은 천한 상것들 보라고 피는 꽃이 아니란 말이다. 네놈들 즐기라고 윤 진사가 중국에서 어렵사리 모셔왔겠느냐 말이야! 당장 저놈 볼기를 쳐라!"

형리들은 형틀 위에 묶인 배 서방의 바지를 벗기고 양쪽에서 볼기와 넓적다리에 곤장을 내리치기 시작했다.

"하나요."

"악!"

"둘이오."

"셋이오."

"넷이오."

엉겁결에 벌어진 일에 아야 소리 하느라 잠시 정신 줄을 놓았던 배 서방이 서너 대 매질을 당하고서야 이러다 죽겠다 싶어 겨우 숨넘어가는 소리를 내놓았다.

"잠깐만요, 나으리. 나무를 뿌리째 뽑아 간 것도 아니고 가지 하나 잘라다가 심어 키운 것이 무어 그리 큰 죄라고 이러십니까요, 나으리…."

"어허… 저놈 주둥이질 좀 보게. 아니 조선의 근본은 강상의 도에서 시작된다는 말도 못 들어 보았느냐? 이놈이 아직도 정신을 못 차렸구나. 하기사 너 같은 놈들이 삼강을 알겠느냐, 오륜을 알겠느냐. 쯧쯧…. 가끔 상놈들이 양반 흉내를 내느라 쥐새끼처럼 숨어서 몰래 족보를 만드네 제사를 지내네 하는 놈들이 있더라만, 발각이 나는 순간 관에서 잡아다가 죽도록 물고를 내는 이유가 무엇인 줄 아느냐? 양반과 상놈은 그 근본이 다르기 때문이다. 하늘이 인간을 내실 때 양반이 시키면 아랫것들은 받자와 시키는 대로 하도록 애초에 그렇게 이치가 지어졌느니. 뱁새가 황새 흉내를 내려다가는 가랑이가 찢어지고 마는 것이다. 모름지기 송충이는 솔잎을 먹고 사는 것이 하늘이 정한 이치이며 그렇게 각자 하늘이 정해 준 이치대로 자기 본분을 지키면서 사는 것을 가리켜 강상의 도라 하는 것이다. 이놈아!"

다시 매질이 이어졌다. 곤장 몇 대에 피가 맺히더니 곧 살점들이 터져 나갔다. 뒤따라온 김 씨는 비명을 지르다가 혼절했고, 연화는 눈물 콧물 범벅이 되어 울면서 쓰러진 어미를 흔들어 댔다.

윤 진사는 배 서방이 집으로 돌아오기도 전에 하인을 보내 배 서방네 울타리 옆의 능소화를 뿌리째 파내어 가 버렸다. 업혀서 집으로 돌아온 배 서방은 장독이 올라 온몸이 펄펄 끓더니 보살핌도 소용없이 아내와 딸의 손을 한 번씩 잡아 주고는 며칠 뒤 저세상 사람이 되었다. 그 뒤로 그 집에서는 더 이상 아낙의 웃음도, 여자아이의 웃음소리도 들리지 않았다.

남편 배 씨가 그렇게 허망하게 돌아간 뒤 한동안 김 씨 모녀는 깜깜한 동굴 속에 갇힌 것 같이 살았다. 숨이 막히고 눈물만 쏟아졌다. 모녀는 하루 종일 몇 마디 하지 않았다.

정신을 추스른 김 씨가 연화의 마음을 돌리려 꽃을 따다 주어도 연화는 그전처럼 좋아하지 않았다. 그저 가만히 손에 올려놓고 이슬방울만 떨어뜨릴 뿐, 아버지의 목말을 타고 깔깔대던 연화도 이제 이 세상에서 사라져 버린 것 같았다.

기이하게도 배 서방이 떠난 지 얼마 뒤에 윤 진사가 말을 태워 준다며 안고 탔던 열 살 난 손자가 말에서 미끄러져 등이 굽어 버렸다.

또 4년이 지나고서는 마나님이 풍을 맞아 반신을 못 쓰고 자리보전을 하게 되어 버렸다.

그 집 하인들은 배 서방이 억울하게 잘못되어 이 집에 동티가 난 것이라고 수군댔는데, 그런 수군거림을 아는지 모르는지 하필이면 윤 진사는 연화 어미 김 씨를 불러다가 마나님 시중을 들게 하였다.

어느 날 김 씨가 마나님을 씻기고 있는데 이상한 느낌이 들어 뒤를 돌아보니 어느 결에 왔는지 윤 진사가 김 씨의 뒤태를 묘한 시선으로 훑고 있는 게 아닌가.

김 씨는 그길로 짐을 꾸려 친정으로 들어갔다. 그러고는 친정붙이들에게 개가 자리를 알아보아 달라고 부탁했다.

동학에 입도한 친척 오라비 권명하가 나이 차이는 조금 나겠지만 아주 인품이 훌륭한 분이 가족을 잃고 혼자 살고 있는데 어떻겠냐고 묻기에 어서 영월을 떴으면 좋겠다는 말로 대답을 대신했다.

어미가 서둘러 윤 진사 집을 떠나며 개가를 궁리하면서부터 연화는 더욱 말이 없어졌을 뿐 아니라 입술을 내밀고 볼이 부어 있었다.

갑술년(1874) 봄 단양으로 와서 새아버지를 처음 만난 날, 얼굴에 수염이 시꺼먼 새아버지라는 사람은 무릎을 땅바닥에 구부리고 앉아 연화의 손을 따듯하게 잡아 주었다.

"아가… 그동안 고생이 많았겠구나."

뜻밖에도 연화는 열한 살 큰애기답지 않게 그만 '으아앙-' 하고 어린 아기처럼 울음을 터트리고 어미 치마폭에 얼굴을 묻었다.

연화는 오랜만에 떠나간 아비의 눈빛을 다시 보았던 것이다.

그것이 벌써 9년 전의 일이다.

이곳 단양 도솔봉 아래 사는 날부터 연화는 예전의 모습을 다시 찾아 갔다. 어린 동생들, 솔봉이와 윤이도 생겨났다. 이젠 스무 살의 과년한 처녀가 된 연화는 11살, 14살 터울의 솔봉과 윤에겐 어머니 같은 누이요 언니가 되었다.

김 씨도 연화와 둘이 살 때엔 이런 행복이 다시 오리라 생각지 못했다. 새로 만난 남편은 한없이 어질고 부지런했으며, 찾아오는 이들이 많았지만 그들은 한결같이 점잖았다. 남편에게 무언가를 묻고 말씀을 듣는 표정들은 더 없이 부드럽고 온화했다. 돌아가는 사람들의 얼굴에는 한층 평화로운 미소가 감돌았다. 손님 뒤치다꺼리가 많아도 하나도 힘들지 않았다.

양식이 부족할 때는 물론이고 넉넉히 있을 때에도 남편은 가족이 먹는 것은 죽을 끓이라고 했다. 농사짓는 이들도 제대로 못 먹는데 양곡을 얻어먹는 처지에 쌀밥을 먹는 것은 옳지 않다고 했다. 먹는 것뿐일까. 입는 옷도 항상 무명일 뿐, 간혹 찾아오는 제자들이 비단이나 가는 모시로 만든 좋은 옷을 가져와 권해도 모두 물리치고 입지 않았다.

정해(1827) 생이니 남편은 처음 만났을 때 이미 48세였고 지금은 57세가 되었다. 그러나 김 씨는 처음이나 지금이나 여전히 남편이 쉬는 모습을 보지 못했다. 아니 남편이 잠들어 있는 모습을 본 기억이 없다. 집을 찾아오는 손님들은 대개 낮에 동네 어귀에서 머물다가 인적이 끊어진 밤이 되어서야 찾아왔다. 그리고는 새벽 동트기 전에 집을 떠났다. 남편은 항상 하루가 바뀌는 자시(밤 11시~1시) 사이에 청수를 떠 놓고 치성을 드렸다.

'지기금지 원위대강 시천주조화정 영세불망만사지(至氣今至 願爲大降 侍天主 造化定 永世不忘 萬事知)'

남편이 동학 스승 최제우로부터 동학의 도통을 이어받은 북도중주인(北道中主人) 해월 최시형이라는 것을 오라비로부터 듣기는 했으나 그때만 해도 그게 무슨 의미인지 알지 못했다. 북도중주인을 북접주인(北接主人)이라고 간단히 부르기도 했는데 이는 도를 전수 받던 당시 남편이 살던 곳이 최제우가 살던 용담의 북쪽에 있었고, 또 최제우가 해월에게 북쪽으로 세를 뻗치라고 그리 이름 붙인 것이라고 했다.

김 씨가 처음 그 주문 외우는 모습이 낯설어 놀라는 표정을 지었을 때 최시형은 조용히 설명해 주었다.

"내 나이 35세에 동학을 세운 수운 스승님을 만났지요. 주문은 그 가르침의 고갱이라오. '지극한 하늘 기운 지금 여기 크게 내리소서. 내 가슴속 하늘님 모시니 조화가 자리 잡고, 영원토록 잊지 않으니 만사가 다 깨달아지리라.' 이런 뜻이라오. 지금은 낯설어도 차차 이해가 될 것이오. 스승의 가르침은 내 차차 전해 드리리다."

그 뒤로 더 설명을 들을 필요가 없었다. 그는 말과 행동거지가 여느 사람들과 달랐다. 모든 존재가 안에 하늘을 모시고 있다며 아내인 김 씨와 연화 그리고 솔봉과 윤, 그를 찾아오는 제자들도 나이나 신분 가릴 것 없이 한결같이 그윽한 공경심으로 대하였다. 또한 집에 기르는 가축은 물론이고 풀 한 포기, 나무 하나까지 마치 귀한 사람이라도 되는 듯이 대하였다. '하늘 사람'이라는 것이 바로 저런 사람인가 하여 김 씨는 남편을 보면 자기도 모르게 머리가 숙여지고는 했다.

어느 날, 김 씨가 연화와 저녁 준비를 하고 있을 때 김연국이 해월을 모시고 목천에서 돌아왔다. 목천에서 도인들이 경전을 만들었다고 했다. 그로부터 몇 달 뒤에는 공주에서도 경전을 만든다고 하니 해월은 포덕하랴 경전 판각에 관여하랴 바쁘게 여기저기를 돌아다녀야 했다.

연국은 집으로 들어오자마자 부엌으로 들어왔다. 연화는 남정네가 부엌에 들어오면 못쓴다고 바가지로 물을 떠 주며 연국을 떼밀어 밖으로 내보냈다. 둘이는 오누이처럼 지내다가 언제부터인가 남다른 눈빛을 주고받게 되었다. 그 둘 사이를 못마땅하게 여기고 있는 건 김씨 부인이었다. 9년 전 처음 단양에 왔던 날 그때도 연국은 남편 곁에 있었다.

길에서 얻은 아들 김연국

공주 사람 이필제가 있었다. 해월보다 두 살 많은 그는 자기 말로 일찍이 수운의 제자가 되었다고 했다. 그는 날카로운 눈으로 몰락해 가는 양반 세상, 조선을 지켜보고 있었다. 각 고을마다 탐관오리의 횡포는 눈을 뜨고 볼 수 없었다. 이미 30~40년 전 사람 정약용이 애절양(哀絶陽)이라는 시를 지어 백성의 고통을 적나라하게 폭로하지 않았던가. 관속들의 수탈은 도무지 끝이 없었다. 죽은 사람, 갓난아기, 동네를 떠난 이웃, 거동을 못 하는 늙은이에게까지도 세금을 매겨 댔다. 세금을 독촉하는 관리가 떠난 다음에 방에 들어온 남자는 자기의 양물을 칼로 베었더란다. 정약용은 유배 간 동네에서 실제 일어났다는 이 이야기를 듣고, 고통 속에 죽지 못해 사는 백성들의 참상을 시로 썼다. 그러나 조정이나 고관대작들은 백성의 고초를 생각하기는커녕 매관매직으로 곡간을 채우기에 여념이 없었다. 돈을 받고 벼슬을 내주는데, 수시로 갈아 치우면 수시로 돈이 들어왔다. 돈을 주고 벼슬을 산 자들은 언제 자리가 뒤집힐지 모르니 빠른 시간 안에 본전 이상을 챙겨야 했다. 파는 놈이나 사는 놈이나 눈이 벌겋게 되었다.

그 통에 죽어나는 것이 백성이라, 걸핏하면 끌려가 매타작을 받고 가진 것을 빼앗겼다. 가는 곳마다 수령들의 탐학은 입에 단내가 나게 했고 발길 닿는 곳마다 백성들의 참상은 눈 뜨고 보기 힘들었다. '이 놈의 세상, 누구라도 나서서 확 뒤집지 않으면 안 되리라.'

이필제는 공주, 천안, 진천을 다니며 사람을 모았다. 그러나 밀고자가 있어서 진천 관아 공격은 실패로 돌아갔다. 간신히 몸을 피한 이필제는 학정에 시달리다 악에 받친 사람들이 넘쳐 나는 진주, 남해 인근에서도 사람들을 모았으나 역시 밀고자가 있어 진주 관아 공격도 실패했다. 든든한 조직, 믿을 수 있는 사람들이 필요했다. 그는 최시형을 떠올렸다. 착실하게 포덕을 하여 신망이 높다고 했다. 믿을 수 있는 조직은 그가 갖고 있다! 그는 영양 일월산 아래 살고 있는 최시형에게 사람을 보냈다.

최시형은 일언지하에 거절했다. 동학이 꿈꾸는 세상은 모두가 하늘마음을 품고 세상 만물을 하늘처럼 대하는 것이며 그런 사람이 많아져야 후천개벽이 되니 한 사람이라도 더 많이 포덕해야 할 때라고 생각했기 때문이다. 폭력으로는 세상을 바꿀 수 없다고 스승도 말씀하시지 않았던가. 이필제는 두 번째 사람을 보냈다. '좋은 세상 만들자고 동학을 세운 우리의 수운 스승님은 역적으로 몰려 참형을 당하셨다. 신원운동을 하는 것이 제자 된 도리가 아니겠느냐.' 간곡한 뜻을 전했으나 요지부동이었다. 세 번째 사람을 보내 거사의 필요성을 역설했다. '영해 부사 이정은 삼척 부사로 있을 때에도 탐관오리였고 영해부사로 와서도 생일날 떡국 한 그릇에 30금씩 거두어들인 무자비한 놈이다. 동학 도인들이 죽어나고 있다. 어쩌겠는가.' 역시 해월은 요지부동이었다. 네 번째 사람을 보냈다. '제세안민. 우리가 탐관오리들을 벌주면 조정은 매관매직의 농단을 혁파하고 백성을 다스림에 이전과는 달라지지 않겠는가. 그래야 개벽의 새 하늘이 엽전만큼씩이라도 열리게 될 것이다.' 다섯 번째 사람을 보냈다. '이미 많은 동학도가 가담의 뜻을 밝혔다. 3월 10일 수운 스승께서 참형당한 날에 맞춰서 영해 관아를 점거하고 부사를 징치하겠다. 어찌하겠는가?' 이필제는 해월의 마음을 집요하게 파고들어 흔들었다. 많은 도인들이 그에게 흔들리고 있는 터에 그의 제의를 언제까지고 물리칠 수만은 없었다.

해월은 마침내 고개를 끄떡였다. 거사일 전에 집을 떠나 영해 병풍바위 앞에서 천제를 지내고 결사 도록에 서명했으며 식량 지원을 위해 동분서주했다. 이미 많은 동학도들이 참여하고 있으니 그가 감당해야할 몫이 있었던 것이다. 거사일 직전, 해월의 양자인 준과 매부 임익서도 참여 의사를 밝혔다.

오륙백 명의 동학도들은 밤이 깊어지자 관아를 습격하고 무기를 탈취한 뒤 부사를 죽이고 죄수를 풀어 주었다. 이필제는 드디어 뜻을 이루고 관아 돈 150냥을 백성들에게 나누어 주었다. 이필제는 비로소 세력을 움직이는 귀한 경험을 얻었다. 이필제에게 이번 거사의 실제목표는 수운의 신원보다는 성공의 신화를 백성들에게 퍼뜨리는 것이었다.

이필제는 조령을 다음 목표로 그다음 문경, 괴산, 연풍, 충주 그렇게 여세를 몰아 조선반도를 휩쓸 생각으로 영해를 떠났다. 그러나 관리들의 반격 또한 만만치 않았다.

이필제는 영해 부사의 처단을 거사의 성공이라 여기며 자신감이 넘쳤지만, 해월에게 불어닥친 후폭풍은 참담하고 감당하기 어려운 것이었다. 양아들 준이를 포함한 수백 명의 동학도들이 추격해 온 관군에 잡혀 끔찍한 고문 끝에 처형당했다. 대구에서 참형당한 수운 스승님의 주검을 경주까지 모시고 올 때 힘썼던 매부 임익서도 희생되었다. 아내 손 씨와 두 딸의 행방도 알 수가 없게 되었다. 스승이 돌아가신 후 7년간 공을 들여 보석처럼 가꾸었던 동학도 백여 명이 처형되었고, 수백 명이 유배를 갔다. 마음속에 하늘을 모셔 개벽세상을 가져올 동학도들이 초토화되어 버렸을 뿐 아니라, 동학도는 이후로도 계속 끊임없는 지목을 받게 될 것이었다.

아, 이 일을… 이 일을….

관군의 집요한 추적을 피해 해월은 깊은 절망을 안고 소백산 골짜기를 탔다. 굶주림에 지쳐 죽을 고비를 넘기고, 비몽사몽간에 높은 절벽에 서서 뛰어내릴 생각까지 품었으나, 높은 뜻을 펼치고 멀리까지 도를 펴라(高飛遠走)는 스승님의 말씀이 마지막 한 걸음을 멈춰 세웠다. 스승의 인도가 있었던가, 하늘님의 감응이 있었던가. 영월 직곡리 박용걸의 집에 겨우 의탁하게 되어, 몸을 추스르며 49일 기도를 드렸다.

수운 스승이 살아 계실 때 49일 기도를 여러 차례 했지만 이렇게 치열하게 기도한 것은 처음이었다. 기도를 시작하자마자 통곡이 터져 나왔다. 자기의 과오로 희생된 도인들을 생각하며, 어린 나이에 참수를 앞두고 공포에 떨었을 아들 준이를 생각하며, 보석 같은 제자들을 한 사람 한 사람 생각하며 가슴을 쳤다. 어디로 갔는지 알 수도 없는 아내와 딸들을 생각하며 여인들이 겪을 고생을 생각하니 온몸이 무너져 내렸다. 자기가 겪는 시련이 원망스럽기도 했다. 다시는 이런 무모한 희생이 반복되게 하지 않으리라. 처절하게 처절하게 주문을 외우며 하늘의 가르침을 간구했다. 자기 안의 하늘이, 자기 안의 지혜가 커지기를, 커지기를…. 기도하는 내내 눈물이 멈추지 않았다.

기도가 끝난 뒤 해월은 제자들에게 우묵눌(愚默訥) 세 글자로 무저항 정신을 설했다. 우(愚), 우직하고 겸손하게…. 우공이 집 앞의 산을 옮긴 것처럼, 어리석어 보이지만 꾸준히 안으로 정진하여 내공을 다져서 공을 이루는 데로 나아가자. 묵(默), 잠잠하게 마음속으로…. 묵묵히 낮고 깊어져서 고요한 생각의 깊이를 더하자. 눌(訥), 말을 적게, 입을 무겁게…. 말을 앞세우지 말아서 허언과 장담에 쉽게 휘둘리지 않는 태산 같은 도인들이 되자.

해를 넘겨 49일 기도가 끝나는 정월 초닷샛날, 해월은 기도소를 마련하였던 영월 피골(稷洞) 도인 박용걸의 집에서 교조신원운동을 잘못 지도한 자신의 과오를 뉘우치는 제례를 올렸다. 서둘러서 해야 할 일은 피해자나 가해자나 모두의 마음속에 있는 분노의 지옥과 폭력의 유혹을 없애는 것이고 가슴속에 하늘을 키우는 일이다. 그것이 새 세상을 만들기 위해 가장 빠르고 가장 필요한 일이라는 것을 엄청난 희생을 겪고서야 크게 깨우치게 되었다.

이필제가 어설프게 영해 관아를 친 여파는 참으로 커서 관가에서는 동학도를 극히 무도한 폭도들이라고 낙인을 찍게 되었다. 그때까지만 해도 삿된 도를 따르는 무리로 업신여겨 왔지만 이제 관은 동학의 뿌리를 없애고자 혈안이 되었다. 그들의 집요한 추적으로 백두대간을 따라 저 멀리 강원도 인제에 피신해 살던 수운의 큰아들 세정이 체포되었다. 그는 양양옥에서 취조를 당하다 매질 끝에 사망했고(1872.5) 동학 도인들은 관속의 추적을 피해 지경을 넘어 이주하거나 화전민 무리에 섞여 들어야 했다.

바로 그즈음 해월이 인제 도인 김병내 집에 이르렀을 때 그곳에 기거하던 김 도인의 조카 김연순, 김연국 형제가 입도하였는데 그때 김연국(용진)의 나이가 16세였다. 해월이 김병내의 집을 떠날 때 김연국이 배웅을 나왔다. 한참을 지나 해월이 그만 돌아가라 해도 연국은 돌아가려 하지 않았다. 그렇게 십 리 길을 따라오던 김연국은 잠시 쉬는 틈에 해월에게 자기를 수행 제자로 받아 주십사 무릎을 꿇고 간청했다.

"어찌 나를 따르겠다는 것이냐?"

"저희 형제는 2년 전 부모를 잃고 지금 숙부 집에 얹혀살고 있지만 더 이상 폐를 끼치고 싶지 않습니다. 더욱이 선생님의 가르침이나 행하시는 것이 제가 그간 보고 듣고 겪지 못하던 것입니다. 선생님은 우물에서 물을 얻어먹을 때나 개떡을 나누어 먹을 때도 제게 먼저 주셨습니다."

결기가 서린 눈에 눈물이 차오르는 것을 보고 잠시 고개를 돌렸던 해월은 자리에서 일어나 연국의 손을 잡아 일으켰다. 그리고 오던 길로 발걸음을 되돌렸다.

"선생님, 어찌…."

"네 나이가 아직 어리니 숙부에게 가서 허락을 받아야 하지 않겠느냐."

그렇게 십 리 길을 되돌아갔던 해월이었다. '나도 사내 몫을 할 수 있다'며 이필제를 따라 나섰던 열일곱 살 양아들 준이를 비참하게 죽음의 길로 이끌었던 아비 해월은 그렇게 자기를 아비처럼 따르는 연국을 얻었다.

다음 해 갈래사 적조암에서 49일 기도를 마쳤을 때 주지 철수좌 스님은 소백산맥에서 백두대간을 따라 이어지는 도솔봉 아래 절골이 한동안 평온하게 살 수 있는 터전이라며 주선해 주었다. 해를 넘긴 몇 달 뒤 철수좌 스님은 입적하셨는데 임종 후 장사를 지내고 지목이 뜸해지자 해월은 다시 기도와 설법과 포접으로 연일 바쁜 날들을 보내게 되었다. 많은 희생이 있었으니 다시 재건에 박차를 가해야 했다.

바쁘게 돌아치는 해월을 보필하던 제자들은 3년이나 부인 손 씨와 딸들의 행방을 찾았으나 종적을 알 수 없다며 철수좌 스님 말대로 단양 도솔봉 아래 거처를 정하고 새로운 사람을 얻으셔야 한다고 강력히 재가를 권했다. 영월의 김씨 부인을 만나게 된 사연이다.

그 무렵 연국의 숙부 김병내도 가까운 곳으로 이사를 오게 되었으므로 도솔봉 아래 송두둑에서는 여러 도인들이 어울려 살게 되었다.[1] 해월의 제자들과 교인들이 사는 방식은 대개 이러했다.

해월의 거처를 더 안쪽으로 정하고 인근에 집 몇 채를 얻어 몇 가구가 살았다. 해월을 찾아 무수한 손님들이 들락거리는데 그들은 일단 될 수 있으면 사람들 눈에 안 띄게 인근 교도들의 거처에 묵고 날이 어두워 인적이 끊어지는 것을 확인한 뒤에야 해월의 집을 찾았다. 밤새 이야기를 나눈 그들은 다시 새벽 동이 트기 전에 집을 나섰다.

길에서 얻은, 아들과 다름없는 김연국은 그 후로 해월이 살아 있는 동안은 거의 그의 곁을 떠나지 않고 지켰다. 을해년(1875) 솔봉이 태어나고 3년 뒤인 무인년(1878) 윤이 태어나자 연화 연국과 더불어 넷은 모두 오누이처럼 지내게 되었다. 연국은 늘 출타가 잦은 해월을 따라다니느라 집에 붙어 있을 시간이 많지 않았지만, 함께 있을 때 모르는 사람들이 보면 사이좋은 4남매인 줄 알았다. 해월이 집에 머무는 날은 아이들은 한데 얼려 나물을 뜯고 열매를 따러 다녔다. 물가에서 놀고 논 위 얼음판에서 놀았다. 그런데 11살에 단양으로 와 해월의 딸이 되었던 연화가 점점 나이가 차고 처녀티가 나면서 청춘남녀에게는 다른 마음이 생기기 시작했다.

연국은 스물이 넘어서도 선생님을 모시고 다녀야 한다며 장가들 생각을 하지 않았다. 들어오는 중신도 화를 내며 뿌리치곤 했다. 재작년 그러니까 연화가 18세가 되자 연화의 혼처를 알아볼 때가 되었는데 해월은 웬일인지 크게 관심을 갖지 않아 김 씨는 해월과 살게 된 이후 처음으로 섭섭한 마음을 품게 되었다.

연화의 혼처에 무관심한 것 같던 해월이 어느 날 불쑥 물었다.

"연국이 사윗감으로 어떻소?"

"사람이야 그만이지만 꺼려집니다."

"둘이는 서로 좋아하는 눈치 아닙니까?"

"그러니 빨리 연화의 혼처를 알아보자니까요. 나는 연화가 조용히 농사나 짓는 남편을 만나 오순도순 살았으면 좋겠습니다. 연국이야 늘상 낭신을 모시고 다녀야 하고 언제 위험이 닥칠지도 몰라서…."

"그럼 그만두지요."

이렇게 또 한 해가 갔다.

묘적재 넘어 풍기 총각을 넌지시 물어보았지만 연화 역시 심히 도리질을 쳤다. 그러다가 연화는 20살이 되어 농익은 꽃이 되어 버리고 말았고 김 씨는 바느질을 하다가도, 윤이 머리를 땋아주다가도 가는 한숨이 새어 나왔다.

쫓기는 나날들

빗소리는 새벽에 그쳤다. 마당으로 나갔던 윤이 소리를 질렀다.

"엄니, 엄니, 언니, 이것 보우. 어마… 돌나물 찌끄레기 던졌던 데에 돌나물이 파랗게 자라났어요. 아이구우 신기해라."

다른 것도 이리되려나? 생명이란 것이 모두 이렇게 기특한 것일까? 윤이는 쪼그려 앉아 조그만 손바닥을 펴 돌나물 위를 가만가만 쓰다듬었다. 아이의 콧망울이 발름거렸다.

"성님, 이번엔 어디어디 다녀왔수? 무슨 일이 있었수? 뭘 봤수?"

연국이가 돌아오면 솔봉(덕기)과 윤은 양쪽 팔에 매달려 쉴 새 없이 물었다. 무엇보다 아버지 해월과 무슨 일을 하고 다녔는지 궁금해 졸라 댔다. 그러면 연국은 주머니에서 종이에 싼 엿가락 같은 것을 꺼내어 조금씩이라도 두 동생에게 나누어 주었다. 어떤 때는 너무나 맛있는 약과를 쪼개 주며 같이 마냥 행복해하기도 했다. 그런데 요즈음 연국은 통 얼굴을 펴지 않았다. 해월의 얼굴에도 긴장의 빛이 완연했다.

목천과 공주에서 경전을 찍어 내고 49일 기도 대신 시행하는 인등제가 자리를 잡아 가면서 교인들은 날로 늘어 갔다. 도인들이 무리를 지어 왕래하는 일이 잦아지자 밤을 기다리고 새벽을 기다릴 수가 없게 되었다. 그러자 불길한 소식이 들려왔다. 단양 관아에서 송두둑을 주시하기 시작했다는 것이다. 해월은 제자들의 출입을 금했다.

그런 어느 날 연국이 김 씨에게 새삼 큰절을 했다.

"제가 벌써 스물여덟이 되었습니다. 연화는 스물하나가 되었지요. 둘 다 못 미더울 나이는 아닙니다만 제 형편이 못 미더우실 겁니다. 그러나 연화가 이미 다른 남정네가 눈에 들지 않듯이 저도 다른 처자가 눈에 들어오지 않습니다. 우리는 남남이 될 수 없는 운명이라는 생각을 합니다. 고생스러워도 우리 두 사람 세파를 헤쳐 나가겠습니다."

해월도 이전과는 달리 아내를 설득해서 연국과 연화의 혼인을 서둘렀다. 둘이는 이미 오래전부터 서로의 마음을 알고 있었으므로 김씨만 마음을 돌리면 되는 일이었다. 평소와 다른 남편의 결연한 태도에 마침내 김씨 부인도 따르지 않을 수 없었다. 본인들이 저리 좋아하는 것을 [illegible]. 해월은 다음 날 아침이라도 혼례를 올리자고 했다. 예물이 필요하랴, 혼수가 필요하랴. 햇볕은 화창했고 높은 하늘에서는 새가 노래를 불러 주었다. 근방에 사는 연국의 형 연순과 숙부가 참석했다. 소문을 내지 않고 급히 치르는 조촐한 혼인이었다. 청수를 떠 놓고 둘이는 부부로의 첫걸음을 내디뎠다. 벌써 맺어졌어야 할 인연이었다.

며칠 뒤 개울 너머에 화승총을 멘 사냥꾼 차림의 두 사내가 이쪽을 쳐다보며 뭔가 쑥덕이는 것이 보였다. 그들은 도솔봉 쪽을 향해 올라가는 듯싶더니 해 질 무렵 그중 하나가 집 뒤의 삿갓봉 쪽에서 내려오는 게 아닌가. 그의 손에는 토끼도 꿩도 들려 있지 않았다.

단양의 송두둑은 해월이 입도 후 가장 오래 가장 평화롭게 살았던 곳이었다. 꺼져 가는 동학의 불꽃을 살려 낼 수 있었던 고마운 동네였다. 그러나 수상한 눈길이 잦아진 이상, 이제는 더 이상 미련을 둘 곳이 못 되었다. 해월은 바로 보따리를 챙겨 송두둑의 집을 사위가 된 연국에게 부탁하고 날이 어두워지자 혼자 집을 떠났다. 전라도 익산의 사자암으로 들어간 해월은 수개월간 암자에 머물며 관가의 경계를 피했다. 초겨울에는 손병희 등과 충청도 공주의 가섭사에서 기도를 하며 이제는 손수 일일이 챙길 수 없게 커져 버린 각처의 도인들을 지도하고 연락 체제에 대해 궁리해 보았다. 송두둑 가족의 피신에 대해서는 얼마 전 제자들에게 부탁해 두었으니 염려 없으리라.

송두둑을 떠나다

김 씨는 며칠 전부터 말린 나물이며 곡식이며 옷가지들을 챙기느라 부산했다. 그리고 날이 어두워지자 해월이 보낸 제자들을 따라 아이들을 재촉하여 길을 떠났다. 남자들은 등짐을 지고 남서쪽으로 방향을 잡고 보름을 앞둔 달빛에 의지해서 산길을 걸었다. 지난 10년간 김 씨는 송두둑에서 두 아이를 낳았고, 몸은 고돼도 마음은 아주 평온한 삶을 살았다. 남편이 충주, 청풍, 괴산, 연풍, 진천, 목천, 청주, 공주를 다니며 포덕을 하며 보람된 나날을 보낸 곳도 송두둑이었다.

남편은 스승으로부터 위아래로 나뉘어 있는 수직의 세상을 옆으로 터진 수평의 세상으로 바꾸라는 숙제를 받았다. 서로의 가슴에서 하늘을 발견하고, 이 땅 위의 모든 존재가 존귀하고 가치 있는 존재임을 알아 벅찬 기쁨을 안고 살게 되는 세상을 만들라는 과제다. 성심으로 사명을 수행하는 남편은 진심으로 존경스러운 존재였다. 사람들이 찾아오지 않는 날에는 한시도 쉬지 않고 일을 했다. 풍족하지 않아도 감사한 날들이었다. 데리고 온 자식 연화를 자기 자식처럼 귀히 여기고 사랑해 주었으며 어린 솔봉과 윤에게 한 번도 큰소리를 내어 꾸짖거나 매를 든 적이 없었다. 밖에서 돌아올 땐 꽃과 나무에 관심이 많은 윤을 위해 솔나리며 쑥부쟁이 꽃도 따다 주었고 조그만 채송화를 뿌리째 얻어다 주기도 했다.

올봄에 윤은 채송화며 쇠비름을 뜯어서 나누어 심어 보고 그것도 죽지 않고 뿌리를 내려 살아나더라며 얼마나 좋아했던가. 심지어 채송화는 잘라 심은 다음 날에도 꽃이 피더라며 보는 사람마다 붙잡고 자기가 확인한 생명의 경이로움을 전하고 싶어 했다. 그러나 이제 작년에 뿌려 꽤 퍼졌던 돌나물도 채송화도 다시 만날 수 없을 것이다.

해가 뜨면 인적이 드문 양지에서 잠깐 눈을 붙이고 밀개떡으로 요기를 하고는 인적을 피해 가며 300리 가까운 거리를 걸어 도착한 곳은 상주 화서 봉촌리 앞재. 집은 초가 3칸으로 작았지만 우선 지붕이 있고 부엌이 있는 집에 도착했다는 것이 얼마나 반가웠는지 모른다. 등짐을 내려놓은 박 씨는 손씨 부인이 있는 보은이 여기서 서쪽으로 60리라고 말해 주었다.

날이 밝은 뒤에 보니 근처에는 작은 저수지가 있고 바로 뒤에는 꽤 높은 원통봉이라는 봉우리가 있었다. 김 씨는 부지런히 집 안팎을 손보았다. 덕기(솔봉)는 동네 친구를 찾아본다고 뛰어나갔는데 언젠가부터 꼬마 윤이 보이지 않았다. 놀란 가슴으로 손에 걸레를 쥐고 집을 한 바퀴 돌던 김 씨는 그만 그 자리에 서 버리고 말았다. 윤이는 뒤뜰 양지바른 곳의 돌무더기들을 한쪽으로 치워 놓고는 어느 틈에 챙겨왔는지 주머니 이쪽저쪽에서 뿌리와 씨앗들을 꺼내어 여기저기 심고 뿌리기에 여념이 없었던 것이다.

"그게 뭐냐?"

"응. 돌나물 뿌리들하구 채송화 씨앗이야요."

"엄니, 눈이 와요!"

아침에 모래판에 글공부를 하러 나오던 윤이 소리쳤다. 세 살 위 덕기는 공부를 하며 가끔 꾀를 부리기도 했지만 윤은 글 배우기를 좋아했다. 그래서 이곳 상주 앞재에 도착한 뒤 바로 마당 한 귀퉁이 감나무 밑에 굵은 나뭇가지를 잘라 폭이 두 자, 길이가 한 자 되게 네모를 만들고 그 안에 고운 흙을 고르게 펴 담아 공부 판을 만들어 주었다.

단양 송두둑에 살 때 남편은 틈나는 대로 연국이와 연화에게 한글을 가르쳤다. 김 씨는 어깨 너머로 쉽게 한글을 깨우쳤다. 한문은 숫자 말고는 여간해서 배우기 어려웠지만 한글은 그 원리가 너무도 간단하고 분명하여 기본 글자의 소리만 익히면 금방 엮어서 소리를 만들 수 있었다.

김 씨는 호롱불 밑에서 헌 옷을 기우며 생각했다.

'참으로 세종이라는 임금은 어진 분이 틀림없을 것인데, 요즘의 임금이란 분은 도무지 백성들이 어떻게 사는지 도통 관심이 없는 모양이다. 그렇지 않고서야 양반네들 횡포가 끝이 없고 관가의 패악질이 이리도 심한데 어찌 우리 남편같이 어질고 또 어진 사람이 관의 주목을 받게 된다는 말인가. 20년 전에는 남편의 하늘 같은 스승도 대구에서 참형을 당했다 하지 않던가. 어찌 되었든 백성들이 깨어나는 것이 필요하다. 백성들이 글이라도 읽고 서로의 생각을 글로 멀리 널리 전하여 각자의 지혜를 모을 수 있게 된다면 이 어두운 세상도 언젠가는 밝게 되리라. 개벽세상이 꼭 오리라.'

김 씨가 상주로 이사 와서 아이들의 글공부를 다잡았던 이유였다.

해가 바뀌어 봄(1885)이 되었다. 충청 감사 심상훈이 단양 군수 최희진에게 전임 군수가 작년에 바보처럼 놓친 해월 가족을 찾으라고 닦달하고 있다는 소식이 들려왔다. 단양을 떠나 상주로 떠나오기를 잘했다 싶었지만 이제 상주도 안심할 수 없게 되었다. 해월은 상주 앞재의 집을 사위 김연국에 부탁하고 자신은 보은 장내리로 청주, 진천으로 돌아다니며 도인들을 지도했다.

어느 날 손병희의 고향을 들러 가는 길에 청주 북이면 금암리의 교도 서택순의 집에 방문했을 때였다. 방에서 베 짜는 소리가 들리는데 등에 아기를 업고 일을 하는 듯 여인은 연신 베를 짜면서도 칭얼거리는 아기를 달래고 있었다. 댓돌 위의 짚신이 다 낡은 걸 보니 야무지게 짚신을 삼아 주는 이도 없는 모양이었다. 점심을 먹는 동안에도 점심상을 물린 뒤에도 베 짜는 소리가 이어졌다. 이 집 며느리의 삶이 얼마나 고될지 마음이 아파 왔다.

해월이 물었다.

"베를 짜는 이가 누군가?"

"며늘앱니다."

"며느리가 베를 짜는가, 하늘님이 베를 짜는가?"

"네?"

서택순과 그 옆의 제자들은 한참만에야 스승의 뜻을 알아듣고 고개를 숙였다.

우리가 입고 있는 옷을 만들기 위해 목화를 심고, 목화를 따고, 목화 안에 들어 있는 씨앗들을 빼내고, 실을 자아내고, 베를 짜고, 바느질을 하는 이 모든 수고로운 일들을 해 내는 사람들이 모두 하늘님이라는 것을…. 바느질뿐인가? 농작물을 심고 김을 매어 주고 거둬들여 갈무리하는 일, 다듬어서 삶고 데쳐 음식을 만드는 일, 우리의 생명을 보존하게 하는 모든 일들을 하는 그들이 다 하늘님인 것을….

윤이네가 떠나고 난 뒤 단양 송두둑에 여전히 남아 있던 많은 도인이 체포되었다고 했다. 상주 앞재도 안심할 수 없다. 해월은 이번에는 더 멀리 450리나 떨어진 경상도 포항 근처 불냇으로 가족을 이사시켰다. 역시 밤길을 이용했다. 다행히 잡혀갔던 제자들이 풀려났다는 소식이 들렸다. 지목이 가라앉자 가족들은 두 달 만에, 추석이 지나 다시 상주 앞재로 돌아왔다. 그러나 살림은 하나도 남아 있지 않았다. 말린 산나물들도 모두 사라져 버렸다. 부엌에 걸어 두었던 솥이며 이부자리도 관에서 모두 실어 갔다고 했다.

왕복 900리의 이삿길에 어린것들과 김 씨는 모두 지쳐 버렸다. 제자들도 너나없이 도피 생활을 하느라 여력이 없었다. 엄동설한이 시작되는 때에 제자들이 가 보니 온 식구가 여름옷을 입고 떨고 있었다. 멀리서 이 소식을 듣고 제자 이치홍이 무명 서너 필을 가져다주었다. 겨울옷을 지을 솜이 있을 리 없으니 덕기, 윤이까지 모두 산과 들로 나가 억새풀과 갈대에서 풀솜을 훑어 왔다. 풀솜을 넣어 윤이와 덕기의 옷을 짓고 해월의 옷을 지었다. 김 씨의 옷을 지을 때 아침부터 보이지 않던 윤이는 어머니 옷에 넣을 솜이 제일 적다며 저수지 가로 가서 억새풀 씨를 소쿠리에 꼭꼭 눌러 담느라 얼굴과 손이 모두 빨갛게 얼어 돌아왔다.

설이 지나면 아홉 살이 된다지만 윤이는 아직 어린아이 아닌가.

"아이고. 우리 꼬마애기씨가 이렇게 큰일을 했네."

"꼬마애기씨라고? 내가 작년에 여기 처음 이사 왔을 때 뒤뜰에 검은 돌덩이가 여간 들기 힘들지 않았거든. 그런데 이번에 들어 올리는데 쑤욱 들려지던 걸. 그러니까 나 이제 꼬마애기씨 아녀요. 나, 크고 있다구. 맞지?"

"여보. 우리 윤이는 참 남다른 아이에요."

밤에 자리에 누운 김 씨는 호롱 밑에서 짚신을 삼기 위해 왕골을 다듬는 해월에게 말했다.

"그럼, 속이 깊은 아이지요."

해월은 집에 머물고 있는 시간은 적어도 아이들에게 깊은 애정을 가지고 있었다.

"그 아이가 무인(1878) 생 아닙니까. 계집애가 호랑이 띠면 팔자가 사납다고 하지 않아요?"

"강하면 좋지요. 쓰러지지 않을 겁니다. 그랬대두 금방 털고 일어나겠지요."

해월을 그저 평안한 얼굴로 빙그레 웃으며 말했다.

"그렇다면 감사한 일이네요. 그런데 당신은 언제 주무십니까? 난 당신 주무시는 거 한 번도 못 봤네요. 그리고 일은 왜 그렇게 하세요? 좀 쉬엄쉬엄 하십시오."

"하늘이 노는 것 보았소? 놀고 있으면 하늘님이 싫어하신다오. 당신은 하루 종일 일했으니 피곤할 게요."

해월은 빠져나온 아내의 발을 만져보고는 차갑다며 이불을 끌어내려 덮어 주었다.

상주 앞재에서 두 번째 설을 맞았다. 해월은 여전히 포덕에 바쁜 나날을 보내고 있었다. 가까운 뒷산에 진달래가 한창일 무렵 김 씨는 간단한 여장을 꾸려 아침 일찍 두 아이의 손을 잡고 집을 나섰다. 이미 먼 길을 다녀 본 아이들이라 60리 길은 어렵지 않을 것이었다. 덕기는 이제 12살. 제법 총각티가 나고 있었다. 어른 걸음으로야 아침 먹고 출발해도 해 떨어지기 전에 도착할 것이지만 아이들과 함께 가자니 동이 트자마자 출발해야 했다.

"누구네 집에 가나요?"

"우리끼리 짐도 없이 가는 거 보니 또 이사하는 건 아니지요?"

"다시 상주 집으로 돌아올 거지요?"

"낮에 가는 거 보니 도망은 아니고만…."

아이들의 재잘거림에 김 씨도 크게 웃지 않을 수 없었다. 어느새 아이들은 스스로를 보호할 수 있을 정도로 약아져 있었던 것이다. 아이들은 모처럼 쫓기는 본새가 아닌 나들이가 반가웠는지 재잘대었지만 시간이 흐르자 힘이 드는지 말이 없어졌다.

"덕기야. 너는 손 씨 큰어머니 생각나느냐?"

"손 씨 큰어머니? 모르겠는 걸요."

"그래, 애기 때 뵙고 못 보았으니 생각이 날 리가 없지. 네가 돌 지나고 반년이나 지났을 때 송두둑에 있던 우리 집에 잠깐 계셨느니라. 윤이는 태어나지도 않았을 때니 더욱이 알 리가 없고…."

해가 어느 틈에 이마를 비추고 있었다. 지는 태양이라 낮게 떠서 눈이 심하게 부시지는 않았다. 모퉁이를 돌면 또 나타나고 모퉁이를 돌면 또 나타났다. 예쁜 해와 숨바꼭질을 하다가 해가 서산으로 꼴깍 넘어가는 것을 보고서야 보은 장내리에 도착했다.

"이게 누구여? 야가 솔봉이? 그 엎어지고 자빠지면서 뛰던 그 아가? 쿨럭, 아이고 야가 동생이구먼. 어서 오거라. 아이고 어린것들 데리고 오느라 자네도 고생했네, 쿨럭."

"큰어머님께 인사드려라. 아버지의 첫째 부인이셔."

2. 어머니, 큰어머니, 새어머니

큰어머니 손 씨

아버지의 첫째 부인이라니? 아이들은 눈이 둥그레져서 서로의 얼굴을 마주 보았다. 방으로 올라선 김 씨가 손 씨에게 큰절을 하자 손 씨는 맞절을 했다. 손 씨는 수시로 쿨럭거리며 타구에 가래를 뱉는 것이 건강이 안 좋은 듯했다.

아이들은 저녁을 먹는 둥 마는 둥 바로 쓰러져 잠이 들었고, 오랜만에 만난 두 여인네는 밤이 깊어 가는 줄도 모르고 이야기꽃을 피웠다.

"그래, 어린것들 데리고 사느라 얼마나 고생이 많은가?"

"저야 힘들기는 해도 아이들이랑 사느라고 적적할 틈도 없지요. 형님은 혼자 얼마나 적적하시겠어요? 몸도 불편하신데. 제가 그저 송구할 따름입니다."

"그게 자네 팔자고 그게 또 내 팔자라면 어쩌겠나. 나는 정말 신미년(1071) 그 난리 통에 모든 걸 다 잃은 것 같다네."

손 씨는 버릇처럼 한숨을 내쉬었다.

"어떻게 된 건지 말씀해 주세요. 따님들이랑 양자로 들인 아들도 있었다고 들었어요."

"일찍이 수운 그 어른이 돌아가시며 애들 아버지한테 멀리, 그저 멀리 가서 몸 보전해야 한다구 하시지 않았다던가. 박씨 사모님이랑 그 집 자제분들은 멀리 강원도로 도피하고 우리는 영양 일월산 자락 대치라는 곳에서 아주 조용히 살고 있었다네. 애들 아버지는 가끔 강원도로 가는 길에 사모님을 찾아 뵙구 양양이며 여기저기를 조심스럽게 다니며 포덕을 계속하셨지. 그런데 경오년(1870)에 이필제란 자가 애들 아버지를 계속 흔들어 댔어.

"왜요?"

"여기저기 돌아다녀 보니 출세한 양반들, 관리들은 백성 등쳐 먹느라 바쁘구, 그래서 세상을 혼내 주고 싶었던 모양일세. 못돼 먹은 관리들을 혼내고 스승님 명예를 회복시키자고 하두 졸라대니까 인근의 도인들에게 연통하여 합세하게 하고, 미리 가서 천제를 지내고 뭐 양식 준비나 돕겠다고 집을 나서신 게 그해 삼월 초였네. 초열흘 수운 선생님 제삿날 일을 벌인다고 했으니 수백 명이 모이는 일에 미리 준비해야 할 일이 좀 많았겠나. 일이 터지고 애들 아버지는 무사히 피하긴 했는데 나랑 딸들이 잡혔지 뭔가."

손 씨는 다시 눈을 아래로 깔고 한숨을 쉬었다.

"저런…. 어떻게?"

"우리 시누이 남편이랑, 우리 준이…. 코밑에 거무스레 수염이 나기 시작한다고 으쓱하던 우리 준이랑 그렇게 수백 명이 영해 관아로 가서 수령 목을 베구 나서 13일에 집으로 돌아왔는데 이틀 뒤에 관군이 들이닥쳐 잡아갔구, 나중에 잡힌 우리들도 모두 옥에 갇혔다네."

"여자들까지도요?"

"그럼. 이필제랑 애들 아버지 숨은 데를 대라고 모진 고문들을 당하고, 준이는 옥에서 고문 끝에 효수를 당했다네."

손 씨는 흐르는 눈물을 옷소매로 닦았다.

"아이고 저런…."

"나랑 함께 영양옥에 갇힌 우리 큰딸 민이도, 작은딸 난이도 아버지 가신 데를 대라고 해서 모진 매를 맞았지."

"여자들도 때렸어요?"

"그럼. 그놈들이 패는 데 남녀노소가 있다던가? 나도 엄청 맞았는걸. 괴수 놈의 마누라가 남편 간 데를 모르겠냐면서…."

"세상에나…."

"그놈들은 무조건 먼저 사람을 패 놓고 일을 시작하더라고. 그런데 옥졸 중에 우리 스물한 살 된 큰딸 민이한테 잘해 주는 이가 있더란 말이지. 김성도라고. 민이는 제 어미가 맞는 꼴을 보고 있다가 차마 그냥 있을 수 없었는지 김성도에게 우리를 봐 달라고, 여자들은 아무것도 모른다고. 내보내 주면 뭐든지 다 하겠노라고 사정을 했다네."

"그랬군요. 그래서 바로 나오셨어요?"

"뭘. 그 아까운 사람들이 모두 죽어 나간다는 소식을 한참이나 들어야 했지. 딸들이 옆에 없었다면 아마 미치구야 말았을 거야. 휴우…. 우리는 속으로 시천주 주문을 외우며 그들의 영혼이 자유로운 세상으로, 양반 상놈 없고 짓밟고 짓밟히지 않는 세상으로 가시라고 빌고 또 빌었다네."

"얼마나 힘드셨을까."

"우리가 보름에 잡혀 들어갔는데 김성도가 수령에게도 말을 했던지 다음 달 그믐이 지나구서 그 애비를 잡자면 옥졸 옆에 붙잡아 두는 것도 좋겠다 싶었던지 우리를 옥에서 내보내더군. 그길로 민이는 김성도의 색시가 되고 말았어. 아이가 참하니까 누구랑 살아도 살기는 살겠지마는, 그렇게 창졸간에 아버지도 없이 어거지 시집을 보내게 되었네."

"나와서 어찌하셨어요?"

"양자라고 해도 정들여 키운 내 아들 준이 주검도 수습 못해 주고, 시누이 남편도 난리 통에 죽었다는 소식이고, 나는 둘째 난이랑 이 집 저 집 여기저기 걸식하며 6년을 생사를 모르는 애들 아버지를 찾아 다녔다네."

"그러셨군요."

손 씨의 기구한 과거 이야기를 들으며 김 씨 또한 연화와 둘이 살았던 깜깜했던 세월이 생각나 눈물을 훔쳤다.

"그러다가 단양 송두둑에서 애들 아버지를 만나게 된 거라네."

"참, 그런데 어떻게 송두둑을 찾아오셨어요?"

"참으로 기가 막힌 것이 5년을 헤매고 다녔는데 6년째에 접어들면서 신기한 꿈을 꾸게 되더라니까. 하늘 옷을 입은 동자가 나타나서 고생 많이 하셨다며 자기를 따라오라잖겠어? 북쪽으로 서쪽으로 이렇게 저렇게 가자고 하더라고. 잠에서 깼는데, 그 장면이 너무도 생생한 거라. 그래서 그 선동이 한 말대로 길을 나섰더니 뭐 헤맬 것도 없이 바로 그리 닿게 되지 뭔가. 나랑 난이는 그저 기가 막혔지. 그렇게 쉽게 가르쳐 줄 걸 어쩌자고 그렇게 오랜 세월 동안 우리를 골탕 먹였냐 말야."

김 씨는 고개를 숙이고 나지막이 말했다.

"그렇게 고생을 하고 찾아오셨는데 새사람을 맞아 아이까지 낳고 사는 걸 보고 얼마나 놀라셨어요."

말하는 김 씨의 눈에서 눈물이 방울방울 떨어졌다. 손 씨 역시 한동안 말을 잊고 눈물을 훔쳐 냈다. 그러고는 한 손으로는 김 씨의 손을 잡고 한 손으로는 가마니처럼 거친 손바닥으로 김 씨의 눈물을 닦아 주었다.

"자네 잘못이 아니네. 처음엔 너무 기가 막혔지. 하늘이 무너지는 것 같았어. 원통하고 분하고 야속하고 원망스럽고. 가슴이 쿵 하고 밑으로 떨어지는 소리가 들리더라구."

그녀는 멈췄다가 잠시 후에 말을 이었다.

"그렇지만 다시 생각하면 감사한 일이지. 6년을 떨어져 있으면서 우리가 얼마나 간절히 원했겠는가. 애들 아버지가 살아만 계시기를. 한 번만이라도 다시 볼 수 있게 되기를…."

다시 침묵이 이어졌다. 두 여인 모두 어깨가 가늘게 떨렸다.

"내 나이 열일곱, 그이가 열아홉에 만나 일 터지기 전까지 27년인가를 같이 살았네. 자네도 알다시피 하늘 아래 다시없는 사람 아닌가. 여기저기 피난 다니느라 배불리 호강하고 살지 않았어도 민이, 난이, 준이랑 참으로 행복한 시절이었네. 청수 떠 놓고 기도하면 마음도 한없이 평화롭고…. 끊임없이 드나드는 도인 손님들 뒷바라지 하는 것도 힘든지 몰랐지. 그런데 내 복이 거기까지였던가 보이. 내가 애들 아버지랑 헤어지게 된 것도 필시 이유가 있을 것이고, 다시 만나게 된 것도 반드시 이유가 있을 것이라 믿는다네. 지금은 그저 이렇게 같은 하늘을 이고 살고 있다는 것만으로도 고맙기만 하다네."

그녀는 수시로 기침을 터트렸다. 가르릉거리는 소리와 쌔액쌕 하는 소리가 들렸다. 김 씨는 가만가만 손 씨의 등을 쓰다듬었다.

"둘째 따님은요?"

"둘째는 아버지를 찾을 수 있을 거라고, 꼭 찾아 드린다고 나를 부축하고 다녔다네. 그래서 그렇게 나이를 먹게 되었지만 둘째 난이 덕에 나도 단양까지 갈 수 있었으니 참 고맙지. 어찌 되었든 난이는 스물네 살이나 먹었어도 제 아버지를 만나서 제 아버지 인연으로 다 늦게 이천 앵산의 신택우 도인 자제 신현경이와 인연을 맺게 되었으니 참으로 다행 아니었나. 이제는 시댁에서 애들 낳고 잘 살고 있다고 안부를 전해 온다네. 딸은 윤이보다 조금 어릴 걸."

손 씨의 기침 뒤에 잠시 침묵이 흘렀다.

"큰따님 소식은요?"

"애아버지가 송두둑에서 우릴 만나고 이태 뒤 무인년(1878) 봄에 영양 큰딸 민이한테 가 보셨다더군. 민이도 얼마나 반가웠겠나. 생사를 모르던 아버지를 8년 만에 만나게 되었으니…. 사는 모습은 옹졸해도 밥은 굶지 않는 모양이고, 각시 됨됨이가 워낙 반듯하고 의젓하니 사위도 큰소리 내지 않고 사는 모양이더라고 하대. 아이들도 반듯하게 잘 키우고 있고. 마침 수운 어른 제삿날이 다가와서 사위한테는 민이 할아버지 제사라 속이고 딸에게 일러 수운 어르신의 제사상을 차리게 했다지. 사위도 장인인데 관가에 고발할 수 있겠나. 그럴 위인도 아니고 그냥 조용히 지내다 가시게 했다는군."

15년 전 벌어졌던 이야기부터 8, 9년 전 일까지 거슬러 풀어 내는 손 씨의 기억력은 놀라울 정도였다.

"송두둑에 찾아오셨을 때, 그때 제가 더 잘 모셨어야 했는데, 죄송해요."

가슴의 아린 통증을 누르며 김 씨가 진심 어린 사과를 했다.

"아니네. 아이들이나 잘 키워 주시게. 아버지의 영을 나눈 아이들이니 귀한 사람이 될 것이야."

보은에서 며칠을 묵고 돌아오는 길에 김 씨는 깊은 생각에 잠겼다.

모든 일이 다 계획된 일 같았다. 선동은 왜 그들 모녀가 그렇게 혹독한 시련을 겪은 지 6년이 지나서야 꿈에 나타나 길을 일러 주었을까? 남편과 자기가 만나기 위해 시간을 벌어 준 것은 아니었을까? 그렇다면 그 사이에 자기에게 일어난 일은 무엇이었나? 가장 큰 일이라면 그것은 덕기(솔봉)와 윤의 출생일 것이다.

수많은 사람들이 희생되었고 수많은 사람들이 고통을 겪어 왔지만 모든 사건과 모든 인연이 아귀처럼 서로 맞물려 있는 것 같다는 생각이 들었다. 오, 한순간도, 단 하나의 일도, 한 올의 인연도 의미 없는 것이 없구나. 소중하지 않은 것이 없구나. 모든 것이 귀하고 귀한 그물의 코와 같구나. 그녀는 덕기와 윤을 잡은 손에 꼬옥 힘을 주었다.

"엄니, 왜 엄니 얼굴이 달라졌어?"

"응?"

"엄니 얼굴 표정이 큰엄니 집에 갈 때랑 올 때가 다르다구."

"어떻게 달라졌는데?"

"중요한 일이 생긴 것 같아."

"그렇게 보이냐?"

"응."

"모든 일이 생기는 데에는 이유가 있다는 생각을 했단다. 이유를 알게 되면 넘어져도 일어날 방법을 생각할 수 있게 되지."

윤이는 고개를 들어 어미의 얼굴을 한참 살펴보았다.

"아니 일어서기만 한다면 그 뒤에 넘어진 이유를 알 수 있게도 될 것이다."

윤이는 어머니 김 씨의 말을 이해할 수 없었다. 지금은 알 수 없어도 언젠가 나도 알게 되겠지. 그러고는 마음속으로 어머니가 한 말들을 꼭꼭 눌러 담았다.

보은에서 돌아오니 해월은 아직 봄인데도 도인들에게 악질에 대한 위험을 수시로 강조하고 있었다.

묵은밥을 새 밥에 섞지 말고, 묵은 음식은 반드시 새로 끓여서 먹을 것이며, 침을 아무 곳에나 뱉지 말고 길에다 뱉을 양이면 반드시 흙으로 덮을 것. 대변을 보고는 노변이거든 땅에 묻을 것. 가신 물은 아무 곳에나 버리지 말 것. 집 안을 하루 두 번씩 청결히 닦도록 할 것. 몸을 청결히 할 것….

그로부터 동학 도인들 사이에서는 '부엌이 깨끗해야 한울님이 지나다가 복을 주고 간다.'는 말이 생겨났다. 그런데 정말 그해 6월 하순부터 전국에 괴질이 돌았다.[2] 괴질이 번지면 마을 전체가 벌벌 떨었다. 환자가 하나 생기면 그 가족, 그 주변으로 빠르게 병이 퍼져 나갔기 때문이다. 쌀뜨물 같은 설사가 어찌나 심한지 환자들은 하루 이틀 후에는 토하고 설사하다가 맥없이 죽어 버렸다. 전국에서 엄청난 사망자가 속출했는데 괴질은 추석이 지나 찬바람이 불고 나서야 서서히 가라앉았다. 해월이 살던 상주 앞재 40여 호는 위생을 강조했던 덕인지 희생자 없이 무사히 지날 수 있었다.

김 씨도 여름 내내 위생에 힘썼는데 특히 덕기를 위해서는 더욱 정성을 쏟았다. 보은의 황하일이 조심조심 가져와 건넨 달걀꾸러미를 은밀한 곳에 감추어 두고 죽 끓일 때 한 쪽에 익혔다가 덕기를 조용히 부엌 뒤로 불러내어 따로 먹인 것도 그 무렵이다. 큰댁 손 씨와 깊은 이야기를 나눈 이후에 아이들, 특히 덕기에 대해서 더욱 각별한 생각이 들던 그녀였다. 덕기는 남편이 쉰이 다 되어 처음으로 얻은 아들 아닌가. 어미의 정성 덕분인지 덕기는 가을이 되자 부쩍 자라 제 어미 키를 넘어서게 되었다.

아들 장가보내고 눈감는 김 씨

겨울 갈무리를 시작할 때쯤, 김 씨는 덕기를 물끄러미 쳐다보는 때가 많아졌다. 첫서리가 내릴 무렵 며칠째 온종일 많은 양의 열무 시래기를 데쳐서 새끼줄에 엮어 처마 밑에 걸어 놓느라고 바빴지만 그러다가도 문득 골똘히 생각에 잠기곤 했다. 김 씨는 저녁에 잠자리에 들면서 등잔불을 켜 놓고 경전을 보고 있던 남편에게 말했다.

"여보, 남자아이가 열세 살에 장가드는 것도 이상한 일은 아니지요? 덕기가 설 쇠면 이제 열셋이에요."

"왜 갑자기 그런 소리를 하오?"

"우리 덕기가 부쩍 큰 거 같아요. 일찍 장가를 보내면 안 될까요?"

해월은 아내의 조바심이 심상찮게 느껴졌다.

"조만간 서인주가 올 터이니 한번 알아보리다."

서인주(서장옥)는 청주 율봉에 사는 음선장의 첫째 사위다. 생각하는 것이 곧고 강직하여 해월이 아끼는 제자 중의 한 사람이었다. 서인주의 권고에 그 장인인 음선장도 이태 전에 동학에 입도하였는데 서인주한테서 얼핏 손아래 처제 이야기를 들은 바 있었던 것이다. 과연 며칠 후에 찾아온 서인주에게 물으니 15세 되는 처제가 있다며 장인에게 고해 보겠다고 했다.

그렇게 해서 두어 달 만인 정해년(1887) 정월, 열세 살의 덕기는 제 어미의 원에 따라 자기보다 두 살 많은 음선장의 둘째 딸과 혼례를 올렸다. 덕기에게야 난데없는 일일 수도 있으나 큰형님 같은 서인주와 동서지간이 되고 나니 크게 낯설지는 않았다. 음선장 역시 해월과 사돈지간이 되는 것이 큰 기쁨이었기 때문에 흔쾌히 꼬마 신랑을 맞아들였다. 양반네들은 사주단자며 허혼서를 주거니 받거니 하느라 복잡한 절차를 거치고 혼수를 준비해서 신부 집에서 혼례를 올렸다. 신랑신부는 처가에서 살다가 일이 년 뒤 노비들을 데리고 신랑 집으로 들어가 폐백을 올리니, 혼례가 실제로는 몇 년이나 걸렸다. 그러나 대다수의 평민들에게는 그런 의례는 딴 세상 일이었다.

김씨 부인은 어린 아들 덕기를 장가보낸 뒤 평생 할 일을 다한 사람처럼 기뻐했다. 장가를 들어 처가에 가서 살면 이리저리 이사 다니며 관의 지목을 피해야 할 일도 없어지리라. 아버지와 사는 것도 다시 바랄 나위 없으나 언제든 위험에 빠질 수 있었다. 이제 덕기는 김 씨의 원대로 안전한 곳으로 갈 수 있게 되었다. 오, 천지신명이여 감사합니다.

그런데 긴장이 풀린 탓인지 김 씨는 아들을 장가보내고 나서 보름만에 덜컥 자리에 눕고 말았다.

신열이 뜨거워 윤이 열심히 찬 물수건으로 이마를 식혀 주고 해월이 열심히 죽을 쑤어 간병을 하였으나 김 씨는 자리를 털고 일어나지 못했다. 그러더니 20여 일을 앓다가 그만 세상을 뜨고 말았다. 제자들이 나서서 원통봉 아래에 그녀를 묻었다.

윤이는 어른스럽고 속이 깊은 아이였지만 그래도 엄마 옆에 누우면 어미가 뿌리쳐도 어미젖을 만지려 손을 스멀스멀 들이밀던 열 살짜리에 불과했다. 아이는 하늘이 무너지는 슬픔을 맛보았다.

어미와 함께라면 깜깜한 밤길을 걸어도 좋았다. 추운 겨울에 홑거풀 옷을 입고 있어도 좋았다. 불을 때는 아궁이 옆에서 눈이 매워 눈물이 나와도 좋았다. 어미가 곁에 있으면, 어미가 엉덩이를 토닥여 주면, 어미가 안아 주면 세상에 근심 걱정할 일은 아무것도 없었다. 그런데 그 어미가 숨을 크게 들이쉬더니 다시 내쉬지를 않았다. 그리고는 다시 들이쉬지도 않았다. 어미의 뺨과 손은 싸늘하게 식어 가고 감은 눈은 두 번 다시 뜨이지 않았다. 아아, 엄니, 엄니…. 나는 이제 누구를 의지해서 살라고…. 엄니, 엄니, 엄니 보고 싶으면 어딜 가야 하나, 엄니, 엄니, 어딜 가요 엄니….

죽은 사람은 죽은 사람이고 산 사람은 살아야 한다며 제자들은 초상을 치르고 얼마 안 되어 다가오는 해월의 환갑을 준비하자며 상주를 떠나 보은 손 씨의 거처로 옮기자고 했다. 덕기도 장인 집으로 떠났고 부녀만 앞재에 남아 있을 이유도 없었다. 해월과 윤은 보은의 손 씨 집으로 살림을 합쳤다.

손 씨와 윤은 일 년 만에 재회를 했다.

"아이고, 윤아…. 네가 고생이 많겠구나. 네 에미도 이렇게 어린 걸 어찌하라고 그리 급히 먼 길을 떠났단 말이냐."

윤의 손등을 쓰다듬던 손 씨는 일 년 사이에 윤이 부쩍 큰 것을 보고 놀라움을 금치 못했다. 키가 커진 것도 물론이지만 더 달라진 것은 윤의 눈빛이었다. 아이의 눈빛이 부쩍 더 깊어진 것이었다. 그러나 윤의 성장과 반대로 손 씨의 건강은 더욱 나빠지고 있었다. 기침을 더 심하게 그리고 더 자주 해 댔다. 몸도 훨씬 수척해졌다.

살림을 합쳤다고 하지만 손 씨는 병 때문에 도저히 가족의 뒷바라지를 할 수 없는 형편이었다. 오히려 해월이 아내의 간병을 위해 꼼짝할 수 없는 지경이 되었다. 손 씨의 해수병은 나날이 깊어졌는데 한번 기침이 터지면 얼굴이 파랗게 질리고 숨도 쉬기 힘들 정도가 되었다. 제자들이 여러 가지 약을 가져왔지만 깊어 가는 병을 돌이킬 수는 없었다. 해월은 그동안의 고생을 보상이나 하려는 듯이 그녀의 간병에 매달렸지만 옆에서 보는 제자들의 가슴은 안타깝기만 할 뿐이었다.

3월 21일, 사양하는 해월의 만류를 무릅쓰고 제자들은 환갑잔치를 치렀다. 잔치가 끝나자 해월은 600리 길 정선의 갈래사로 홀로 떠나 49일의 기도를 마치고 돌아왔다. 그리고 오래전부터 강화의 가르침으로 구상하기 시작한 육임의 직제를 마련하여 각각 적합한 제자들로 하여금 일을 맡게 하였다. 나날이 늘어만 가는 교도들을 혼자서 모두 지도할 수도 없을뿐더러, 이제 새로운 교도들을 지도하는 위치에 있어도 일말의 손색이 없는 수제자들이 전면에 나서서 동학의 조직을 더욱 확장시키고 또 심화시켜 나갈 수 있도록 조치한 것이었다. 그해 가을에는 다시 익산으로 전주로 삼례로 돌아다니며 포덕에 힘썼다.

새어머니 손 씨

다시 봄이 돌아와 손 씨의 기침은 조금 잦아드는가 싶었지만 이제 열한 살 된 윤이에게 아버지가 수시로 떠난 빈집에서 몸이 불편한 손 씨와 함께 살아간다는 것은 쉬운 일이 아니었다. 제자들은 할 일 많은 스승이 병간호에 붙잡혀 있는 것을 안타까이 여기다가 새 부인을 맞아 병석의 손씨 부인과 어린 윤을 돌보게 하자고 의논을 모았다. 손병희가 나서서 얼마 전 남편을 잃고 과부가 된 자기 누이가 스승님을 모실 만하다고 하였다. 무자년(1888) 봄, 해월이 익산, 전주, 삼례를 돌고 보은으로 돌아왔을 때 해월이 극구 만류하는데도 제자들은 스물여섯 살 손병희의 누이를 보은으로 데려올 궁리를 했다. 손병희는 윤을 번쩍 안아 들고 말했다. 곧 새어머니가 오실 것인데 당분간은 낯설겠지만 얼마 안 가 모두를 위해 좋은 일이라 생각하게 될 것이라고. 그러고는 윤의 등을 가만가만 토닥여 주었다.

윤이가 새끼를 꼬고 있는 아버지에게 물었다.

"아버지, 새엄니 맞는 걸 어떻게 생각하세요?"

"나는 큰어머니나 네 어머니에게 모두 큰 빚을 지었다. 나야 여기저기 바쁘게 할 일이 많은 사람이니 내게 또 다른 부인이란 필요치 않다. 그러나 큰어머니 병세가 위중하고 어린 너를 집에 두고 할 일 많은 애비가 걱정 없이 돌아다니기는 어렵겠구나. 네 생각은 어떠냐?"

"저는 이제 열한 살이 되었어요. 도솔봉 아래 살 때보다 많이 크긴 했지요. 그렇지만 바느질에 손님들 뒤치다꺼리에 큰어머니 병수발을 저 혼자 할 수는 없어요. 새어머니가 오셔도 전 괜찮아요. 살다 보면 연화 언니처럼 좋은 새아버지가 생길 수도 있고 저처럼 새어머니가 또 생길 수도 있는 일이지요 뭐."

"이번에 오실 분은 손병희 아저씨 누이로 스물여섯 살밖에 안 되었다는구나."

"연화 언니보다 한 살 더 많네요. 젊은 분이 오래도록 아프지 말고 우리랑 함께 살면 좋지요, 뭐."

윤이는 무언가 말을 할 듯 할 듯하다가 눈을 내리깔고 입을 다물었다.

"무슨 하고 싶은 말이 있는 게냐?"

머뭇거리던 윤이 눈에서 후드득 눈물이 떨어졌다.

"아버지가 우리 엄니를 잊어버리실까 봐서요."

그러더니 소리를 죽여 가며 한참을 흐느꼈다.

해월도 어린것의 걱정을 알고 나니 목이 메어 잠시 동안 아무 말도 할 수 없었다.

"네 어미가 덕기 오라비를 서둘러 장가를 보낸 걸 보면 뭔가 예감을 하고 있었던 걸까? 참 고마운 사람이었느니라. 열심히 살았지. 정말 감사한 사람이야. 덕기 오라비와 너를 낳았고 잘 키워 준 사람 아니냐. 다 꺼져 가던 동학의 조직도 단양에서 네 어미의 도움을 받으며 다시 일으켰지. 어찌 네 어미를 잊을 수 있겠느냐. 윤아, 어머니가 멀리 갔다고 생각지 말아라. 네 어미의 심령은 네 마음속에, 그리고 이 아비의 마음속에 깃들어 사느니라. 죽고 사는 것은 하늘이 하시는 일이니 너무 연연해하지 마라."

해월은 꺼칠한 손으로 윤의 손을 꼬옥 잡아주었다.

손병희의 누이 손소사. 몇 년 전에 혼인을 했다가 남편이 죽는 바람에 아이도 없이 청상과부가 되고 말았다. 친정으로 돌아왔으나 한 번 출가했던 여자가 친정으로 돌아와 사는 것은 여러 모로 힘든 일이었다. 죄를 지은 것도 아닌데 사람들의 눈총은 싸늘하기 그지없었다. 늙어 가면서 혼자 외롭게 살 일도 걱정이었다. 오빠의 부탁으로 해월 선생의 옷을 몇 차례 지어 준 적이 있는데 해월 선생이 그때마다 바느질 솜씨를 칭찬했다고 한다. 오빠 손병희에게는 스승의 칭찬이 예사로 들리지 않았다. 해월을 옆에서 모실 수 있다는 것은 대단한 영광이 아닌가. 손병희는 누이에게 딸들과 아들은 출가했고 열한 살 영민한 딸아이가 하나 있는 자기 스승에게 개가를 하는 게 어떻겠느냐고 의중을 물어보았다. 출가 전부터 해월의 됨됨이를 들어 알고 있던 손소사는 어렵지 않게 결단을 내리고 청주를 떠나 보은행 가마에 올라탔다.

윤은 손 씨 큰어머니에게 괜스레 미안하고 송구한 마음이 들어 젊은 어머니가 오게 될 모양이라는 걱정의 뜻을 비추어 보았으나 이미 쇠잔할 대로 쇠잔해진 큰어머니는 다만 감사할 뿐이라며 윤이 어른의 보살핌을 받게 된다면 다행한 일이라고 말해 주었다. 새어머니는 젊고 시원시원했다. 손소사가 큰댁을 어머니처럼, 윤을 동생처럼 스스럼없이 대하고 집안 살림을 규모 있게 꾸려 내는 것을 보고 주변 사람들은 모두 한걱정을 덜게 되었다.

윤은 집안일을 도우며 짬짬이 다시 공부도 할 수 있게 되었다. 이제 언문으로 된 책은 쉽게 읽고 쓸 수 있어서 집을 드나드는 아저씨들에게 책을 구해 달라 부탁해서 닥치는 대로 책을 읽었다. 저녁에는 언니 같은 손소사에게 이런저런 이야기들을 해 달라고 졸랐다.

“새엄니는 어렸을 때 뭐 하고 놀았어요?”

“너는 뭐 하고 놀았니?”

“에이 또 내 얘기부터 묻는다.”

“나도 네 얘기가 궁금하거든.”

“음, 나는 연화 언니하구, 덕기 오빠하구, 연국이 오빠가 집에 있을 때는 연국이 오빠하구두 같이 산채를 많이 하러 다녔어요. 덕기 오빠는 노는 걸 좋아했지만 아버지가 시간 있을 때마다 산채 나물을 많이 갈무리해 놓으라고 하셨거든요.”

“뭘 뜯었는데?”

“고사리, 취나물, 참나물, 두릅…. 아유, 고사리 꺾는 건 너무 재밌어. 굵다란 게 그냥 톡톡 부러지거든요. 단양 송두둑에서 살 때가 제일 좋았었는데….”

윤이는 잠깐 무슨 생각이 들었는지 말을 끊었다.

“그리고 그 담엔 어디 어디서 살았어?”

윤의 얼굴에 다시 씩씩한 표정이 살아났다.

“그다음엔 상주 앞재로 갔지요. 우린 이사 다닐 때 밤에 다녀야 해요. 거기서 2년 살다가 또 멀리 불냇이래나 하는 데서도 잠깐 살았구 다시 몇 달 만에 앞재로 갔는데 길이 너무너무 멀어서 아주 식구들이 모두 죽는 줄 알았어요. 앞재로 돌아갔을 때는 집에 있던 게 깡그리 다 없어져 가지고 겨울에도 여름옷을 입고 있었지요. 나중에 누가 베를 가져다주어서 풀씨들을 훑어다가 솜 대신 옷에다 넣구….”

다시 무슨 생각이 들었는지 윤의 눈에 물기가 어렸다.

“그리구 다음엔 어디서?”

“그리구 지금은 이렇게 보은으로 와 살구….”

손소사는 어린것이 품고 있는 너무 많은 기억과 슬픔에 자기의 가슴도 먹먹해졌다.

“사람들이 우리 아버지보구 뭐라고 하는지 아세요?”

“동학 북접 주인.”

“아녜요. 최보따리라구 해요. 최보따리.”

“최보따리라니? 그 속엔 뭐가 있기에?”

“아버지의 큰 스승이 하신 말씀들을 적은 종이 묶음들이오. 짚신하구….”

윤의 표정이 갑자기 시무룩해졌다.

“우리 아버진 자주 쫓기세요. 기미가 이상하다 싶으면 바로 보따리를 들고 뜰 준비를 하면서 사시는 거예요. 아주 큰 일을 계속해야 하기 때문에 절대로 잡히시면 안 된대요. 송두둑에서 떠난 뒤로 계속 그러시는 걸요.”

“아주 큰 일이라는 게 뭔데?”

“세상을 바꾸는 일이래요. 지금은 양반이 마음대로 하는 세상이잖아요. 자기네가 윗분이라구 하면서 때리구 빼앗구…. 그래도 아랫사람들은 아무 소리두 못하구…. 양반들은 우리네를 천것들, 쌍것들이라구 한대요. 연국이 오빠는 그런 세상이 싹 다 없어져야 한다구 했어요. 물론 아버지 앞에서는 그런 소리 못 하지요. 우리 아버지는 없는 사람이 아니에요. 항상 만들어 가야 한다구 하셨어요. 살리는 거, 그게 더 크고 귀한 일이라구 하셨지요."

젊은 새댁은 앞으로 단단히 각오를 하고 살아야 한다는 교육을 받고 있었다.

"진짜 이제는 새엄니 얘기 하실 차례예요. 고향부터 시작해요."

"나는 청주에서 태어났어. 나두 큰어머니가 계시단다. 손천민 큰 접주님이 큰어머니의 손자니까 나이는 많아도 내 조카뻘이지."

"아, 그 글 잘 쓰시는 손천민 아저씨가 나이가 많은데두 조카예요?"

"응. 우리 어머니는 둘째 부인으로 들어와서 병희 오라버니랑, 나랑, 동생 병흠이를 낳으셨어."

"그래서요?"

윤은 바느질을 하고 있던 손소사의 다리를 베고 누었다.

"병희 오라버니는 어렸을 때부터 장난이 심했지. 동네 대장노릇하면서…. 그런데 우리 어머니가 둘째 부인이니까 첩의 자식이라고 열여섯에 혼인한 뒤에도 집안 제사 지낼 때 집안 어른들이 무덤에 절도 못 하게 했단다. 그러니까 오라버니가 곡괭이를 들고 무덤을 팠더라지. 뼛조각이라도 몇 개 가지고 따로 무덤 만들어 절하겠다고 말이야."

"이야. 손병희 아저씨, 아니 이제는 외삼촌이네. 외삼촌 참 대단하시다. 그래서요?"

"오라버니는 어딜 가서도 기죽는 법이 없이 당차니까 뭐 집안 어른들이 두 손 두 발 다 드셨지. 열일곱에 괴산서 수신사가 말 꼬리에 역졸의 상투를 매어 피투성이가 된 사람을 끌고 가는 걸 보고 낫으로 말 꼬리를 잘랐더란다. 관가로 잡혀갔는데 오빠가 한 방에 나를 죽이지 못하면 죽어서라도 다 복수하겠다고 소리를 쳤더니 사또 조병식이 겁이 나서 풀어 주더래."

윤은 손병희 삼촌이 자라나며 사고 친 이야기를 더 듣다가 스르르 잠이 들었다. 재미있는 이야기보다도 잠의 힘이 더 셌던 것이다.

인제에서 동경대전과 용담유사가 새로 간행되고 해월이 활발하게 포덕을 하러 다닌 덕분에 무자년(1888) 들어 입도자는 하루가 다르게 늘어나 이루 헤아릴 수가 없을 지경이 되었다. 단양, 충주, 청주, 목천, 보은, 공주, 예산, 청풍, 연풍, 괴산, 진천, 연기 등지에서 찾아오는 사람들이 줄을 이었다. 가을에 엄청난 기근이 들었지만 동학 교도들에게는 가진 것이 있으나 없으나 서로 돌보아 죽이라도 나눠 먹도록 유무상자(有無相資) 연통이 돌았다. 기근이나 괴질이 돌아도 이러한 해월의 가르침 덕분에 동학에 입도하면 해를 입는 경우가 드물었다. 이웃을 하늘로 여기는 이러한 인정과 이적 아닌 이적 때문에 동학에 대한 민초들의 믿음은 커져만 갔다.

기축년(1889)에도 흉년이 들었지만 탐관오리들의 횡포는 여전했고 구휼 정책이라는 것은 백성을 우롱할 뿐이었다. 쌀값은 폭등하고 전국에 아사자가 속출했다. 양반들은 급할 때에 쌀을 빌려주고 제때에 갚지 못하면 땅을 빼앗아 버렸다. 관에서 보릿고개에 빌려주는 장리곡에는 쌀겨가 잔뜩 섞여 있었지만, 가을에는 천하없어도 알곡으로만 갚도록 했다. 내줄 때는 작은 됫박에 평미레로 깎아서 담아 주었고 받을 때는 큰되로 수북이 담아서 셈하여 받아 갔다. 그렇게 해서 남긴 것은 수령과 향리들이 다 빼먹으면서 눈꼽만큼의 가책도 받지 않았다. 위로 좌우로 어디에서도 다 하는 짓이었으므로…. 흉년이 들 때마다 농민들은 농토를 빼앗기고 하루아침에 빈털터리가 되어 유리걸식하는 신세로 전락해 버리고, 부자는 쉽게 땅을 주워 먹었다. 땔나무를 해 오던 산도 권세 있는 작자들이 수령에게 몇 푼 쥐어 주고 자기네 산이라는 문서를 받아내어 임자 있는 산이라며 발도 못 붙이게 했다. 양반들은 너나없이 문어발처럼 쑤욱 쑥 앞으로 옆으로 뻗어가 내 것도 내 것, 네 것도 내 것으로 만들었다. 온갖 명목의 수탈에 견디다 못한 농민들은 갈퀴처럼 긁어 대는 벼슬아치들이 없는 산골로 들어가 화전민이 되고, 빈 섬으로 숨어들어 호구단자조차 버린 사람 아닌 사람이 되었다. 조정은 대책을 세우는 대신, 남은 사람에게 그 몫을 부과하였고, 보이지 않은 족쇄를 찬 농민들은 산 채로 피를 빨리며 하루하루를 죽지 못해 살아가고 있었다.

연초에 정선에서 민란이 일어나니 공연히 동학도들을 지목할 것이

염려되어 해월은 도인들에게 서로 왕래도 하지 말하고 일렀다. 그러나 인제에서도 연이어 민란이 터지자 각지의 관아들은 다시 동학에 혐의를 두고 날을 세웠다. 동학도들은 주로 친인척으로 조직을 확대해 나갔고, 연원이 있으므로 잡아다가 물고를 내면 연줄연줄 연이어 잡아들일 수도 있었다. 해월은 지목을 피해 영남, 호서, 인제의 깊은 산으로 전전해야 했고 덕기와 연국을 비롯해서 동학도들은 너도 나도 피신을 서둘렀다. 가을에 서인주를 비롯해서 서울로 갔던 도인들이 체포되었다는 어수선한 소식들이 사방에서 들려왔다. 누구는 사형을 당했고 누구는 바다 멀리 외딴섬으로 유배되었다고 했다. 그 북새통에 손씨 부인은 젊은 손씨 부인과 윤의 간호를 받다가 10월에 세상을 떠났다. 44년간 해월의 아내로 살면서 인고의 세월을 보내야 했던 여인. 많이 야위었지만 그녀는 입가에 엷은 미소를 띠고 있었다. 또 다시 하늘나라에서 온 선동의 안내를 받게 되었을까.

서둘러 장례를 치르고 손소사는 불러 오는 배를 안고 해월이 보낸 제자들을 따라 윤과 함께 강원도 간성 왕곡마을로 가서 겨울을 지냈다. 봄이 되어 지목이 뜸해진 틈을 타서 다시 오라버니 손병희가 마련해 준 충주 외서촌 보뜰에 당도했다. 오래전, 영양에서 손씨 부인과 딸들을 잃고 지아비 된 도리, 아비 된 도리를 하지 못한 것에 대해 혹독한 아픔을 견뎌 내야 했던 해월은 두 번 다시 그런 일을 겪고 싶지 않아 가족들의 피난길을 애써 챙겼다. 이제는 처남이 된 손병희가 크게 힘을 보태 한결 수월해지기도 한 터였다. 젊은 손 씨는 강원도에서 내려오는 길에 아들 동희를 낳았다.

해월은 강원도 중에서도 오지인 양구, 인제 등지를 전전하면서, 제자들로 하여금 가족을 외서촌에서 공주 정안으로 옮기게 했다. 해월은 늦여름이 되어 공주로 와서 가족을 잠깐 만났는데 다시 한 달 후에는 진천으로 가족을 옮겨야 했다. 손 씨로서는 참말로 윤이 말대로 동학 교주와 사는 것이 어떤 것인지, 젖먹이 아기까지 업고 다니며 혹독하게 신고식을 치른 셈이다.

이렇게 바쁘게 몰아치는 가운데에도 해월은 나뭇가지 위에서 우는 새의 소리도 시천주 소리라는 설법을 남겼다. 보따리를 메고 긴장의 끈을 놓치지 못하고 수없이 산으로 들로 쫓기는 길. 그 길에서도 해월은 꽃에서, 나뭇잎에서, 벌레들에게서, 돌멩이에게서 하늘의 향기와 하늘의 힘과 하늘의 사랑을 보았고 이를 전했다.

가족의 거처를 진천의 금성동에 마련한 뒤 해월은 가을부터 영남 지역을 돌며 조직 재건을 독려하고 강도(講道)를 잇따라 열었다. 김산에서는 여성 도인을 위한 내칙(內則)과 내수도문(內修道文)을 지어 발표했다. 임신 후의 주의할 점과 여성들이 수행할 때의 요점들을 단아한 경어로 안내했는데, 이 글을 읽으며 아낙네들은 귀하게 대접받으며 귀한 인품을 가진 사람으로 탈바꿈하게 되는 뿌듯함을 맛보았다. 해월은 모든 도인들의 집에서 어린아이를 치지 말라는 간절한 당부도 덧붙였다.

"어린 자식 치지 말고 울리지 마옵소서. 어린아이도 하늘님을 모셨으니 아이 치는 게 곧 하늘님을 치는 것이오니 천리를 모르고 일행 아이를 치면 그 아이가 곧 죽을 것이니 부디 집 안에 큰소리를 내지 말고 화순하기만을 힘쓰옵소서. 이같이 하늘님을 공경하고 효성하오면 하늘님이 좋아하시고 복을 주시나니 부디 하늘님을 극진히 공경하옵소서."

해월이 가는 곳마다 포덕이 성공적이었던 것은 그간의 조선 일상이 양반 중심의 가르침으로 권위와 위세를 강조했던 것에 비해 동학은 사람의 마음을 헤아려 다독여 주고 신선의 관용을 품게 하였기 때문이다. 늘 따듯한 시선으로 따듯한 마음으로 다른 사람을 대한다는 것은 무엇보다도 자신의 마음을 토닥이고서야 가능했던 것이니 해월의 말은 듣는 이로 하여금 스스로 하늘사람이 된 듯한 벅찬 감동을 주었다.

때리는 놈은 웅크리고 자도 맞은 놈은 다리 뻗고 잔다는 민초들의 자조 섞인 말도 있었지만 해월이 설파하는 동학에서는 때리는 놈도 있을 수 없고 맞는 놈도 있을 수 없으니 그저 입이 벙실거려졌다.

3. 청산, 푸른 산 맑은 물이 피로 물들다

합법적 시위에 공을 들였지만

비밀을 지키기 위해 친인척으로 조직을 늘려 가서 '처남포덕'이라고 했던 동학은 '마당포덕'에 '우물청수'라는 말이 돌 만큼 빠른 속도로 교도들이 늘어 갔다. 수많은 사람들이 밀려들어 방에 들어올 새도 없이 마당에서 우물을 중심으로 둘러앉아 그 우물을 동학 의례 때에 떠 놓는 정화수인 청수 삼아 입도식을 했기 때문이다.

세상이 바뀔 것이라 했다. 조선의 운수가 다하여 장래 새 국가를 건설하게 된다고 했다.

너도나도 한울을 모시고 있으니 사람 사이에 높고 낮음이 없이 모두 귀하다 했다.

나라를 도와 백성을 편케 하자고 했다.

어려울 때 서로 돕는 것이 하늘마음이라 했다.

주문을 외우며 하늘마음을 키우면 병도 오지 않는다 했다.

도움을 주어도 즐겁고 도움을 받아도 기뻤다. 무자년(1888)과 기축년(1889)의 연이은 대흉년에 동학도들은 서로 나누면 살 수 있다는 생존 법칙을 깨달았다. 돈, 식량, 기술, 지식, 힘…. 무엇이든 가진 자와 안 가진 자가 서로 돕는 동학의 유무상자(有無相資)라는 말이 얼마나 크고 아름다운 뜻을 가진 것인지 실감했다. 살면서 이렇게 의지가 되는 사람들을 만날 수 있다는 것은 얼마나 큰 행복인가!

동학 하는 사람들이 날로 늘어나니 한동안 뜸하던 유생, 토호, 관원들의 토색질도 덩달아 날개를 달았다. 두 번째로 충청 감사로 부임해 왔다는 조병식이 다시 동학도들을 잡아들이기 시작했다. 관아에서는 동학도들을 잡아다 곤장을 치고, 속전을 받고서야 풀어 주었다. 해월은 뻗쳐 오는 지목의 창끝을 피해 상주 윗왕실로 거처를 옮겨야 했다. 충청도의 영동 옥천 청산의 수령들뿐 아니라 전라도 김제 만경 무장 정읍 여산 등의 탐관오리들도 동학도들의 재산을 빼앗고 그들을 길거리로 내몰았다.

"엄니, 또 무슨 큰일이 생겼나요? 서인주(서장옥) 아저씨랑 모두들 얼굴이 왜 저렇게 굳어 있지요?"

아버지의 버선을 만들고 있던 윤이 물었다. 열다섯이 된 그녀는 완전히 성숙한 처녀티가 났을 뿐 아니라 바느질 솜씨는 이제 새어머니 솜씨를 빰칠 정도가 되었다.

"충청도, 전라도에서 탐관오리들이 못되게 굴어서 도인들이 모두 거리에 나앉을 지경이라는구나. 그래서 저이들이 신원을 하자고 졸라 대는 모양이야."

동희의 옷을 짓고 있던 손 씨가 대답했다. 걸음마를 배운 게 엊그젠데 이제는 마구 뛰어다니니 옷이 남아나지 않았다.

"신원이 뭔데요?"

"네 아버지 스승이신 수운 선생님이 30년 전에 무고하게 죄를 쓰고 돌아가시지 않았니? 그걸 다시 제대로 밝혀 달라는 거지. 그래서 서학 믿는 사람들처럼 마음 놓고 동학을 할 수 있게 해 달라는 거야. 서학 믿는 사람들도 처음에는 수만 명 씩이나 죽어 나갔다잖으냐. 지금은 내놓고 믿는 걸…. 수운 대선생님이 신원이 되면, 동학 한다는 구실로 도인들을 잡아가는 일은 없을 것이니, 그리하자는 의논을 아버지에게 드리는 거란다."

"아버지가 쉽게 결정을 안 하시나 봐요?"

"20년 전에 이필제란 사람이 같은 소리를 하고선 아버지를 끌어들였는데 사람들만 엄청 상하고, 그때 왜 큰어머니랑 식구들도 잃으셨다잖니? 엄청 후회를 하셨더란다. 두 번 다시는 사람들을 잃고 싶지 않으신 게야."

"그래도 모두들 좀처럼 물러날 기세가 아닌걸요."

"아버지도 많은 궁리를 하고 계시겠지. 뜻을 밝히되 이쪽이나 저쪽 사람들을 서로 상하지 않게 하는 방법을 찾으시려고…."

며칠을 두고 거듭 간청하며 해월의 대답을 기다리던 사람들의 얼굴에 환한 빛이 퍼졌다. 해월이 드디어 결심을 한 것이다. 공주의 충청 감영에 소장을 제출키로 하고, 앞장서기로 한 도인들은 청주 솔뫼(松山) 손천민 집에 도소를 설치하고 빈틈없는 준비를 해 나갔다. 추수가 끝난 뒤인 10월에 1차로 충청 감사를 상대로, 11월엔 2차로 전라 감사를 상대로 뜻을 밝히기로 했다. 그동안 숨어서만 동학을 하던 사람들이 백주 대낮에 스스로를 드러내야 하는 일이어서 사태가 어찌 흘러갈지 재삼재사 살피지 않을 수 없었다. 질서를 지켜 평화적인 시위가 되도록 하는 것이 관건이었다. 영해에서의 이필제 때와 같은 실수는 두 번 다시 저질러서는 안 되었다. 책임자는 덕과 신의가 있는 접주들로 하고 의관을 갖추고 민폐가 없도록 할 것이며 질 낮은 언행은 절대로 삼가서 동학도의 진면목을 보여주고자 했다.

10월에 공주에 천여 명의 동학도가 모였다. 충청 감사 조병식이 집무하는 포정사 앞에 무릎을 꿇고 의송 단자를 올렸다. 나흘 만에 충청 감사는 교조신원은 정부 차원의 약속이니 들어줄 수가 없으나 관리들의 탄압을 중지하도록 각지에 명령을 내리겠다는 약속을 했다. 닷새 만에 얻은 부분적인 승리다.

11월에는 수천 명이 삼례에 모여 전라 감사 이경직에게 의송 단자를 올렸다. 몇 년 전 김덕명 접주의 주선으로 입도한 전봉준이 앞에 나서 무릎을 꿇고 엿새를 보냈으나 묵묵부답. 다시 답을 촉구하는 글을 보내 마침내 열흘 만에 충청 감사 조병식과 같은 답장을 받았다.

그러나 충청 감사, 전라 감사의 약속은 지켜지지 않았다. 해산을 위한 입에 발린 약속이라는 것을 알고, 동학도들은 한양으로 올라가 임금님에게 직접 상소를 하기로 했다.

계사년(1893) 2월 동학도 천여 명이 한양으로 올라가 경복궁 밖에서 사태의 추이를 지켜보는 가운데 박광호를 소두로 한 대표자들이 경복궁 정문인 광화문 앞에 엎드려 상소문을 올렸다. 무릎 꿇고 엎드린 지 사흘째, 임금은 "각기 집으로 돌아가 생업에 안주하면 소원에 따라 베풀어 주리라."는 답변을 보냈다.

동학도들의 예상대로였다. 지방의 감사도 그랬지만 임금 역시 지방 백성들의 애타는 호소에 진심을 가지고 귀를 기울이지 않았다. 동학도들을 확실하게 깨닫게 되었다. '우리는 백성의 신분으로 평화적으로 해볼 수 있는 최후의 방편까지 모두 다 했다! 저들은 민초들에게 관심도 갖지 않는다! 민초들이 뼛속 깊은 설움과 분노를 토해 놓는데도 저들은 듣는 귀를 가지고 있지 않다! 저들은 절벽이다! 좋다. 이제 우리는 우리 식의 방법을 또 다시 강구할 것이다!' 돌아서는 그들의 눈에 비친 한양은 이미 왜인들과 양인들의 천국이 되어 있었다.

해월의 고민

10월의 공주 집회를 끝내고 다음 달에 있을 삼례 집회에 참여하려던 해월은 중도에 말에서 낙상한데다 배탈까지 얻어 삼례의 일을 손천민에게 일임하고 청주 서택순의 집에 머물러 있었다. 제자들이 모두 떠나고 그는 조용히 묵상에 잠겼다.

'충청 감사에 이어 전라 감사에게 천여 명 이상이나 몰려가 대선생의 신원을 호소하고 있다. 탐학에 젖어 있는 지방의 관찰사가 해결할 수 있는 일이 아닐 것이다. 곧이어 임금에게 상소하자는 말이 나올 것이고, 외세에 의존하며 휘둘리는 무능한 조정 역시 쉽사리 귀를 기울이지 않을 것이다. 지금 조정까지는 몰라도, 호서 호남의 양반과 관리들은 이제 우리 동도의 세를 어렴풋이 알아채고, 우리를 새로운 눈으로 주시하기 시작했다. 백성들이 깨어나면 지금까지 누리던 이익을 손쉽게 얻지 못하리라는 것을 저들은 누구보다 잘 알고 있다. 그들은 우리의 싹을 잘라 내고 짓밟아 버리기 위해 무력을 쓰고 싶을 것이다. 그러나 이제 동도는 더 이상 어설픈 싹 정도가 아닌 것을…. 무력으로 부딪쳐 오면 젊은 도인들이 일시에 세를 규합하여 맞부딪칠 터…. 그리되면 양쪽에서 엄청난 희생자가 생길 것이다. 그 전에 동학 도인이 더욱 많이 늘어나서, 하늘이 감응하여 동학의 기운이 국운을, 천운을 움직일 수만 있다면 큰 희생 없이 새 세상이 올 수도 있으련만….'

거기까지 생각하다가 해월은 그만 고개를 꺾고 말았다.

'그리되지 않을 것이다. 부산이 개항했고, 원산, 인천이 개항한 것이 벌써 십여 년 전의 일이다. 도인들에 대한 탄압은 날이 갈수록 극심해지고, 관리들의 탐학은 꺾일 줄 모르는데, 이 나라를 넘보는 왜의 움직임이 심상치 않았다. 일본은 신식 병기를 갖추었다고 했다. 욕심을 채우려고 곧 굶주린 늑대처럼 덤벼 올 것이다. 스승이 '개 같은 일본놈'이라며 누누이 일본을 경계하라 하시지 않았던가.

동학 도인들은 유례없이 탄압받으면서도 그러기에 더욱 단단해져 가고 있다. 부딪힐 것이다. 머지않아 크게 부딪히리라. 그리고 또다시 크게 상처 입게 되리라. 내가 가늠할 수 없을 만큼 희생자가 많게 되리라. 뜨거운 눈물이 볼을 타고 흘러내렸다. 그러나 어찌할 것인가. 이것이 시운인 것을… 천운인 것을…. 필요한 상처라면 역사가 그 고통을 안고 갈 것이다. 개벽의 세상은 쉽게 오지 않을 것이며, 내 눈으로 보지 못할 것이다. 그런들 어떠하랴. 개벽을 향해 걷고 있는 내 발걸음 하나하나가, 도인들의 한 걸음 한 걸음이 이미 개벽이다. 그들의 발자국에서 이미 개벽의 싹이 트고 있지 않은가? 개벽을 향한 발걸음이 코앞의 죽음으로 이끌어 간다 하더라도 그들은 이미 개벽의 주인공이 되어 있을 것이니 그 길을 어찌 막을 수 있겠는가. 그들은 살기 위해 죽음을 택할 것이고 그 죽음을 통해 역사 속에 다시 살아날 것이다. 스러지고 스러지면서도 멈출 수 없는 길이다.'

해월은 크게 숨을 내쉬었다.

보은 집회

"엄니, 일이 점점 커지나 봐요."

"그래, 수천 명씩 모여서도 일이 안 풀리니 이제는 수만 명이 모이려나 보더라."

"연화 언니랑 형부는 벌써 청산 집에서 보은 쪽으로 오가며 준비를 하고 있대요."

"연화가 고생이 많구나. 여기저기 연통 다니랴 아버님 말씀 받아 정리하랴."

"정말이에요. 연화 언니랑 연국이 형부가 없었으면 어땠을까요? 아이가 안 생기는 게 걱정이지만 한편으로는 그러니까 남장도 하고 홀가분하게 이 일 저 일을 맡아 할 수 있으니 다행이에요."

"그래 수행도 열심히 한다지? 둘이 어쩜 그렇게 한결같은지."

"보은 집회 때는 우리도 가야지요?"

"그럼, 전국에서 못해도 수만 명이 모인다니 모두 가자꾸나. 일손을 거들 수 있는 사람들은 모두 모아야겠네."

"그런데 며칠 만에 어떻게 수만 명을 모아요?"

"글쎄 말이다. 그런데 그동안 해 온 걸 보면 힘들 것 같지 않구나. 연화 언니만 해도 여자 몸으로 하루에 100리씩 다닌다잖니. 아버지야 200리 길도 다니셨다 하고. 그동안 아버지가 임명한 접주가 수천 명은 될 것이니라. 그렇게 한 동네만 전하면 거기도 또 얼른 발 빠른 사람이 다른 동네로 전하고…. 김낙중 아저씨처럼 말 타고 다니는 사람도 있고….”

1893년 3월. 취회가 벌어지는 보은 장내리에 도착한 윤은 벌린 입을 다물 수 없었다. 세상에 이렇게나 많은 사람들이! 윤은 태어나 그렇게 많은 사람이 모인 건 처음 보았다. 공주와 삼례에도 사람이 많이 모였다지만, 지금은 그때에 비해서도 열 곱, 스무 곱이 넘는 사람들에 장사치까지 몰려들어 온 조선의 사람들이 다 이곳 보은 장내리로 모여든 게 아니냐는 소리도 들려왔다. 집으로 숱한 사람들이 드나들었고 아버지도 숱하게 나들이를 하셨지만 그래도 이렇게 수만 명이 모두 동학을 하는 사람들이란 말인가? 아버지가, 형부가, 손병희 삼촌이, 서인주 아저씨가, 덕기 오빠가 늘 바쁘게 어울려 일을 하는 건 알았지만 그 일이 이렇게 많은 사람들의 마음을 움직이고 있는 지는 진짜로 몰랐다. 척왜양창의, 보국안민(輔國安民, 나라를 바로잡아 백성을 편케 한다)의 깃발이 멋지게 휘날렸다. 전국 곳곳에서 몰려든 사람들이 제각기 포별 깃발 아래 집결하여 주문을 외기도 하고 경전을 함께 암송하기도 하는 모습이 그야말로 동학 세상이었다. 아버지는 그곳에서 좌우의 여러 도인들에게 이것저것 일을 지시하며 눈코 뜰 새 없이 분주하셨다.

임금이 보낸 관리들과 한 치도 물러남 없이 마주 앉아 팽팽하게 담판을 하고 있는 병희 삼촌과 서병학, 이희인, 조재벽, 이근풍, 이중창, 허연 접주 접주 어른들도 늠름하였다. 수만 명이 모였지만 대소변이며 머무른 자취는 흔적도 없이 깨끗했다. 엿장수, 떡장수, 쌀장수도 동학도들의 정직함과 질서 바름에 놀랐다고 했다.

그러나 조정의 태도는 달라진 게 없었다. '돌아가서 생업에 종사하면 평안케 할 것이니 의심하지 말라!' 공주, 삼례, 한양 상소, 보은… 모두 판박이다.

일단 입발림을 해서 해산시키고, 담당 관리를 야단치는 듯이 하여 도인들의 눈치를 살피고, 그러고는 다시 원점으로 돌아간다.

그러나 물론 무위로 끝난 것은 아니었다. 정부는 동학도들의 세력이 어마어마하다는 것을 알게 되었다. 선무사 어윤중은 말이면 말, 글이면 글로 야무지게 응대하는 그들의 논리에 놀랐으며, 그들의 질서 의식에도 놀랐다. 이자들은 비도가 아니다. 그러나 그렇기 때문에 더욱 위험한 존재들이며 만만한 상대가 아니다!

동학도들에게도 소득이 있었다. 조정은 소통 불가의 귀머거리라는 것을 확실히 알게 되었다. 또 있다. 자기 자신들에게 놀랐다. 수행만 하고 있으면 절로 새 세상이 온다고 생각하는 도인들이 아니었다. 언제라도 일어설 수 있다는 자신감이 생긴 것이다. 우리에겐 같은 생각을 하는 동지가 있다. 희망이 없어 보이는 무능한 조정 말고, 우리가, 우리 손으로 척왜양창의, 보국안민을 이룰 것이다. 우리 손으로 새 세상, 개벽을 일굴 것이다!!!

윤이, 새어머니, 연화 언니, 올케언니는 물론이고 연락이 닿은 일가친척 여자들도 모두 모여 밥을 하고 뒷바라지를 했다. 돌아가신 손씨 큰어머니의 손녀라는 조카 신태희도 처음 만났다. 이천 앵산동에서 온 태희는 아이들을 돌보는 솜씨가 탁월해서 애기삼촌 동희랑 조무래기들을 간수했다. 조카라지만 윤이보다 한 살 어리니 친구나 마찬가지였다. 둘이는 금방 죽이 맞아 떨어질 줄 몰랐다. 한 달여 엄청난 경험을 하고는 자기 집으로 돌아가지 않겠다는 태희와 함께 상주 왕실로 돌아왔다.

청산으로 이사하다

무장한 관졸들이 압박하며 다가오고 있었고 탐학은 금지시킨다는 약속을 받아 냈기에 보은 장안에서의 집회는 20여 일이 지난 4월 초에 해산되었다. 해월은 보은 집회 뒤에 아들 덕기와 사위 김연국과 함께 수운 처형 이후 세가 약해진 경상도 지역을 돌아보았다. 성주, 칠곡, 의성, 군위 등을 돌며 도인들을 만나 어려운 형편 속에서도 스승님을 잊지 않고 도를 이어 가는 노고를 위로하고, 정성을 다하여 공부하고 수행할 것과 아울러 작금의 세태에 동학도들이 해야 할 일에 대해서 의견을 나누었다.

4월 초순에 떠난 길인데 분주히 돌아다니다 보니 어느새 7월도 다가고 있었다.

구미 인동에서 금산으로 가는 도중 덕기가 이상한 언행을 보였다.

"아버지, 저, 저게 뭐예요?"

"무엇이 말이냐?"

"검은 손이요. 막 내게 가까이 와요. 어, 어…."

해월은 얼른 아들 앞으로 나와 서서 아들을 안아 주었다. 아, 이게 무슨….

아버지 품에서 덕기는 조금 진정된 듯했다. 해월은 덕기가 노독에 지쳐 헛것을 보았다 여겨 금산과 황간의 도인 집에 들러 요양을 하려 했으나 시간이 지날수록 증세가 심해졌다. 8월 초순 해월은 상주 왕실 집으로 돌아왔다.

덕기 오라버니가 마당에 들어섰다. 눈빛이 예전과 달랐고 바지 앞자락은 소변 자국으로 얼룩진 채로 온몸을 부들부들 떨며 알 수 없는 말을 중얼거렸다. 윤이는 소스라치게 놀라서 오라버니를 불러 댔는데 옆에서 자던 태희가 흔들어 깨우는 바람에 잠에서 깨었다. 그리고 한 식경이나 지났을까. 윤이는 혼절할 뻔했다. 꿈에서 본 그대로의 모습으로 오라버니가 아버지 손에 이끌려 집으로 들어오는 것이 아닌가. 눈빛이 예전과 달랐고 온몸을 부들부들 떨며 알 수 없는 말을 중얼거리고 있었다.

아아…, 오라버니. 이게 또 한 번의 꿈이 아닌가 하여 마른 손으로 제 얼굴을 쓸어 보았지만, 분명 생시였다. 이럴 수는 없다. 돌아가신 어머니가 얼마나 공을 들였던 아들이었던가. 오라버니가 이처럼 낯선 사람으로 변하다니. 그리고 그 꿈은 대체 무엇인가. 어떻게 내 꿈에 똑같은 모습으로 앞서 나타날 수 있단 말인가? 아버지에게 꿈 이야기를 했으나 아버지는 아들을 돌보느라 딸의 말이 귀에 들리지 않는 듯했다. 8월 말, 김연국 내외가 사는 곳에서 멀지 않은 청산 문바위골로 이사를 했다.

흙탕물이 거세게 흘러가고 있었다. 윤은 강 가운데 솟은 작은 흙섬에 앉아 있었다. 누군가 윗저고리를 벗은 몸으로 위쪽에서 물살에 휩쓸려 떠내려오고 있었다. 앗! 오라버니다. 윤은 얼른 손을 내밀었다. 오라버니가 손을 뻗어 윤의 손을 잡으려 했지만 그만 놓치고 말았다. 아악 오라버니!

꿈이었다. 자리에서 벌떡 일어난 윤은 오라버니가 자는 방으로 뛰어 들어갔다. 밤새 아들의 곁을 지키느라 초췌해진 해월이 이제 막 세상을 떠나는 아들의 눈을 감기고 있었다. 아버지와 함께 밤을 지샌 올케언니가 왈칵 울음을 터뜨렸다. 윤은 아버지의 눈에서 떨어지는 굵은 눈물방울을 보았다. 그러나 그뿐.

제자들이 달려와 덕기의 주검을 수습할 때나 문바위 뒤의 산기슭에 매장할 때도 해월은 조금도 감정을 흩뜨리지 않았다. 흐느끼는 윤과 며느리에게 해월은 조용히 이렇게 말했다.

"슬퍼하지 마라. 한울이 주셨다가 한울이 데려가신 것을 슬퍼할 까닭이 있겠느냐. 사람이 태어나는 것과 죽는 것은 똑같은 일이다. 태어나는 것은 기뻐하면서 죽는 것을 슬퍼할 이유가 없느니…."

장사를 치르고 며칠 뒤 윤의 올케, 덕기의 아내는 친정으로 돌아갔다. 이제 겨우 21세. 아이도 없는 며느리가 시집에 남아 살기란 피차 힘든 노릇일 터였다. 주변이 조용해지자 윤이 해월에게 물었다.

"아버지, 두 달 전 오라버니가 낯선 모습으로 집에 돌아왔을 때 제가 바로 그날 새벽에 똑같은 모습을 꿈에서 미리 봤다고 말씀드렸잖아요. 그리고 며칠 전 다시 꿈에 물에 휩쓸려 가는 오라버니가 내민 손을 제가 놓치고서 놀라 꿈에서 깨었는데, 방으로 뛰어 들어가 보니…."

윤이 다시 흐느꼈다.

"슬퍼하지 말아라."

"아버지, 제가 꿈에서 오라버니 손을 꼭 잡았으면 오라버니는 돌아가시지 않았을 텐데요. 제가 팔을 더 내밀었더라면…. 제가 오라버니를 잡지 못했어요…."

"네 탓이 아니다. 그러기로 하면 아비 탓이 더 크겠지."

해월은 젖은 눈으로 미소를 지으며 윤의 등을 토닥여 주었다.

"네 영이 맑아지는 모양이구나. 감사한 일이다."

청년 김구 청산에 오다

갑오년(1894)의 새로 떠오른 해가 청산 문바윗골을 비추었다. 세상 구석구석을 하루도 빼지 않고 따듯한 빛을 비추어 뭇 생명을 존재하게 하는 참으로 고마운 해다. 도인들이 계속 문바윗골로 찾아들었다. 공주와 삼례, 그리고 광화문에서의 상소에 이어 보은의 큰 집회에 이르기까지 지속된 신원운동에도 조정은 식언을 반복하며 눈앞의 동학도들을 흩어 버리기에 급급했다. 더 큰 힘으로 더 세게 조정을 압박하자고 제안하는 도인들이 생겨났다.

전라도에서는 지난해 보은 집회 이후 유태홍[3], 김개남, 손화중, 전봉준 접주들이 바쁘게 움직이는 듯했다. 그도 그럴 것이 전라도 지역에서 관의 읍폐는 그 어느 지역보다 극심했다. 짚신이 2전, 소 한 마리 값이 60~70냥 하는 시절임에도 전라 감사 자리는 15만 냥이라고 했다. 곡창이 넓으니 관리들이 야료를 부릴 기회가 많았다. 봉급이 없는 아전이나 임채를 내고 벼슬을 산 자들은 모두 백성을 쥐어짜야만 했다. 탐욕에 눈먼 관리는 쥐어짜기 바쁘고, 권력 유지에 눈먼 조정은 귀 막고 나라의 체통 운운하며 호령하기에 바빴다.

갑오년 새해가 밝자마자 조병갑의 학정에 항거해 고부 관아를 들이쳤던 전봉준은 새로 부임한 고부 군수 박원명의 순순한 조처에 점령하고 있던 백산성에서 동학군을 철수시켰다. 그런데 사건을 수습

한다며 뒤늦게 뛰어든 안핵사 이용태는 조병갑을 두둔했다. 국법의 준엄함을 보이고, 반상의 법도를 바로 세우기 위해서는 역도들의 씨를 말려야 한다는 구실로 민란의 주도자를 찾는다며 마구잡이로 체포, 방화, 약탈, 강간을 자행했다. 안심하고 해산했던 농민들에게 기름을 붓고 불을 지른 셈이었다. 농민들이 다시 들썩였다.

전봉준이 발 빠르게 움직였다. 고부 봉기 이후 남도를 돌며 손화중, 김개남, 김덕명 등의 대접주들을 만나 대대적인 봉기를 설득하고 나선 것이다. 이심전심으로 뜻이 모아졌다. 이들의 움직임은 시시각각으로 해월에게도 전해졌다. 해월은 전면적인 봉기는 신중에 신중을 기해야 한다는 입장을 전했다. 그러나 수십 년 동안 마르고 닳도록 쌓인 민심에 한번 옮겨 붙은 불은 하늘에 사무치는 불길로 번져 올랐다.

작년 보은 집회에 국왕의 전권을 받고 나온 보은 출신의 선무사 어윤중은 동학도들의 주장대로 80만 냥을 부정하게 취한 충청 감사 조병식과 공주 영장 윤영기의 부정을 밝혀내고 해임시키며 탐학의 금지를 약속한 바 있다. 청산 현감 조만희 역시 보은의 민회를 지켜보았으므로 그들의 모임이 민회(民會)이며 비적이 아니라 민당(民黨)이라고 보고한 어윤중의 견해가 옳다고 생각했다. 그는 동학 도인들이 보통의 백성들보다 훨씬 더 품성이 뛰어난 사람들이라는 것을 알았다. 어려운 가운데에 그렇게 서로를 도와 가며 성품의 격조를 높여 가는 것은 놀라운 일 아닌가. 보은 민회를 경험한 떡장수, 엿장수, 소금장수들이 모두 입에 침이 마르도록 동학을 칭찬했고 동학도들이 오가는 길목에서 만났던 백성들이 모두 동학도가 되었다. 보은, 청산, 옥천, 영동 일대는 동학도들이 숨을 쉴 만하게 되었다. 특히 해월이 자리를 잡은 청산은 마음 놓고 동학 하기 좋은 곳이 되었던 것이다.[4]

그 무렵이었다. 황해도를 출발한 15명의 대표 도인들이 보은 장내리로 해월을 만나러 왔다. 지난가을 각기 연비(連臂)[5]의 성명 단자를 보고하라는 통문이 도착하여 황해도를 떠난 이들은 내려오는 도중에 포덕도 하고 산사에서 수행도 하며 겨울을 보냈다. 노자를 벌 겸 동네 일도 거들며 오느라 봄이 되어서야 도착한 것이다. 일행 15명 중에 나이가 가장 적은 이는 19세의 김구(당시 이름 김창수)인데 17세에 과거에 낙방한 뒤 동학에 입도해 열심히 포교를 해서 연비가 수천 명에 달하게 되어 이 일행에 끼게 되었다.

일행 중에 젊은 축인 이 접주가 총각 접주 김구를 찔벅거렸다. 젊은이가 수천 명의 연비를 거느렸다니 신통하기도 했고 시험을 해 보고도 싶었기 때문이다.

"자네는 어떻게 동학에 관심을 갖게 되었나?"

"2년 전에 과거에 떨어지고 나서 상심하고 있다가 아버지가 권해 주시는 마의상서(麻衣相書)를 보았지요."

"어째서?"

"관상에 능한 것도 사는 데 도움이 될까 싶어서요. 그런데 상호불여신호(相好不如身好) 신호불여심호(身好不如心好)라는 글귀를 보니 희망을 갖게 되더군요. 관상 좋은 것이 몸 좋은 것만 같지 못하고, 몸 좋은 것이 마음 좋은 것만 같지 못하다는 말입니다. 그런데 마음이 좋은 사람이 되는 법은 아무 데도 쓰여 있지 않더라구요. 그러다가 동학 이야기를 듣고 갯골 오응선 어른을 찾아뵈었지요. 그분의 가르침과 인품을 보고 동학이 바로 내가 찾던 것이로구나 하고 입도를 하였습니다."

"동학에선 무엇이 가장 마음에 들던가?"

"빈부귀천 차별이 없고 누구나 평등으로 대접하는 것이 마치 별세계에 온 것 같았습니다. 내 안에 하늘을 모시고 있다는 시천주(侍天主), 나라를 바로잡아 백성을 편하게 한다는 보국안민(輔國安民), 무엇이든 가진 자와 안 가진 자가 서로 돕는다는 유무상자(有無相資), 포악한 정치에서 백성을 구한다는 제폭구민(除暴救民)…. 뭐 다 좋은 말 아닌가요? 그런데 선생님은 어떻게…?"

"하하. 나 역시 세상 돌아가는 꼴이 하도 더러워 억장이 무너져서 툭하면 술을 마시고 집사람이나 아이들에게 패악질을 하곤 했다네. 그러다가 법헌께서 부부 화순이 으뜸이라며 법설하신 것을 필사본으로 보게 되었지. '부화부순(夫和婦順)은 우리 도의 제일 종지니라….' 이렇게 시작된다네. '부인은 한 집안의 주인이니 혹 성을 내더라도 남편이 마음과 정성을 다해서 한 번 절하고 두 번 절하고 세 번 절하며 온순한 말로 성내지 않으면 반드시 화할 것이라.'고 하셨더군."

"아니 사내보고 여자에게 절을 하라니오? 한 번도 아니고 두 번 세 번? 어이구… 저는 아직 장가를 안 가 봐서 모르겠지만 이해되지 않는 말인데요."

"사람마다 제각각이겠지만, 나는 그 글을 읽는 순간 크게 깨우치는 바가 있었지. 갑자기 엉엉 울음보가 터지지 뭔가. 아내는 평소에 나를 무서운 짐승 보듯 했었거든. 그게 나를 더 화나게 만들었고 그 글을 읽고는 집에 가서 아내에게 앉으라 하고 큰절을 몇 번 했다네. 집사람이 깜짝 놀라며 어쩔 줄을 모르더라고. 내가 그동안 미안했다고 했더니 아내의 눈빛이 대번 달라지는 거야. 집사람도 크게 감동했는지 바로 동학에 입도했지. 아내도 친정 쪽 피붙이부터 시작해서, 우물가로 들로 산으로 다니며 주변 사람들에게 엄청나게 포덕을 했다네. 내가 술을 끊은 것은 물론이고 우리 부부 사이도 예전과 달리 다투는 일 없이 진정 화평하게 되었다네. 집 안에서 연일 웃음꽃이 피어나니 천국이 따로 없데그려."

김구는 깜짝 놀랐다. 아니, 동학에서 아무리 세상 사람은 누구나 차별 없다고 가르치지만, 그래도 어찌 사내가 아녀자에게 큰절을 한다는 말인가?

계사년(1893) 늦가을에 해주를 떠난 지 반년이 지나 갑오년(1894) 봄이 되었다. 보은과 가까운 청산 한곡리 문바윗골에 대도소가 마련되었다기에 그리로 향하는 동안에도 김구의 가슴 한쪽에 뭔가 미심쩍은 것이 계속 걸려 있었다. 청산에 도착하고 보니 도소로 가는 길에 집집마다 주문 외우는 소리가 들리는 것이 놀라웠다. 해월을 찾아오는 무리도 있고 만나고 가는 무리도 있어 문바위골 전체가 북적거렸다.

도소가 있는 문바위골 입구에 도착하니 키가 크고 덩치가 듬직한 장정들이 일행을 막아 세웠다. 혹시라도 관 쪽의 사람이 들어오는 것을 염려한 조처였다. 일행이 작년에 받은 통문과 연비들의 성명 단자를 내보이자 태도를 바꾸며 안으로 들여보내 주었다. 그다음 길목에서는 육임들이 나와 찾아오는 도인들을 안내했다. 해월을 만나려는 사람이 많아 차례를 기다려야 하므로 그 순서가 얽히지 않게 하고 해월을 만나는 절차와 예법을 설명해 주었다. 일행은 도소가 바라다보이는 길가 평상에 앉아 차례를 기다렸다.

김구는 이제나저제나 기별이 오기를 기다리는 동안 유달리 빈번하게 도소를 드나드는 처녀를 보았다. 곱게 빗어 뒤로 길게 땋아 댕기를 묶은 머리는 한 올 흐트러짐이 없었고 앙다문 빨간 입술이 고왔다. 약탕관에서 약을 짜 들고 "아버지…." 하고 도소 안으로 들어가는 것을 보니 해월 선생의 딸인 모양이었다.

김구는 슬그머니 일행을 떠나 처녀에게 다가가 물 한 그릇을 청했다. 물을 마신 뒤 그릇을 내밀며 김구는 슬쩍 처자에게 물었다. 눈이며 입매가 다부져 보였다.

"하나만 물어봅시다. 칼이 강하오, 꽃이 강하오?"

처녀는 한 치의 망설임도 없이 미소를 띠고 답했다.

"칼은 무 써는 데 강하고요, 꽃은 열매 맺는 데 강하지요."

처녀는 물그릇을 받아 들고 냉큼 부엌으로 사라졌다. 김구는 그 자리에 멍하게 서 있었다. 따스한 봄바람이 귓불을 스치고 지나갔다. 저 처녀에게 그토록 쉬운 답을 나는 왜 몇 달 동안이나 가슴에 담고 헤매고 있었던고!

차례가 돌아왔다는 기별에 일행에게 끌려 들어가면서도 총각은 자꾸 눈으로 처녀의 모습을 뒤쫓았다. 그렇다. 꽃으로 무를 벨 수 없듯이, 칼 꽂은 자리에 호박이 달릴 수는 없을 것이니….

방에 들어간 일행이 준비해 온 성명 단자와 폐백을 올리니 좌우에서 시종하는 사람들이 익숙한 솜씨로 갈무리하였다. 공무를 마치고 해월 선생으로부터 수도의 요체에 관한 말을 듣고 있는데, 전라도 고부에서 전봉준이 군사를 일으켰다는 보고에 이어 어떤 고을 원이 동학 도인의 전 가족을 잡아 가두고 가산을 강탈했다는 보고가 속속 들어왔다. 3월 이후 태인, 금구, 부안, 전주, 고부 등지에서 연일 전투가 벌어지고 있었다.

"호랑이가 몰려 들어오면 가만히 앉아 죽을까, 참나무 몽둥이라도

들고 나서서 싸워야지."[6]

해월은 진노하며 주먹을 불끈 쥐었다. 이제는 각각 제 지방에서 군사를 일으켜 싸워야 한다는 결의들이 방 안을 가득 채운 대접주들 사이에서 터져 나왔다. 그의 얼굴에 결기가 더욱 강하게 서렸다. 일이 급박하게 돌아가느라 김구 일행이 받아가야 할 도첩은 다음 날에야 나온다고 하여 일행은 청산에서 하루를 더 묵게 되었다. 다음 날 접주 임명을 받고 다른 도첩들도 받아 잘 싸서 봇짐에 넣고는 큰절을 하고 일어섰다. 김구는 도소를 떠나기 전 동작 빠르게 부엌 쪽으로 가 최윤 앞에 우뚝 섰다.

"어머, 깜짝이야."

부엌 문턱을 넘으려다가 놀라 비틀하는 최윤의 팔을 김구가 얼른 잡아 주었다.

"놀라셨다면 미안하오. 어젯밤 여러 가지 생각을 했습니다. 내 주변에선 아가씨 같이 지혜로운 분을 만날 수 없었거든요. 내 옆에 아가씨 같은 분이 있다면 얼마나 좋을까, 시절이 급박하게 돌아가지 않는다면 이곳에서 더 머무르면 좋으련만, 시국이 어수선하고 일행이 있어 어쩔 수 없이 떠나야 하니 너무 섭섭하구려."

김구는 자기 팔목에 끼고 있던 염주를 빼어 처녀의 손목에 끼워 주었다. 윤이 움찔 놀라 손을 빼려 했으나 김구의 동작은 재빠르고 힘이 있었다. 나무를 깎아 만든 것이지만 가운데에 자수정이 한 알 박혀 있는 것으로, 해주에서 내려올 때 들른 사찰에서 스님 한 분이 김구가 범상치 않은 상을 가졌다며 자기 팔목의 것을 빼어 건네주었던 물건이다.

"나는 김창수라 하오. 어제 아가씨에게서 크게 배웠소. 후일 다시 만날 수 있으면 좋겠소만…."

김구는 잡고 있던 윤의 손을 아쉬운 듯 놓아 주었다. 무슨 말을 더 하려는 듯했으나 저쪽에서 일행이 부르는 소리에 발길을 돌려야 했다. 발걸음이 안 떨어져 자꾸 뒤를 돌아보던 열아홉의 김구는 열일곱의 윤에게 그렇게 마음을 주고 떠났다. 한쪽에서 삼촌뻘 되는 다섯 살짜리 동희를 돌보고 있던 태희가 이 모습을 지켜보다가 킥킥대고 웃으며 다가왔다.

"윤이 이모, 맨날 나이 많은 아저씨들만 보다가 총각을 만나니 기분이 어떻수? 호호…. 어머, 수정이 박힌 염주네? 가지 말라고 붙잡을 걸 그랬지? 호호호…."

"예끼, 계집애가 까불기는…."

"이모나 나나 이제 곧 시집가라는 말이 나올 나이이긴 매한가지인데 뭘 그러우? 처녀 총각이 서로 관심 갖는 거 하나도 이상할 거 없지 뭐. 아까 그 총각, 잘 생겼던데…. 이모는 어떤 남자가 좋우?"

"그야 동학을 제대로 하는 남자라야겠지. 지혜롭고, 부지런하고, 당당하고, 구차하지 않고, 마음 씀씀이가 자상하면서 통이 크고…."

"나두 나두…. 호호호…."

윤은 태희의 뺨을 토닥거려 주고는 미소를 지으며 손목의 염주를 저고리 소매 안쪽으로 밀어 넣었다.

연화 언니도 떠나고

청산의 거포리 거흠에 거처를 정한 뒤 문바위와 보은을 오가며 묵묵히 장정 이상의 몫을 톡톡히 해내던 연화가 윤과 영동 심천의 장동리에 심부름을 가던 중 갑자기 아랫배를 움켜쥐며 얼굴을 찡그렸다. 윤이 급히 가까운 의원을 물어 찾아갔다. 그새 연화의 얼굴은 백짓장처럼 하얗게 되었다.

"언니, 이게 웬일이우?"

"고르게 있던 달거리가 이번 달엔 한참 없기에 혹시 수태했나 생각했지. 그런데 새벽부터 하혈이 있으면서 아프기 시작했어. 참아 보려고 했지만…."

맥을 짚어 보던 의원이 말했다.

"수태가 맞습니다만…. 이걸 어쩌누…. 뭔가 잘못된 것 같구려."

연화를 딱하게 바라보던 의원은 주섬주섬 침 도구들을 치우며 말했다.

윤이 다급하게 물었다.

"의원님, 무슨 일이에요. 네? 우리 언니 살려 주세요. 살아야 해요.”

의원은 윤을 따로 불러내어 작은 목소리로 말했다.

“아가씨, 미안하지만 내 힘으론 어쩔 수 없는 일이오. 애기집 근처 어딘가가 터져 피가 새고 있을 것이오. 시간이 얼마 남지 않은 것 같구려.”

윤은 그 자리에 털썩 주저앉고 말았다. 연화 언니는 아버지는 달라도 덕기 오라버니, 윤과 함께 한 어머니의 배를 타고 태어난 자매간이다. 어머니가 돌아가신 이후 연화 언니는 윤에게 어머니나 다름없는 의지처였다. 덕기 오라버니도 자식 없이 홀연히 떠나더니, 그 일이 있은지 반년이 채 되지 않았는데 언니마저도 떠날 것이라 한다. 아, 엄니…. 엄니, 이를 어째요. 왜 이렇게 빨리 불러 가시는 거예요? 나만 남겨놓고 다들 어딜 가나요? 뱃 속의 애기는 햇빛도 한 번 못 봤는데….

사정을 하여 의원집 가까운 곳에 방을 빌려 연화를 눕히고 연국에게 기별을 했다. 저녁이나 되어 도착한 연국은 창백한 모습으로 누워 있는 연화를 보고는 넋이 나갔다. 처음 만난 의붓아버지 눈에서 그리워하던 생부 배 씨의 눈빛을 보아 울었다던 11살짜리 계집아이. 20년간 자기 곁에 누이로, 아내로, 때론 어머니로 존재했던 연화다. 늘 주문을 입에 달고 살던 아내. 꽃을 보면서 탄성을 지르던 아내. 꽃향기를 맡으며 한울님 향기라고 미소 짓던 아내. 해월 스승님의 법설을 필사본으로 정리해 주던 아내.

연화의 식어 가는 손을 연국과 윤이 양쪽에서 잡고 함께 밤을 지새웠다. 연화는 다음 날 아침을 맞지 못했다. 1894년 6월 11일. 상황은 다시 긴박하게 돌아가고 있었다. 슬픔에 잠겨 넋을 놓고 있을 수도 없었다. 연국은 아내를 거적에 말아 지게에 지고 앞산으로 올라가 진달래나무 무더기 아래 묻어 주었다. 봄이 되면 진달래가 그녀의 친구가 되어 주리라. 언니의 마지막 가는 길을 따르는 윤은 이제 어머니 시신을 잡고 울부짖던 열 살 꼬마가 아니었다. 덕기 오라버니를 보내고 나서, 다시 어제 연화 언니의 손을 잡고 밤을 지새우며 아버지 말씀대로 태어남과 사라짐은 같은 것이라는 생각을 하게 되었다. 어머니, 오빠, 언니 모두 밝은 빛 속에 세상 만물을 향해 사랑과 축복을 보낼 것이라 생각했다.

벼 위에 쏟아지는 햇살 속에도 그들이 있을 것이요, 날아가는 새의 날갯짓에도 그들이 있을 것이며, 눈을 뚫고 솟아나는 새싹에도 그들이 있을 것이다. 아니 내 몸과 마음속에 이미 그들이 존재하고 있으니 슬플 일이 어디 있으랴. 윤은 뜨거워지는 햇살을 받으며 세상 모든 존재에 감사를 보냈다. 빈 지게를 지고 붉은 눈시울로 산을 내려오는 연국에게 윤이 말했다.

"형부, 나중에 나 죽었다는 소식 들리걸랑 슬퍼 말고 대신 박수를 쳐 주실라오?"

"그게 무슨 소리야?"

"힘들게 살았다면 고생이 끝날 터이니 박수 쳐 주고, 감사하며 잘 살았다면 또 잘 살았다고 박수 쳐 주고…."

"열일곱 살 처자가 하룻밤 사이에 도통한 거 같네그려."

김연국이 고개를 주억거리며 모처럼 미소를 띠고 말했다. 그러고는 급박해지는 사태의 소용돌이 속으로 급히 뛰어 들어갔다.

청산이 붉게 물들다

3월에 전라도 무장에서 봉기가 일어났고, 태인, 금구, 부안에서 전투가 벌어졌다. 4월 2일 진산에 모여 있던 동학군이 금산 보부상들의 기습을 받고 114명이나 전사했다는 소식이 들렸다.

"호남에서 모두 앉아서 죽는 것을 기다릴 수가 없소. 6일 청산 소사전으로 모두 모이라는 통문을 보내겠소. 이틀 뒤인 8일 회덕 관아를 점령하고 무기를 확보할 것이오."[7]

해월의 지시를 받은 동학군은 속속 청산 소사전으로 모여들었다. 뒤늦게 기포한 동학군이 모여드는 사이에, 대오를 정비한 선발대는 청산을 출발하여 4월 8일 회덕(대전) 관아를 점령하고 무기를 확보해 진잠으로 향했다. 진잠뿐만 아니라 연산, 옥천, 공주, 이인, 문의, 금산 등에도 수천 명의 농민들이 모였다.[8] 계사년(1893) 보은 집회 때 해임된 조병식 후임으로 왔던 충청 감사 조병호가 다시 해임되었다. 4월 말 새로 임명된 충청 감사 이헌영은 조정에 '공주 이하 지방은 나

라의 소유가 아니다.'라는 보고를 올렸다.[9]

호남 쪽에서는 정읍, 태인, 원평에 이어 전주성을 장악했다는 소리가 들려왔다. 겁에 질린 조정은 청국에 지원군을 요청했고 5월 5일 청군 9백 명이 아산에 상륙했다. 이틀 뒤에는 자국 거류민과 상인을 보호한다며 일본군 4백 명이 인천에 상륙했다. 동학 지도부는 외세 침략의 구실을 주지 않으려고 관군과 화약을 추진하였다. 폐정 개혁의 실시를 약속하면 전주성을 내어주고, 관과 협력하여 나라의 안녕을 도모하겠다는 것이었다. 청국과 일본군이 동시에 출병한 일로 어수선한 조정으로서는 마다할 일이 아니었다. 화약이 성사된 이후, 동학군은 전주성을 물러나와 각 전라도 군현별로 한두 개, 혹은 서너 개씩의 집강소를 설치해 폐정을 개혁해 나가기로 하였다. 조정에서는 동학군이 철수하였으므로, 청국군과 일본군은 철병할 것을 요구하였다.

그러나 일본군은 오래전부터 호시탐탐 조선 침략의 기회를 엿보며 치밀한 준비를 해 왔으므로 이 기회를 놓칠 수 없었다. 조선을 청국의 영향권으로부터 떼어내서 일본의 세력권에 두는 것이 궁극적인 목표였다. 그러려면 청나라와 시비가 붙어야 했다. 반면에 내우외환에 시달리던 청국으로서는 어떻게든 전쟁을 피하고 싶어 했다. 싸움이 벌어지기도 전에 승패는 이미 결정된 셈이었다. 일본의 외무대신 무쓰 무네미쓰(陸奧宗光)는 조선 정부가 철병을 요구하자 오히려 조선 정부를 위협하여 청병 격퇴를 일본에 맡기도록 하기 위해 경복궁을 점령키로 하였다.[10] 오토리(大鳥) 공사와 모토노 이치로 참사관, 오시마 요시마사(大島義昌)[11] 여단장이 긴밀하게 움직였다. 6월 21일(양 7.23) 0시 30분 출동명령을 받은 일본 보병 21연대는 폭약을 터뜨려 경복궁의 서문인 영추문을 열고 들어가 오전 4시부터 오전 7시 반까지 조선군 궁궐 수비대와 총격전을 벌여 이들을 물리치고 경복궁을 장악하였다. 고종은 일본의 사실상 포로가 되었고 조선의 정사는 일본의 입맛대로 운영되었다.[12]

일본의 왕궁 점령 소식은 빠르게 조선 전역으로 퍼져 나갔다. 해월을 비롯한 동학 지도부는 일본의 왕궁 점령에 큰 충격을 받았다. 병자년의 수호조규 이래 끊임없이 조선 침략을 노려 온 일본의 야욕을 익히 짐작은 하였으나 이렇게까지 대담하고 뻔뻔스럽게 나오리라고는 생각지 못하였다. 수운 선생이 '개같은 일본놈을 조심하라.'고 수차 당부했던 것은 아마도 이렇 일본의 본성을 꿰뚫어 본 말씀이라고 평이 분분하였다.

일본은 경복궁 점령 이틀 뒤 청일전쟁을 일으켰다. 선전포고도 없이 청국의 전함을 공격하여 기선을 제압하고, 평양 전투에서 대승을 거두고 내처 몰아붙여 청국군을 조선 국경 바깥으로 몰아내면서 승승장구한 일본은, 대외적으로는 조선을 중국의 간섭으로부터 독립시켰다고 말하면서 내부적으로는 조선반도를 완전히 자기 수중에 넣게 되었다고 국가적으로 축제 분위기에 젖어 들었다. 청일전쟁은 일본이 명치유신을 단행한 이래 대외 전쟁에서 최초로 승리한 전쟁이었다. 이제 일본에게 장애가 되는 것은 오직 하나, 동학당이었다.

모두들 죽음을 각오하다

"선생님, 5월에 청국 군대와 일본 군대가 들어왔을 때 우리가 빌미를 줄까 봐 정부와의 싸움을 중단하지 않았습니까? 그런데도 일본놈들은 철수할 생각을 하지 않고 오히려 조선 땅에서 청나라와 전쟁을 일으키면서 엄청난 군대를 조선에 파견하였습니다. 전신선을 가설한다면서 일본군이 수십 명씩, 수백 명씩 몰려다니며 우리 양민들을 못살게 굴고요. 이미 왕궁은 완전히 저들의 손아귀에 들어간 것 같습니다."

"선생님, 일본놈들이 경복궁을 점령한 뒤 청나라 군대를 기습하여 연전연승을 거두고 있다고 합니다. 이런 기세라면 머지않아 완전히 조선을 집어삼킬 것입니다."

"청군과 싸우는 일본군의 무기가 엄청나다고 합니다. 폭탄이며 총탄을 소나기처럼 퍼붓는데 그 성능도 대단히 뛰어나다고 합니다. 게다가 청국은 일본군 상대에 전력을 쏟을 형편도 되지 않고 부패하고 무능한 관리들이 많아 일본에게 오히려 밀리는 형국이라고 합니다."

"이렇게 속수무책으로 당해서는 안 되지 않겠습니까? 청군을 내몰고 나면 곧바로 조선 전체를 집어삼키려고 할 겁니다."

추석이 지나 가을걷이를 마치고 청산 거포리 거흠의 김연국 집에 모인 접주들이 각자의 생각을 쏟아 내었다. 해월은 깊은 생각에 빠졌다. '아, 우리에게 시간이 조금만 더 있었더라면…. 각자의 마음에 한울을 모신 것을 깨닫는 사람이 조금 더 많아지면 조용한 혁명으로, 평화로운 혁명으로 새로운 개벽세상을 우리 힘으로 만들 수 있게 될 것을…. 그런데 무능한 조정 관료들과 탐욕스러운 일본 때문에 우리가 꿈꾸는 세상이 이렇게 허망하게 물거품이 되어 버릴 것인가. 이필제의 일이 있는 뒤로 20여 년간 공을 들여 왔는데 이럴 수가 있단 말인가!' 해월은 미간에 깊은 골을 만들며 크게 한숨을 내쉬고는 입을 열었다.

"우리는 저들을 이길 만한 힘을 가지고 있는가?"

"저들의 총을 이길 수는 없을 것입니다."

"그럼, 왜 싸워야 하는가?"

"우리는 2년 전부터 충청도와 전라도 감영에 등소도 하고 한양으로 올라가 상소도 제출하고, 보은에서는 대규모 민회를 잇따라 열어서 관과 조정을 설득해 보려 하지 않았습니까?"

"그랬지."

"그런데 저들은 우리의 간절한 요구에 귀를 막고 있습니다. 요지부동입니다. 백성을 위해 지혜를 내려고 하거나 마음을 움직이려 하지 않습니다. 탐욕에 길들여진 무능한 자들입니다."

"그래서?"

"새 세상을 바라는 우리의 꿈을 저들의 탐욕 아래 짓밟히게 할 수는 없습니다. 게다가 벌레 같은 왜놈들은 이미 경성의 궁을 침범하여 나라가 위태로워지지 않았습니까?"

"우리가 일어나면 엄청난 숫자가 희생이 될 터인데도?"

"왜적을 치다가 죽는 건 오히려 비굴하게 살아남는 것보다 현명하다 할 것입니다."

"남겨진 처자식들의 삶도 고단해질 것일세."

"탐관오리들도 지금 죄를 묻지 않으면 남은 처자식인들 언제 편안하게 살 수 있겠습니까?"

"지금이 바로 일어서야 할 때일까?"

"이미 탐학 때문에 삶을 위협받았던 우리 백성들입니다. 일본놈들은 탐관오리들보다 더 야비하고 모질게 굴 터이니 앞으로 그 밑에서 누구도 안전하고 만족스럽게 살 수는 없을 것입니다. 이렇게 죽으나 저렇게 죽으나 매한가지일 터이지요."

"모두 죽을 각오로 저항을 할 텐가?"

"동학을 통해 새로운 세상을 꿈꿀 수 있었습니다. 우리가 왜 태어났는지, 무얼 위해 살아야 하는지 알게 되었고요. 이제 죽음이 두렵지 않습니다. 우리가 꿈을 포기하는 것이 더 두려운 일일 것입니다. 우리는 죽어도 역사 속에서 다시 살아나게 되겠지요. 우리 후손들은 비굴하게 오래 산 선조들보다 벅찬 감동을 안고 기꺼이 죽어 간 선조들을 자랑스러워할 것입니다."

"모두들 고맙네."

해월이 미소를 지었다. 이렇듯 결연한 각오를 하고 있다면 희생을 각오하고 떨쳐 일어서야 했다.

일본군의 작전, "모조리 살육하라!"

9월 18일 총력 기포가 결정되고 이 소식은 전국 각지로 빠르게 전달되었다. 충청도와 경기도, 강원도 일원의 옥천, 영동, 보은, 황간, 충주, 괴산, 청주, 청안, 덕산, 목천, 서산, 공주, 당진, 안면도, 염천, 태안, 양지, 여주, 양근, 수원, 안성, 음죽, 원주, 홍천, 횡성 등지로도 속속들이 연락이 닿았다. 전국에서 모든 접포들이 일제히 기포하기 시작했다. 얼추 헤아려도 20만이 넘는 숫자였다.

일본은 동학당을 뿌리째 제거하기 위해 진압 전담 부대를 따로 편성했다. 천황의 인가하에 이미 일본 내에서도 농민 봉기군을 무자비하게 진압한 경험이 있는 야마구치현 히코시마(彦島) 수비병 19대대를 동학당 진압 전담 부대로 편성하고 러시아의 간섭을 피하고자 '동학당을 한반도의 서남쪽 구석으로 내몰아 모조리 살육하라.'는 명령을 하달했다.[13] 일본을 출발하여 10월 9일 인천에 상륙한 19대대는 15일부터 세 부대로 나뉘어 서로, 중로, 동로 세 방향으로 남하하기 시작했다. 이미 수립된 작전 계획대로 동학군을 한반도 서남향인 전라도 해안으로 토끼몰이하며 조선군의 지휘권을 확보하고 동학 관련 모든 문서를 확보하는 대로 서울의 일본 공사관으로 보내어 정리한 다음 일본으로 보내도록 했다.

동학군의 사령탑이 청산에 있다는 것을 알게 된 일본 중로군은 10월 중순 청산을 초토화하고, 이어 19일엔 후지타(藤田) 부대가 들어와 청산 오리동을 다시 불바다로 만들었다. 11월 6일 문바위를 기습해서 도소의 서류와 서책을 압수하고, 수십 명을 사살한 뒤 이틀 뒤 다시 한밤중에 문바윗골의 80호에 불을 질렀다. 관군과 일본군은 '동학수괴' 해월을 잡기 위해 동학 지도자들의 본부가 있던 청산과 보은을 이 잡듯이 뒤지고 다녔다.[14]

공주성을 사이에 둔 대회전에 앞서, 충청 북부 지역의 동학군들이 목천 세성산에서, 내포 일대를 장악했던 동학군들이 홍주성 전투에서 대거 희생되었고, 효포에서도 청산현 석성리에서 큰 전투가 벌어져 동학군들이 쓰러져 갔다. 이어 증약 · 양산과 우금티 · 능티에서, 괴산 · 보은 · 성주 · 연산에 · 논산에서, 태안 · 서산에서, 전주에서, 태인과 금구에서 돌멩이와 죽창과 화승총을 든 동학군 수만 명이 화승총보다 수십 배 성능 좋은 일본의 무라다 소총, 스나이더 총 앞에서 가을 낙엽처럼 우수수 무너지고 말았다.

일본군은 사람을 죽이는 기계인 무기를 손에 쥐고 마음껏 휘둘렀다. 동학농민군은 사람을 살리는 도구인 동학도를 가슴에 지녔을 뿐이었다. 수만 명의 동학군은 10월과 11월 내내 관군과 대량 학살 전문 집단인 일본군 후비보병 제19대대 혼성군의 살육 작전으로 그렇게 스러져 갔다. 12월 2일, 순창 피로리에서 전봉준이 잡힌 것을 시작으로 손화중, 김개남이 잇따라 체포되면서 혁명의 열기는 꺾어지고 있었다.

청산을 샅샅이 뒤지고 다니던 일본군 조사대와 상주 소모영장 김석중은 청산에서 안소두겁, 김유성, 박기준, 지상록, 박부만, 이치오, 김순천, 여성도(대성리), 부성철, 강경중, 허용(법화리), 서오덕(삼남리), 김경연(작은 뱀티/소사동), 정윤서(영동 고관리), 이판석, 김태평, 김철중, 김고미, 배안순, 이관봉, 박추호를 포살했다. 인정리의 접주 최인관을 포살하고 그의 전답 80두락도 모두 몰수했다. 김성원, 송병호 등은 끌려가 뒤에 처형되거나 옥사했다. 게다가 병정들의 토색질이 끊이지 않았다. 온 마을이 동학도이다시피 했던 옥천에서는 일본군과 관군이 휩쓸고 지나가며 하도 토색이 심하여 6리를 가도 민가에 사람이 없고, 수백 호가 불에 타 없어지고, 많은 사체가 노상에 버려져 개와 새들의 먹이가 되었다.[15]

인질로 잡히다

옥천 지역의 유림으로 구성된 민보군 지도자 12명 중에 매의 눈을 한 박정빈이라는 자가 있었다. 내무주사로 있던 그는 가까운 곳에 동학의 최고 우두머리인 최시형이 거처하고 있었다는 것을 알고서는 혼자 기민하게 머리를 굴려 보았다.

'지난봄 전라도 지역에서 주로 치러지던 전투가 여름이 지난 이후로는 목천, 효포, 우금치 등 충청도 일대에서 치열하게 벌어지고 있다. 해월에게는 젊은 아내와 딸, 어린 아들이 있다고 했다. 같이 전장에 나서지는 않았을 것이다. 전투는 여기저기 이동하면서 벌어지고 있다. 수괴는 언젠가는 가족이 있는 청산으로 다시 올 것이다. 수괴를 잡으면 청산 현감은 물론이요 충청 감사 자리도 넘볼 수 있을 것이다! 현재 청산 현감으로 있는 조만희라는 작자는 믿을 만한 위인이 못된다. 조만희는 동학 비적들에게 흠뻑 빠져 있는 눈치다. 현감 모르게 일을 진행시켜야 한다.'

그는 눈치 빠른 세작 박가와 그 사촌 동생 정가를 풀어 문바위에서 조금 떨어진 인정리에 해월의 가족이 숨어 있다는 것을 알아냈다. '수괴가 돌아오기 전에 조용히 가족들을 빼돌려야 한다!' 그는 숨어 있던 해월의 부인과 어린 아들, 두 처녀를 한밤중에 끌어내어 청산관아에서 멀리 떨어진 별티의 외딴 농가 광에 손발을 묶어 숨겨 놓고 박가와 정가에게 철통같이 지키게 했다. 수괴 해월의 부인은 만삭의 몸이었다.

"작은할머니, 여기가 어딜까요?"

윤이 태희의 차거운 손을 잡아주며 말했다. 잔뜩 겁을 먹은 태희가 물었다.

"글쎄다. 보름달이 오른쪽 산으로 떠오르는 것을 보고 계속 걸어왔으니 팔음산 쪽이 아닐까 싶다."

"어머니, 우리를 어떻게 하려는 걸까요?"

"우리를 이용해 네 아버지를 잡으려는 수작이야. 그러니 목숨을 해치지는 않을 것이다. 너무 걱정들 하지 마라."

어린 동희는 불안한 가운데에도 세 여자와 함께 있으니 마음이 놓였는지 크게 보채지 않았다.

저녁에는 추위가 엄습했다. 문밖에서는 칼바람 소리가 계속 들려왔다. 보초 중 젊은이가 가마니를 몇 장 들여놓아 주기는 했지만 서로의 체온을 의지하지 않고서는 이가 딱딱거려 잠을 이룰 수도 없었다. 이렇게 추운데 아버지는 수많은 동학군들을 이끌고 어디서 무얼 하실까? 추위는 점점 더 심해질 것이다. 엄동설한에 짚신이나 제대로 신고 다니시려나. 무얼 먹고 어디서 주무시려나. 보초들의 감시가 엄중한 것을 보면 아직 살아 계시는 것은 확실하다. 천지 부모님, 동학 도인들을 보호해 주시옵소서. 평생 핍박을 받고 살아온 사람들입니다. 평생 빼앗기며 짓밟히며 살아온 사람들입니다. 그들을 굽어 살피소서….

밥 한 덩이를 세 여자와 동희가 나누어 먹었다. 그것도 하루에 두 번만 주는 것을 윤과 태희가 젊은 총각에게 사정사정해서 세 번을 얻어먹을 수 있게 되었는데, 하루 이틀 지나자 남자들이 처녀들을 보는 눈빛이 묘해진 것을 눈치챈 손씨 부인의 마음이 급해졌다.

"윤아, 태희야…. 내가 하는 말을 잘 기억해 두어야 한다. 아기는 어찌 생기는 줄 아느냐?"

"우리가 어찌 알겠어요. 다만 꽃은 비가 와서 벌 나비가 못 날아다니면 열매를 맺지 못하지 않나요? 벌 나비가 다리에 꽃가루를 붙이고 다니며 옮겨 주어야 열매가 달리지요."

"그래. 윤이가 역시 보는 눈이 다르구나. 아이가 태어나매 어미도 닮고, 아비도 닮는 것은 어미의 정과 아비의 정이 섞이기 때문이다. 할머니가 내 어머니에게 가르쳐 주시고 내 어머니가 또 내게 가르쳐 주신 것이니 이제부터 잘 들어야 한다."

윤과 태희는 왜 지금 이곳에서 손 씨가 이런 이야기를 해 주는지 몰랐지만 그 표정으로 보아서 무척 중요한 이야기임에 틀림없다고 생각했다.

"부부가 함께 산다고 언제나 아기가 생기는 건 아니다. 또 일 년에 한 번을 만나도 아기가 생길 수 있단다. 달거리가 시작된 날부터 다음 달거리가 시작되는 날의 딱 중간 날짜가 수태 되는 날이지. 그러니까 만약에 보름에 달거리가 시작된다면 다음 달에도 보름에 달거리가 시작되겠지? 그러면 언제가 수태 되는 날일까?"

"그믐이오."

"초하루오."

윤과 태희가 동시에 대답했다.

"그래. 그믐, 초하루 언저리가 수태가 되는 날이지. 만약 수태를 원한다면 그날을 택하면 되고, 수태를 피하려면 그날을 피하면 될 것이야. 하루 이틀 앞뒤로 달거리가 움직일 수 있으니 가운데 날짜들을 유념해야 하느니라."

며칠이 지난 저녁 무렵 손씨 부인이 배를 움켜쥐고 아랫니를 깨물었다. 진통이 시작된 모양이다.

4. 어거지로 시집을 가다

고문당하는 여자들

두 번째 출산이 처음보다는 수월하다고 해도 제대로 먹지도 못하고 추위에 떨며 밤새 진통에 시달리는 손 씨를 보는 것은 고통스러운 일이었다. 새벽이 되어서야 아기가 태어났는데 순간 손 씨는 혼절하고 말았다.

윤이 광문을 두들기며 소리쳤다.

"여보시오. 우리 엄니가 아기를 낳았어요. 탯줄을 끊을 가위랑 더운 물 좀 주세요. 예?"

그러나 웬일인지 밖에서는 아무런 기척이 없었다. 윤과 태희가 문에 달라붙어 소리치고 두들겨 봤지만 밖에 빗장을 지른 채 둘 다 사라진 걸 보면 무슨 일이 생긴 게 분명했다.

"어머, 이모…. 이 애기가 이상해. 왜 안 울지?"

"이를 어째…."

윤이 어설픈 솜씨로 아기 궁둥이를 쳐 보았으나 아기는 이미 싸늘하게 식어 있었다. 여자 아기였는데 숨 한 번 제대로 쉬어 보지도 못하고 가 버린 것이다.

밖의 남자들은 그날 하루 종일 기척도 하지 않았다. 이튿날도 마찬가지. 산모에게 따듯한 물이라도 한 그릇 먹여야 하는데…. 이놈들이 우리를 여기에 가두고 까맣게 잊어버린 걸까? 굶겨 죽일 심산인 거야? 어린 동희는 눈을 반쯤 감은 채 지푸라기를 씹어 먹었다. 아… 한울님!

셋째 날 밖에서 기척이 들리더니 민보군 한 명이 밥 두 덩이와 찬물 한 바가지를 들이밀며 오늘 하루치라고 말하고는 급히 사라졌다. 산모 이야기를 할 새도 없었다. 넷째 날도, 다섯째 날도…. 도대체 무슨 일일까?

"이모, 저들의 거동이 수상하잖우? 혹시 동학군들이 청산에 돌아온 것 아닐까?"

"너도 그렇게 생각하니? 나도 이상하다는 생각을 하고 있었어. 우리 크게 소리를 질러 볼까?"

어제 문틈으로 열나흗 날 달이 보였다. 이곳에 갇힌 지 벌써 한 달이 된 것이다. 둘이는 서로 눈짓을 하고 젖 먹던 힘을 다해 함께 크게 소리를 질렀다.

"사람 살려~."

"아버지이~."

"삼초~온~."

급히 빗장문이 열리더니 두 민보군 보초는 주먹으로 처녀들을 후려치기 시작했다.

"이년들이 어디서 까불어!"

남자들은 윤과 태희의 손을 뒤로 돌려 새끼줄로 묶고는 지푸라기 뭉치를 처녀들의 입 안에 밀어 넣고 새끼줄로 재갈을 물렸다. 그들은 피범벅이 된 치마를 두른 채 한쪽 구석에 누워 있는 손씨 부인과 짚단으로 덮어 놓은 물체를 보고 비로소 상황을 파악했던지 잠시 후 망태에 아이의 주검을 담고는 눈알을 부라리며 나갔다. 그중에 나이가 든 박가라는 놈이 소리를 질렀다.

"이년들아, 조만간 결판이 날 터이니 얌전히들 굴어!"

여자들을 빼돌려 광에 가둔 장본인 옥천 민보군 박정빈은 12월 11일 이후 상주 소모영 유격장 김석중과 함께 일본군을 안내하며 청산, 영동, 옥천, 황간에서 최시형, 손병희가 이끄는 1만여 명의 동학군을 집요하게 뒤쫓았다. 김석중이라는 자는 상주 담당인데도 경계를 넘어와서 닥치는 대로 포살하기를 즐기는 것 같았다.

"유격장께서는 청산 현감 조만희를 아시오?"

박정빈이 짐짓 예를 갖추어 물었다.

"나야 잘 모르지요만 좀 이상한 구석이 있더군요. 내가 풀어놓은 세작의 말대로 배학수와 김경연을 잡아들였는데 조만희가 자기가 잘 아는 사람들이라면서 동학과 전혀 관련 없는 사람들이라고 풀어 주라 하지 않겠수? 그래서 내어주며 고개를 갸웃거렸는데 나중에 다시 잡고 보니 그놈들이 운량도총관에 팔로도집강이라는 거괴들이더라고요."

"그러니 조만희가 저들의 손아귀에 있다는 말이 맞는 모양이구려."

박정빈은 자기도 얼마 전에 조만희에게 속은 사실을 떠올렸지만 계속 입을 다물고 들어 보기로 했다. 조만희는 적을 분주히 뒷바라지 하고는 적이 없다고 시치미를 떼는 못 믿을 작자임이 분명했다.

"또 뭐 내가 청산 사람들을 못살게 군다고 조정에 상소를 하기도 한 모양인데, 청산은 모두 비적들투성이인 걸 보면 보은에서의 작당 이후 여기가 온통 물이 든 모양이우. 그런데 그 해월인지 뭔지 수괴라는 놈은 굴을 세 개 파 놓는 토끼처럼 어떻게 잘 내빼는지, 정말 귀신같은 놈이오. 내가 이 잡듯이 뒤졌는데도 당최 꼬리를 잡을 수 없으니…."

"대체 그 잡았다는 거괴들은 다 어찌하셨수?"

"오래 끌 거 있소? 사방 천지에 비도들인데…. 이럴 땐 공초고 뭐고 빨리빨리 없애는 게 상수요. 비적을 놓치지 말고 공을 세워야 출세도 할 거 아뇨? 나는 상주에서부터 줄곧 그렇게 해 왔수다."

"아, 그렇지요."

박정빈은 맞장구를 쳤지만 김석중이 출셋길에 방해가 되는 귀찮은 놈일 수도 있겠다는 생각이 스쳐 갔다.

해월과 손병희가 이끄는 동학군은 임실까지 후퇴했다가 북으로 기수를 돌려 12월 9일 무주를 거쳐 북상하고 있었다. 청산을 거쳐 보은으로 향하는 행군이었다. 전라도 무주의 설천에서 고개를 넘어가면 바로 충청도 영동 용화면의 달밭고개. 이미 20여 차례의 대소 전투를 치른 그들은 달밭재에서 다시 관군과 전투를 벌이고 가곡리에서 또 한 번 격전을 치른 다음 용산리에서도 전투를 벌였다.[16] 12월 11일 용산 장터에서는 손병희 지휘하의 동학군과 김석중의 상주 민보군-관군 혼성부대가 하루 종일 밀고 당기는 전투를 했다.[17] 그러나 동학군의 수가 워낙 많아서 관-민보군은 철수할 수밖에 없었다. 밤이 깊어지자 눈이 날리고 운무가 어어 지척도 분간할 수 없었다. 12일, 청주 옥천의 관군이 합세했으나 손병희의 군대는 그들을 모두 물리치고 13일에는 청산에 도착했다. 도착하자마자 손병희는 사람을 풀어 해월의 가족이 간 곳을 여기저기 찾아보았으나 행방을 알 수 없었다. 만삭이 되었을 누이동생, 어린 동희와 윤, 태희는 도대체 어디로 갔단 말인가. 생사조차 확인할 수 없었다. 그러나 수많은 동학군을 책임지고 있는데 가족을 찾기 위해 그곳에서 오래 머무를 수는 없는 일. 그들은 청산에서 사흘을 머물고 16일 보은으로 출발했다. 매서운 칼바람을 맞으며 석성을 지나 삼승산 줄기를 오른쪽으로 두고 걸었다. 그들의 머리는 수피(현 탄부면 대양리)에 있었고 꼬리는 원암(현 삼승면 원남리)에 있어 그 길이가 30리에 이르렀다.[18]

용산 전투에서 동학군의 기세에 관해 보고를 들었던 박정빈은 동학군이 청산에 들어와 있는 동안 몸을 잽싸게 피해야 했다. 숨겨 놓은 인질들을 들킬까 애간장을 졸이며 그들의 철수를 고대했던 그는 동학군이 보은으로 떠나자 안도의 숨을 쉬었다.

보은으로 떠난 동학군들이 일본의 화력을 당하지 못하고 대패했다는 소식이 들렸다. 총을 가진 일본군인 하나가 동학군 200~300을 상대할 수 있다니 동학군들은 정말 무모한 놈들 아닌가. 17, 18일 이틀간 북실에서 죽은 수백 수천의 동학군 시체가 들과 산을 덮었다고 했다. 최시형은 이번에도 여우처럼 도망갔다지만 남녘에서는 호남의 거괴들도 이미 다 잡혔다고 하니 이 싸움은 이미 정리가 되어 가는 판이다. '이제 내 계획을 제대로 펼칠 때다.' 박정빈은 입가에 미소를 지었다.

박정빈은 급히 장계를 올렸다. '보은 집회 이후 충청 감사와 청산 현감이 동학도들을 느슨하게 다루었을 뿐만 아니라 적들을 뒷바라지까지 한 정황들이 드러나고 있습니다. 그 결과 충청 감사가 조병호, 이헌영, 박제순 등으로 바뀐 이후에도 비적들은 방자하게 굴고 있습니다. 무리들이 남쪽에서 다 체포되었다고 하나 여우 같은 동비의 수괴 최시형은 잡히지 않았는 바 저는 이미 이를 내다보고 청산에서 그 가족들을 비밀리에 잡아 놓고 있습니다. 제게 그들을 문초할 수 있는 권한을 주신다면….'

조정은 급히 12월 30일자로 옥천의 내무주사였던 박정빈을 청산 현감으로 임명하였다.[19]

박정빈, 해월 가족을 옥졸에게 내주다

아침이 밝았을 때 문이 열리더니 두 남자는 거동조차 못 하는 손 씨를 끌어내어 밖에 대어 놓은 소달구지에 태웠다. 매서운 북풍이 몰아쳤다.

"아저씨, 산모 몸에 찬바람이 들어가면 안 될 터이니 우리가 모두 달구지에 탈 테요."

윤이 동희를 먼저 태우고 달구지에 올라타더니 손 씨에게 가마니를 덮어 주고 그 옆에 누워 한기를 막아 주었다.

"태희야 너도 얼른 올라와서 그쪽으로 누워."

나이는 비슷한데 윤이 머리 쓰는 것이나 당차기가 보통은 넘었다.

"아저씨, 어디로 가는 거지요?"

"가 보면 알 거요."

키가 크고 더 젊은 총각이 퉁명스레 말했다. 앞으로 모진 고초를 겪게 될 것을 저 여자들이 짐작이나 할까? 그의 표정에 딱하다는 빛이 언뜻 스쳐 갔다.

"정초부터 이게 무슨 짓이람."

눈이 매섭게 생긴 박가가 말했다.

"그래도 이제 창고지기는 면하지 않우?"

총각이 말했다.

"아, 이제 을미년(1895)엔 좀 조용히 살고 싶은데…."

박가가 여자들을 원망의 눈초리로 쏘아보았다.

손 씨 말대로 그들이 갇혀 있던 곳은 팔음산 아래 별티 계곡이었던 모양으로 이제 소달구지는 팔음산을 뒤로하고 예곡 다리를 지나 청산현으로 가고 있었다.

"동학군들은 어찌 되었나요?"

"그것도 가 보면 알게 될 거요."

"우리 아버지는요?"

박가가 눈짓을 하자 정가 총각은 입을 다물었다.

그들이 끌려간 곳은 청산현의 옥. 옥졸이 자리를 비운 틈을 타 손 씨는 윤과 태희에게 기어들어 가는 목소리로 빠르게 말했다.

"만약 동희 아버지가 무사하시다면 갈 만한 곳을 대라고 너희들을 심하게 다룰 것이다. 우리는 진정 가신 곳을 모르니 그저 모른다 하면 된다. 만약 돌아가셨다면 우리를 여기까지 데리고 오지도 않았을 것이다. 어찌 되었든 부디 잘들 견뎌 다오. 특히 태희는 일가친척에 대해 물어보면 부모 없이 떠돌다가 보은에서 만났다고 하고 일체 아무 이야기도 해서는 안 된다. 알았지?"

그러나 현감이 제일 먼저 옥에서 불러낸 것은 일어설 기력도 없는 손 씨였다.

"저년을 형틀에 매어라!"

"이보시오. 나는 갇혀 있는 동안 낳은 아기도 그냥 잃고 말았소. 죽이려거든 그냥 어서 죽이시오."

"저것이 주리를 틀어야 정신을 차리겠구나!"

박정빈은 형방에게 눈짓을 했다. 양쪽에서 나무 막대에 힘을 주자 손씨 부인이 비명을 질렀다. 덜컥 검붉은 핏덩이가 치마 밑으로 쏟아져 내렸다. 산후 조리도 못하고 있다가 지혈이 되지 못한 채로 다시 하혈이 시작된 모양이었다.

옥 안에서 손 씨의 비명을 듣고 있던 윤이 소리쳤다.

"이보시오! 이보시오! 나를 내 가시오. 우리 엄니 대신 나를 치시오!"

박정빈은 잠시 생각했다. 혹시 나중에라도 무슨 일이 생기면 어떻게 하나. 송장 치우고 살인냈다는 소리를 들을 필요는 없지.

그는 손 씨를 다시 가두고 윤을 옥에서 내왔다. 그가 형방에게 나직이 지시하자 형방이 포졸들에게 지시하여 이번에는 긴 형틀을 준비했다. 그들은 윤의 두 팔을 뒤로 꺾어 손목을 꽁꽁 묶은 뒤 형틀에 눕히고 다리를 꽁꽁 묶었다. 포졸 하나가 가슴 위로 올라 타 어깨를 내리찍었다. 머리맡에 서 있던 포졸이 윤의 얼굴에 보자기를 덮더니 코를 막고 입에 물을 계속 쏟아부었다. 숨을 쉴 수가 없었다. 숨을 쉴 수 없다는 게 이렇게 큰 고통일 줄이야. 윤은 필사적으로 몸을 비틀고 고개를 돌려 보려 했으나 우악스러운 남정네들의 힘을 당할 수 없었다.

"네 아비가 갈 만한 곳을 대라."

"푸하… 푸… 푸… 모른다. 설령 내가 안다고 해도 말해 줄 성싶으냐?"

"어라, 이것이?"

그가 다시 눈짓을 하자 형방이 또다시 물을 부었다.

"그래도 대지 않겠느냐?"

윤은 축 늘어진 채 숨을 몰아쉬며 도리질을 했다.

"모… 모른다. 모른다 하지 않았느냐?"

고문을 받는 동안 윤은 아버지의 무사함에 감사했다. 고문을 받아 죽음으로 끝이 난다면 이 고통의 순간도 끝이 날 것이다. 죽지 않는다 해도 이 고통의 시간이 영원히 계속되지는 않을 것이다. 이 순간이 결국은 지나가리라. 윤은 정신이 차려지는 순간순간 시천주조화정 영세불망만사지 주문을 외우며 이를 악물었다. 또다시 물이 쏟아지기를 몇 차례. 그녀는 정신을 잃었다.

그녀가 눈을 떴을 때 옥사의 작은 창문으로 새벽빛이 뿌옇게 밝아오고 있었다. 여기가 이승인가 저승인가? 동희의 쌔근거리는 숨소리가 들렸다. 한울님, 저를 살려 두셨군요. 지독히 고통스러운 순간에 외웠던 주문을 생각했다. 아버지의 스승 수운이 강조했다는 주문. 아버지가 한시도 쉬지 않고 외우셨던 그 주문. 오… 그것이 나와 한울님을 잇는 통로였군요. 윤은 그제야 주문의 가치, 주문의 존재 이유를 확실하게 이해하게 되었다. 백성이 수시로 맞닥뜨리는 지독한 절망의 순간, 지독한 위기의 순간, 지독한 아픔의 순간에 내 안의 한울, 내 밖의 한울은 주문을 통해 내게 손을 내밀어 주시는구나. 나를 견뎌 내게 하셨구나. 뜨거운 눈물이 흘렀다.

옆에 누운 태희가 가늘게 신음 소리를 냈다. 일어나 살펴보니 얼마나 이를 악물었었는지 입술에는 피가 말라붙어 있었다. 놈들은 윤이 고문을 받고 혼절한 후에 이어서 태희를 고문했던 모양이다. 이놈들이 대체 태희한테는 무슨 짓을 했던 걸까? 그녀의 눈에 태희의 퉁퉁 부은 손이 들어왔다. 양쪽 엄지손톱 밑으로는 피가 엉겨 붙어 있었다.

"태희야… 태희야…."

윤이 태희를 안아 올렸다.

깨어난 태희는 윤을 힘없이 올려다보았다. 자기의 부모와 고향을 물으며 손가락에 쇠막대를 끼우고는 발로 밟더란다. 양쪽 엄지손톱 밑에는 대나무 바늘을 박기도 했다. 말하는 태희의 얼굴이 다시 눈물 콧물 범벅이 되었다.

"이모, 그래도 나 아무 말도 안 했어."

박정빈은 밤새 머리를 굴렸다. 계집들을 족쳐 봤지만 소득이 없었다. 그렇다면 30여 년을 여우처럼 피해 다녔다는 수괴를 어떻게 해야 잡을 수 있을까? 청산 현감 자리로 만족할 수는 없다.

다음 날 아침 그는 옥천에 사는 세작 박정호를 불러들였다.

"수괴를 잡으면 내 한턱냄세. 자넨 저 여자들을 어찌하면 좋겠다고 생각하는가?"

박정호가 다가와 박정빈의 귀에 소곤거렸다.

"마누라와 어린 자식은 옥에 가두어 감시를 잘 하고, 처녀들은 사또 주변의 총각들에게 데리고 살라고 주고 감시를 시키시면 어떠오리까?"

"옳거니!"

박정빈이 무릎을 쳤다.

"그래. 통인 정주현이 열아홉 살로 장가갈 나이도 되었고 한 달 이상 여자들을 감시했으니 앞으로도 눈치껏 잘 해낼 것이다. 또 하나는?"

"아, 예, 제 사촌 동생으로 예곡에 사는 박재호가 지금 열여덟이니 역시 통인으로 데리고 계시면서 여자를 감시하라 시키시면 될 것입니다."[20]

인질이 된 신부들

박정빈이 정주현과 박재호를 불러들였다.

"주현아, 너는 둘 중에 누구를 가지려느냐?"

"예? 무슨 말씀이시온지?"

"내 저 두 년을 네놈들에게 내어주려 한다."

두 남자는 기쁜 표정을 애써 감추며 서로의 얼굴을 마주 보았다.

"하나는 동학 수괴 최시형의 딸이고 어린년은 일가쯤 되는 것 같은데 통 말을 않는구나. 수괴의 마누라는 좀 더 두었다가 몸이 회복되거든 다시 문초를 하기로 하고 젊은 년들은 네놈들이 데리고 살면서 이리저리 구슬려 달래든지 겁박을 주든지 해서 수괴의 행적을 캐어내란 말이다. 알겠느냐?"

"예, 사또. 그럼 저는 큰 년 윤이를 데리고 가겠습니다."

"그럼 저는 작은 년을…."

"언제 데려갈깝쇼?"

"어미 년이 눈치 못 채게 조용히, 그리고 빠를수록 좋다."

저녁나절 슬쩍 옥사로 다가간 두 젊은이에게 윤이 하소연했다.

"이보시오, 이보시오…. 우리 엄니 돌아가시겠소. 우리는 안 먹어도 좋으니 미역국에 밥 한 덩이만 넣어 주오. 벌써 며칠째 먹지도 못한 몸으로 아이 낳고 못된 꼴 보고 고문까지 당하셨으니 당신들 잔인하기가 어찌 이리 심하오?"

남자 둘이 한숨을 쉬며 돌아서더니 잠시 후 더운 미역국에 차디차게 식어 떡이 져 서로 엉겨 붙은 떡국 두 사발을 가지고 왔다.

"고맙소."

윤이 그릇을 받아 누워 있는 손 씨를 일으켰다. 더운 미역국에 찬 떡 몇 개를 넣어 손 씨의 입에 넣어 주고 옆에서 입맛을 다시는 동희에게도 먹여 주었다. 손가락을 움직이지 못하는 태희 입에도 넣어 주었다.

"동희야. 이제 떡국 먹었으니 너도 이제 여섯 살이 된 거다."

손 씨, 동희, 태희에게 나누어 주고 나니 정작 윤은 제 입에는 떡 한 숟가락 넣기도 힘들었지만 애써 밝은 표정으로 말했다.

"그럼 누이는 몇 살이야?"

"우린 같은 호랑이띠잖아. 열두 살 많으니 열둘에 여섯을 더하면 열셋, 열넷, 열다섯, 열여섯, 열일곱, 열여덟, 열여덟이지!"

윤이 손가락을 꼽아 가며 동생에게 숫자를 헤아려 주었다. 먹을 것이 들어가서 기운이 나는지 모처럼 넷은 서로를 다독여 주었다. 옥사 기둥 뒤에서 이 모습을 몰래 지켜보던 정주현은 자기의 선택에 만족한 미소를 지었다. 안에서 그릇을 한쪽으로 치우기가 무섭게 옥의 빗장이 열렸다.

"어이, 거기 두 사람. 사또가 물을 것이 있다고 하시니 잠깐 나와 보슈."

따듯한 국물이 들어가 기운을 차린 손 씨가 다급하게 몸을 일으켜 윤과 태희의 손을 잡았다.

"내가 한 말 기억하고들 있지? 그리고 우리를 살려 둔다는 건 아버지가 살아 계시다는 뜻이니 그렇다면 언젠가는 우리를 찾으러 오실 거다."

"네, 어머니, 걱정 마세요. 우린 이제 다 컸잖아요."

"작은할머니, 다녀올게요."

옥에서 나온 윤과 태희를 기다리고 있는 것은 정주현과 박재호였다. 정주현은 태희를 박재호에게 건넸다. 박재호는 벌어지는 입을 애써 단속하며 태희의 팔을 낚아채 어둠 속으로 사라졌다.

"이모, 아니 언니…. 언니…."

"태희야, 꼭 다시 만날 거야. 주문 외우고, 수행하는 거 잊지 말어."

태희는 끌려가는 상황에서도 관계를 감추기 위해 애를 썼다. 그래 태희야. 지혜롭게, 당차게 이 모진 세월을 버텨 내자. 너를 위해 기도하마.

정주현은 윤을 데리고 한참을 이리저리 끌고 돌아다니더니 인적이 드문 산길로 접어들었다.

저 멀리 당산나무와 당집이 어렴풋이 보였는데 아마 그리로 끌고 가는 듯싶었다. 아, 어머니, 아버지…. 이를 어쩌면 좋습니까….

윤은 정주현이 잠시 주위를 살피는 사이에 뒤로 돌아 산 아래로 내달리기 시작했다. 그러나 한 달 이상 제대로 먹지도 못하고 갇혀 있던 몸이 마음처럼 움직여 주지 않았다. 돌부리에 걸려 비틀거리는 윤을 정주현이 달려와 목덜미를 잡았다.

"이년이 감히 도망을 가?"

거친 숨을 몰아쉬며 정주현은 윤을 당집으로 밀어 넣었다.

"왜 이러시오. 소리를 지를 테요."

"훙. 그럴 줄 알고 인적 없는 이리로 끌고 온 걸 모르시나?"

남자는 거칠게 윤의 옷을 벗기려 했다. 윤은 재빨리 머릿속으로 게

산해 보았다. 손 씨가 가르쳐 준 대로…. 지금 당해선 안 된다. 윤은 필사적으로 저항했다. 덤비는 남자의 낭심을 온 힘을 다해 걷어찼다. 남자는 비명을 지르며 나뒹굴었다. 새벽이 되도록 둘의 치열한 몸싸움은 끝이 나지 않았다.

"오냐. 오늘은 이만하자. 그렇지만 네 이년 두고 보자."

날이 밝아오기 전에 우선 집으로 끌고 가야 했다.

"좋다. 지금은 네 몸에 손을 대지 않을 테니, 일단 우리 집으로 가자. 어차피 너는 나랑 혼인해야 한다. 사또가 내게 주셨으니까. 역적의 딸년이 영광인 줄 알아야지."

집은 멀지 않았다. 정주현은 윤을 구석방에 처넣고 밖에서 잠가 버렸다.

얼마나 지났을까? 밖에서 들리는 두런거리는 소리에 잠에서 깼다. 앉은 채로 잠이 들었던 모양이다. 얼마가 지났는지 문이 열리더니 열서넛 되어 보이는 여자아이가 따듯한 물 두 통과 갈아입을 옷을 밀어 넣었다. 다시 철컥 방문 잠그는 소리.

"아니, 어디서 역적 딸년을 데려다 살라고 하신다는 말이냐?"

볼 부은 아낙의 소리가 들렸다. 다시 문이 열리더니 아까 그 아이가 작은 소반에 찬밥 한 덩이와 멀건 된장국을 밀어 넣었다. 다시 철컥 방문 잠그는 소리.

갇혀 있는 손씨 어머니와 동희도 걱정이 되었고 두 손을 쓸 수 없는 태희도 걱정이 되었다. 두 손을 쓸 수 없으니 태희는 나처럼 저항도 못하고 있을 것이다. 그렇지만 우선 내가 꼬박꼬박 밥을 챙겨 먹고 기력을 찾는 게 급선무다. 아버지도 암자에서 49일 기도를 수차례 하셨는데 나도 그런 셈 치면 되지 뭐. 그래도 여기는 깜깜한 광이나 옥보다는 낫지 않은가.

저녁이 되면 긴장이 되었지만 정주현은 얼마간 얼굴을 비치지 않았다. 며칠 뒤 술내를 풍기며 들어왔지만 소리소리 질러 가며 저항하자 집안사람 보기 민망해서인지 씩씩거리며 물러갔다. 다음 날 아침, 목소리로만 들어 왔던 정주현의 어미 윤 씨가 손에 싸리비를 들고 거친 숨을 몰아쉬며 방으로 들어왔다.

"네 이년, 역적놈의 딸년이 뭐가 그리 대단해서 이리 도도하게 군단 말이냐, 엉? 우리 주현이가 어때서!"

싸리비를 휘두르며 머리부터 발끝까지 정신없이 내리쳤다. 윤은 돌처럼 앉아 고스란히 그 매를 받아 내었다.

"어이쿠. 이년 보게. 두 손이 발이 되게 빌어도 시원찮을 것을…. 이 뻔뻔한 년!"

윤 씨는 싸리 빗자루를 던져 두고 부지깽이를 들고 들어왔다.

"이년, 네가 이기나 내가 이기나 해보자! 나도 이 집안에 들어와 시에미한테 모질게 당해 봤지만 너 같은 년은 처음이로구나. 어디 네가 나를 이겨 먹을 수 있나 보자. 역적놈의 딸년이 뭐가 그리 도도해?"

윤 씨가 부지깽이로 사정없이 두들겼지만 윤은 두 손으로 얼굴을 감싼 채 돌처럼 그 매를 모두 받아 냈다. 지기금지 원위대강 시천주조화정 영세불망만사지. 이 또한 지나가리라. 이 또한 지나가리라…. 이를 악물고 비명 소리조차 내지 않고 견디던 윤이 어느 순간에 정신을 잃으며 앞으로 고꾸라졌다.

"엄니, 엄니…. 이제 그만하세요."

딸이 제 어미를 주저앉혔다.

"엄니, 기절했나 봐요. 이를 어쩐대?"

"내버려 둬라. 독한 년이로구나. 네 오래비 마누라 되기는 애저녁에 글렀다. 사또가 쓸모없는 년을 주셨구나. 역적 애비놈을 잡기 위해서라지만 정말…. 쯧쯧…."

윤이 다시 눈을 떴을 땐 밖에 어둠이 내려와 있었다. 윤은 힘겹게 일어나 벽에 기대어 앉았다. 산발이 된 머리를 가다듬고 보니 온몸이 멍투성이다. 힘들 때마다 생각나는 건 생모 김 씨다. 어머니가 험한 꼴 안 보고 먼저 돌아가신 건 얼마나 감사한 일인가. '아버지, 제가 당해야 할 일들이라면 다 당하겠습니다.' 윤의 눈에서 쏟아지는 눈물이 두 뺨으로 흘러내렸다.

며칠 뒤 정주현이 방문을 거칠게 열어젖히고 씩씩거리며 들어섰다. 눈두덩이가 찢어지고 얼굴에 멍이 들고 옷 꼴이 말이 아니었다.

"어젯밤 사이에 동비들이 옥문을 부수고 네 어미년과 아이를 빼돌렸단다. 몸을 추스르면 사또가 주리를 틀려고 벼르고 있었는데, 얼마나 약이 오르셨는지 형방, 이방 할 것 없이 우리를 얼마나 물고를 내는지…. 이 모두가 네년들 탓이 아니고 무엇이냐?"

정주현은 난폭하게 윤에게 주먹질과 발길질을 해 대었다. 그리고 다시 철컥 방문 잠기는 소리….

'오, 아버지, 삼촌…. 모두 무사하시군요! 동희야, 어머니…. 우린 여기서 어떻게든 견뎌 볼 거예요. 한울님 감사합니다. 천지 부모님 감사합니다.'

온몸이 욱신거리며 아픈 것은 아무렇지도 않았다.

날이 풀리자 그동안 윤을 보살펴 온 정주현의 동생 아현이 들락거리며 방문을 슬슬 열어 놓기 시작했다. 손씨 부인과 동희가 사라지자 현감도 해월을 잡겠다는 계획을 포기한 걸까, 정주현이 윤에게 패악을 저지르는 일도 드물어졌다. 아현은 함께 고사리를 꺾으러 가자고도 했다. 도덕봉으로 고사리를 꺾으러 갔을 때 윤은 탈출을 생각하기도 했지만, 웬걸 아현은 빈틈을 보이지 않았다. 때로는 밤이 되어 베개를 들고 같이 자자며 옆으로 오기도 했다. 옛날이야기, 집안 이야기를 들려 달라고 했다.

윤은 옛이야기 틈새 틈새에 아버지로부터, 아저씨들로부터, 연국 오빠 연화 언니에게 들은 동학이야기들을 해 주었다. 물론 꼬투리가 잡힐 수 있는 이름이나 장소 이야기는 하지 않았다. 아현은 차츰 윤을 친언니처럼 따르게 되었다.

"아현 애기씨, 혹시 나랑 함께 옥에 있었던 태희라는 아가씨 소식

들었수?"

"아니오, 내가 알아봐 드려요?"

"그래요. 혹시 말이라도 전할 수 있다면 나 잘 있다고, 달을 보며 공부 잘 하고 있다고 전해 줘요."

"달 보며 무슨 공부 하는데요?"

"응…. 어머니랑 같이 기도했던 거 말하는 거예요. 기도 공부."

며칠 뒤 아현이 소식을 가져왔다.

"언니, 태희라는 여자, 방물장수 아줌마한테 들었는데 예곡에 살고 있대요. 여기서 멀지는 않아요. 그런데요 언니, 아까 밖에 모르는 아저씨가 기웃거리는 거 같던데 못 봤어요?"

"에구 그런 쓸데없는 말이 어디 있어요. 나는 아무도 못 봤는데. 공연스레 걱정들 하시니 아무 소리도 하지 마세요."

윤은 두근거리는 가슴을 애써 누르며 태연하게 바느질을 계속했다.

관아가 가까워서 그런지 집 주변은 늘 시끄러웠다. 가족들과 살던 조용한 산 밑의 집들이 그리울 때는 모든 소리를 멀리 귀 밑으로 흘리고 주문을 외웠다. 아현도 그 시간에는 입을 다물고 있어야 했다.

추석 전 장에 갔을 때 저 멀리 태희의 모습을 얼핏 보았다. 배가 봉긋한 것이 임신을 한 걸까? 옆에 아현이 따라붙어 있으니 뛰어가 확인할 수도 없었다. 추석이 지나고 아침저녁으로 쌀쌀한 기운이 느껴질 때였다. 앞개울로 빨래를 나가려고 문을 나설 무렵 좁은 골목길로

말을 끌고 들어오는 사내가 있었다. '앗, 김낙봉 아저씨다.'

윤과 눈을 마주친 그는 얼른 종이쪽지를 윤이의 빨래 함지박 속에 밀어 넣고 시치미를 떼고 지나갔다. 빨래 방망이를 챙겨 나오느라 뒤늦은 아현이 앞으로 나서자 윤은 쪽지를 꺼내 얼른 품속에 넣었다. 가슴이 두근 반 세근 반 뛰었다. 빨래를 하다가 아현이 소피가 마렵다고 저만치 바위 뒤로 숨었을 때 윤은 얼른 돌아앉아 품속에서 쪽지를 꺼냈다.

'10월 보름밤 팔음산.'

눈에 익은 글씨였다. 아, 아버지….

아버지를 만났지만

장날마다 눈여겨보았지만 태희는 눈에 띄지 않았다.

"언니, 아까 낮에 방물장수 청주댁이 그러는데 예곡에서 시어머니가 임신한 새댁을 절구통에 넣고 절구괭이로 마구 짓찧었대요."

윤의 가슴이 철렁 내려앉았다. 틀림없이 태희일 것이다.

"누구 말리는 사람도 없었다우?"

"남편이란 자가 시어미보다 더 소리소리 지르더라는 걸?"

아, 한울님…. 어째서 세상 사람들이 모질기가 이렇게 한이 없습니까? 윤은 손목의 염주를 빼어 돌리며 기도를 했다. 가운데 자수정이

한 알 박힌 염주. 그 염주를 준 남자의 얼굴은 희미해졌지만 그래도 힘들 때마다 염주는 윤에게 힘이 되어 주었다.

정주현은 윤이가 집에 정을 붙이기를 기다리는지 일부러 마주치지 않으려고 노력하는 모습이 역력했다. 윤이 역시 아현 외에는 정주현의 가족과 마주치지 않으려 했다. 가끔 뒤통수가 따갑기는 했지만 윤은 뒤에서 끌끌거리는 소리를 애써 무시하고 지나쳤다.

10월 보름, 윤은 몸에 열 기운이 느껴진다며 일찌감치 잠자리에 누웠다. 아현도 따라 누웠다. 아현의 숨소리가 고르게 되자 윤은 어두운 옷으로 갈아입고 살그머니 집을 나섰다. 교평에서 팔음산까지 20리. 뛰다시피 서둘러 가면 달이 뜰 무렵이면 산에 도착할 수 있을 것이다. 다리를 건너 예곡을 지나면서 윤은 왼쪽의 인가 중에 간간이 초롱불을 켜 놓은 집들에 눈을 주었다. '아…, 태희만 아니라면….' 윤은 이를 악물었다.

팔음산은 험한 산은 아니지만 주변의 산들이 다 나지막하기 때문에 인근에선 그중 높은 산이다. 삼방을 지나 명티로 들어서자 바로 팔음산으로 올라가는 입구가 나타났다. 산의 초입에서 조금 더 올라가자 어디서 부엉이 소리가 들려왔다. 집에서 가끔 들어 보았던 소리다. 곧이어 아버지와 제자 두 사람이 눈앞에 나타났다. 부녀는 한참을 부둥켜안았다. 아버지가 딸의 눈물을 닦아 주었다.

"연초에 너희들을 구하려고 청산옥으로 손병희 삼촌이랑 사람들을 보냈는데 동희랑 어미만 남아 있고 너희들은 보이지 않더라 하더구나. 그래 어떻게 지냈니?"

윤은 빠르게 지난 일들을 이야기했다.

"지금 우리랑 같이 떠나겠느냐?"

"아니오. 태희가 지금 곤경에 빠져 있는 것 같아요. 태희를 그냥 두고 갈 수는 없어요. 아버지랑 동희랑 어머니가 모두 무사하시다니 됐어요. 아무쪼록 제 걱정은 마세요. 아버지가 무사하시기만을 기도할게요. 어머니 살아 계실 때 모든 일에는 이유가 있다고 하셨어요. 일어선 뒤에 그 이유를 알게 될 거라고도 말씀하셨지요. 제가 따라나서면 아버지께도 방해만 될 거예요."

해월이 보따리에서 경전을 꺼내어 윤의 손에 쥐여 주었다.

"윤아, 너는 잘 이겨 낼 것이다. 너는 강한 아이야."

해월은 윤의 손을 꼭 잡아 주었다. 그리고 보름달이 더 높이 뜨기 전에 가야 한다며 동북쪽으로 방향을 잡았다. 윤은 가슴에 경전을 품고 오던 길로 다시 내달렸다.

마음 놓고 경전을 보다

"내가 문바위 예전 살던 집에 가서 뭘 좀 꼭 찾을 게 있는데 애기씨가 오빠한테 허락을 좀 받아 주오. 같이 갔다 올 거라고."

아현의 부탁에 정주현은 의외로 선선히 그러라 했다. 대신 아현에게 오가는 동안 윤에게서 잠시도 눈을 떼지 말고, 문바위에 가서는 또 무슨 짓을 하는지 낱낱이 전하라고 했다.

윤은 아현 모르게 경전을 얇은 보자기에 싸서 속바지 주머니에 넣어 두었다. 그러고는 허리띠를 바짝 맨 다음 아현과 길을 떠났다.

"언니는 어째 그렇게 걸음이 빠르우?"

"어렸을 때부터 단련이 되어 그렇지요."

"문바위에는 뭘 찾으러 가는데?"

"찾으면 말해 드릴게."

문바위를 떠난 게 작년 이맘때인 10월 중순이었다. 일 년 만에 엄청나게 달라진 처지로 가족이 함께 살던 집을 찾아가는 윤의 가슴이 착잡했다.

"그런데 언니, 작년엔 왜 그리 시끄러웠던 게지? 내 생일이 11월 중순인데 10월 중순부터 12월 중순까지 두 달이나 청산에서 난리가 나지 않았수? 그 바람에 미역국도 못 얻어먹었어요."

"높으신 양반들이 백성을 너무나 힘들게 쥐어짜고 짐승 취급하는 데다가 일본놈들이 임금님 궁에도 쳐들어갔다니 백성들이 일어선 거 아니우?"

"그런데 청산에도 일본군들이 많이 들어왔잖아요. 문바위, 석정, 배암티 할 것 없이 사납게 불을 지르고 죽이고…. 문바위 뒤 천관산 샘티재, 밤재, 장군재 할 것 없이 사방에서 동학군 수백 수천 명이 죽었답니다."

"백성들이 사방에서 들고일어나니 한양에서 놀란 양반들이 청에 도와 달라고 했대요. 일본놈들이 그걸 구실 삼아 쫓아 들어온 거고. 그런데 그놈들은 진작부터 신식 무기를 만들어서 군인들을 훈련시켜 놓고 호시탐탐 쳐들어올 구실만 찾고 있었다지 뭐예요."

"오빠한테 들으니 청나라랑 일본이랑도 싸웠다잖았수?"[21]

"일본이 우리나라를 집어먹을 속셈인데 청이 방해가 되니 그랬지요."

"일본은 나쁜 놈들이네?"

"동학하는 이들은 나라님, 양반들과 손잡고 일본을 치자고 했는데 나라님과 양반들은 거꾸로 일본과 손잡고 동학 하는 백성을 쳤다우."

"아유, 복잡해라. 그런데 청산에 뭐가 있다고 그렇게 일본놈들이 몇 번씩이나 들이닥쳐 샅샅이 훑고 다니며 불을 지르고 난리를 떨었대요?"

"그건… 청산에 동학 우두머리들이…. 아니, 어찌 되었건 조만간 나라님도 일본놈들 때문에 곤경에 처할 게 틀림없어요. 아니, 벌써 곤경에 처했지 뭐, 나라님을 꼼짝 못 하게 옥죄고, 일본 말을 잘 듣는 사람들이 조정을 장악하고 제 맘대로 정사를 좌우한다고 하니…. 아무튼 이 모든 게 일본놈들의 총끝에서 나온 힘일 겁니다. 이 근방만 해도 용산이며 보은에서도 동학군 시체가 산더미가 되었다잖아요.[22] 일본군은 하나도 안 죽고…."

말하는 윤의 가슴이 분노와 슬픔으로 미어터질 것 같았다.

과연 문바위에 도착해 보니 예전 집들은 모두 불타 폐허로 변해 버렸고, 타다 만 집들은 흉물이 되어 있었다. 80호나 되던 동네가 이렇게 폐허가 되다니…. 그래도 일 년 넘어 정 붙이고 살던 곳인데…. 이 곳에서 수많은 사람들과 바쁘게 돌아치던 일들이 주마등처럼 스쳐갔다. 덕기 오라버니 무덤도 계곡으로 조금만 더 들어가면 있는데…. 윤은 아린 가슴으로 주위를 둘러보았다.

"어디다가 뭘 두었는지, 이래 가지고야 어찌 찾겠수? 다 타 버렸는 걸 뭐."

아현이 잿더미 사이를 이리저리 헤치고 다니는 사이에 윤은 얼른 문바위 틈새로 들어가 나뭇가지로 바닥을 헤집고는 속바지에서 경전을 꺼내어 책 앞뒤로 흙을 묻혔다. 바위 안쪽에도 아저씨들이 새겨 놓은 이름이 있었다. 이 아저씨들은 살았을까, 죽었을까?

죽을지도 모른다는 생각으로 애써 바위에 이름을 새겼을 것이다. 한편으로 두려웠겠지만 그들은 그 두려움보다 더 큰 희망을 가지고 있었을 것이다. 죽음을 각오하고 일어설 수밖에 없었던 그들의 선택, 그들의 희망. 마지막까지 그 희망을 놓지 않았기를, 그 선택을 자랑스러워했기를, 언젠가 당신들이 꿈꾸었을 세상이 이 땅 위에 꼭 이루어지기를….

가슴이 다시 먹먹해졌다. 책을 가슴에 품은 윤의 눈에서 눈물이 흘러내렸다. 어느새 아현이 바위 입구로 다가와 윤이 하는 양을 지켜보고 있었다.

"그 책을 거기다 숨겨 뒀던 거요? 그렇게 소중한 거유?"

윤이 얼른 눈물을 닦았다.

"그렇다우."

윤은 책에 묻은 흙먼지를 털며 바위틈에서 나왔다.

"그런데 여기 이름을 새긴 김영규, 김정섭, 김재섭, 박희근, 박창근, 박맹호, 신필우…. 이 사람들은 지금 어찌 되었을까?"

"어? 언니, 한문도 읽어요?"

아현의 눈이 접시만 해졌다.

돌아와서부터 윤은 틈만 나면 마음 놓고 경전을 읽었다. 아현이 가끔 제 어머니 윤 씨와 잔다고 건너가는 날이면 정주현이 방에 들어왔지만 호롱불을 켜고 경전을 읽던 윤은 그때마다 정주현에게 냉정하게 말했다.

"내 부모는 나를 이 집으로 시집보낸 적이 없습니다. 내 아버지를 잡기 위해 나를 인질로 잡은 것일 테니 나를 인질로만 여겨 주시오. 그리고 나는 나를 인질로 삼고 있는 당신을 남편으로 맞을 이유가 없습니다. 나는 당신을 지아비로 선택하지 않았습니다."

정주현이 몇 번 완력으로 어찌해 보려 했지만 윤은 만만한 상대가 아니었다. 휴우…. 버거운 상대다. 정주현은 자기의 선택을 후회했다. 그의 부모 역시 역적의 딸이라고 눈을 흘기면서도 그녀에게서 풍기는 범접할 수 없는 기품에 주춤하게 되었다.

장날이 되면 윤은 아현을 데리고 열심히 장터에 나갔다. 집에서 만든 버선을 내다 팔았다. 그녀의 바느질 솜씨가 뛰어났기 때문에 다른 사람은 홑버선 한 켤레에 5전을 받았지만 그녀의 버선은 항상 6전이나 7전을 받을 수 있었다. 그렇게 번 돈을 윤은 아현에게 주었다. 밥값이라도 정주현의 집에 신세 지고 싶지 않았던 것이다. 주현의 어미 윤 씨는 딸에게서 그 돈을 받아 쥐고는 애를 태웠다. 며느릿감으로 부족함이 없다. 차고도 넘친다. 그런데 정작 자기 아들에게 마음을 주지 않으니 이 노릇을 어찌할꼬.

섣달 그믐 장터가 되어서야 태희가 윤과 마찬가지로 시누이를 데리고 장터에 나타났다.

"태희야!"

태희의 얼굴은 반쪽이 되어 있었다.

"이모, 아니 언니!"

태희가 얼른 말을 바꿨다. 둘은 얼싸안고 통곡을 했다.

"예곡에서 시어미가 임신한 며느리를 절구통에 넣고 찧었다는데 그게 너지?"

태희가 눈물 콧물 범벅이 된 얼굴을 주억거렸다.

"언니, 나 정말 너무 힘들어. 그때 아기도 잃었어요. 이것 봐요. 오른쪽 손가락 두 개는 힘을 쓸 수가 없어요. 왼쪽도 온전하지 않아. 그러니 일도 제대로 잘 해내지 못하고…."

손가락이 오그라들었으니 그 모진 시집살이를 어찌 당해 낼 수 있을 것인가.

"태희야. 내가 가까이에 있으니 이제 자주 만나도록 하자. 내가 항상 옆에 있다는 걸 잊지 마."

윤은 아현에게 그날 버선을 팔아 건넨 석 냥 중에 한 냥을 달라고 해서 태희에게 주었다.

"될 수 있으면 장날에 꼭 나올 수 있도록 해 봐. 나도 부탁을 해 볼게."

윤은 잠시 생각하다가 팔목의 염주를 빼어 태희의 오른쪽 손목에 끼워주었다.

"언니, 이건 몇 년 전에 보은에서 그 총각…."

윤이 얼른 태희의 말을 끊었다.

"아냐, 됐어. 힘들 때마다 이걸 돌리며 주문을 외우렴. 내겐 이제 필요없어."

며칠 뒤 술에 취해 방에 들어온 정주현에게 윤은 나직히 말했다.

"이젠 나를 감시하지 않아도 돼요. 이 집을 떠나지 않겠습니다. 다만 두 가지 약속을 해 주세요. 첫째, 내가 동생 태희를 자유롭게 만날 수 있게 해 주세요. 태희를 만나는 것이야 문제 될 게 없을 겁니다. 당신들 동생이 곁에 붙어 있을 테니까요. 둘째, 한 달에 며칠씩, 내가 허락하지 않는 날에는 이 방에 들어오지 마세요."

정주현에게는 그림의 떡이 드디어 입으로 들어오는 것처럼 여겨졌다.

"그 정도쯤이야 얼마든지 들어 드리지."

아침을 먹고 일터로 나가는 아들 뒤로 윤 씨가 볼멘소리로 물었다.

"어째서 아이가 안 들어서는 게냐?"

"글쎄요. 이제 곧 생기겠지요 뭐."

한결 누그러진 표정으로 아들은 휘파람을 불며 나갔다.

정주현에겐 이제 큰 불만이 없었다. 최윤은 이제 이 집 며느리로 시어머니 시아버지에게 깍듯했고, 한 달에 며칠을 빼고서는 정주현이 방에 들어오는 것도 예전처럼 독살맞게 거부하지 않았다. 물론 나긋나긋하게 안기는 건 아니지만 그 정도라도 어딘가.

윤의 음식 솜씨, 바느질 솜씨, 어른들을 대하는 태도는 어디 한 군데 나무랄 데가 없었다. 처음에야 역적놈의 딸년이라고 소리소리 지르고 때리고 무시했고, 불 땔 때 젖은 장작을 쓰라고 골탕을 먹이기는 했지만, 시간이 흐르고 보니 보물도 이런 보물이 없다. 호박이 넝쿨째, 아니 줄어들지 않는 가득 찬 쌀뒤주가 집 안에 굴러 들어온 것 같았다. 다만 자기 아들을 깍듯이 공경하지 않는 것이 걸렸는데 그것도 아기만 들어서면 해결될 터였다.

며느리 윤은 밤에도 호롱불을 켜 놓고 책을 읽든가 바느질을 했다. 바느질로 적지 않은 돈벌이도 하는데다가 군시렁군시렁거리는 주문

소리도 시간이 흐르니 낯설지 않게 되었다. 예곡의 동생과 가끔 왕래가 있었지만 이쪽에서든 저쪽에서든 사람을 붙여 놓으니 문제 될 것 없었다.

사건의 시작에도 끝에도 있었던 사돈지간 조병갑과 심상훈

동학 난리가 있은 지 3년이 넘어가는데 수괴는 잡히지 않고 있었다. 심상훈, 그는 조병갑의 사돈이다. 이조판서로 있으면서 조병갑이 노른자위 땅 고부에서 임기가 끝나고 익산 군수로 발령이 났을 때 다시 꿀단지 고부 군수로 유임될 수 있도록 뒷배를 봐준 인물이다. 수탈의 천재 조병갑이 다시 고부에 눌러앉게 된 것을 알게 된 전봉준 등 농민들의 분노가 하늘을 찔렀다. 바로 그다음 날 고부군으로 쳐들어가 조병갑을 처단하고자 했다. 그것이 바로 무장기포로 이어지면서 동학농민혁명이 일어나는 실마리가 되었다. 조병갑, 심상훈과 농민들과의 악연은 그것으로 끝나지 않았다. 무술년(1898) 초, 내무대신 심상훈은 갑오년 동학군의 반란이 진압된 지 수 년이 지났는데도 수괴 최시형이 살아 있다는 것이 심장 밑에 가시가 박힌 것처럼 거슬려서 견딜 수가 없었다. 그는 옥천에 사는 전 북청 주사 송경인을 불렀다.

"사람 몇을 붙여 줄 터이니 동학 수괴 최시형을 잡아 오게. 잡아 오면 상금 만 냥과 벼슬자리를 내어줌세. 남대문 안 쌀장수도 내 덕에 벼슬을 했고, 장국밥 장수도 내 덕에 벼슬을 했고, 복쥐 우물 사는 무당 남편도, 전라도 광대도 내 덕에 벼슬을 한 거 자네도 알지?"

송경인은 무술년(1898) 윤3월 초에 부하 넷을 데리고 충청도 땅으로 내려가 마지막 대도소가 있었던 근방인 보은, 영동, 옥천을 뒤졌다. 그리고 수소문 끝에 옥천의 세작 박정호를 만났다.

"아이고, 청산 현감 박정빈 나으리가 수괴의 마누라와 아들을 놓치고 얼마나 발을 동동 굴렀다굽쇼. 그렇지만 그 집의 젊은 여자들은 청산 아전 정주현과 제 사촌 동생 박재호가 붙잡고 있습지요."

송경인은 청산현으로 가 아전 정주현과 박재호를 만났다.

"최윤에게서는 어떤 단서도 찾을 수 없었습니다."

정주현이 공연스레 불안하여 단호하게 말을 뱉었다.

"두 여자의 관계는 무엇이냐? 자매간이냐?"

"아니오. 계사년(1893) 보은 취당 때 만난 사이로 그 전엔 몰랐다고 합니다."

"그럴 리가 없다. 동학 비적 놈들은 대개 친인척 관계로 엮인다 했거늘…."

송경인의 말을 듣고 있던 박재호가 고개를 갸웃거리며 말했다.

"그러고 보니 제 동생 말이 둘이 있을 때는 이모라고 하는 걸 들은 적이 있다고 하더군입쇼."

"가서 동생을 데려오라."

박재호가 이제 열대여섯 남짓한 여동생을 데리고 왔다.

"둘만 있을 때 무슨 이야기를 하더냐?"

"우리 있을 때는 언니라고 부르는데 둘만 있을 때 이모라고 해서 이상하다 했어요."

"그리고 또?"

"밖에서 들으니 이천 앵산 어디라나 거기 가 보고 싶다고…. 그때 내가 방에 들어가서 무슨 얘기 했냐니까 흠칫 놀라면서 뭐 앵두가 먹고 싶다고 그랬다나요?"

송경인은 부하들을 이끌고 북쪽으로 향했다. 이천 앵산동은 신태희의 어머니, 해월의 둘째 딸 난이의 시집 동네였다. 마을 가운데 나지막한 산이 앵무새의 모양을 닮아 앵산동이라 한다는 그곳에 도착했을 때 해월은 이미 기미를 알아채고 도망을 간 뒤였다. 그러나 수확이 없는 건 아니었다. 동학 도인 박윤대를 잡을 수 있었고 그자를 앞세워 해월의 발자취를 쫓아 원주 전거론(현 여주군 강천면 도전리)에서 박정빈이 놓쳤던 수괴의 마누라를 잡을 수 있었다. 그녀는 아홉 살 된 아들과 낳은 지 넉 달 된 둘째 아들을 데리고 있었다. 이천현으로 끌고가 마누라에게 물고를 내렸지만 소득이 없었다. 그렇게 한 달을 쫓고 또 쫓았다. 드디어 4월 5일, 송경인은 강원도 원주 송골(현 원주시 호저면)에서 해월을 체포했다.[9]

5. 아… 아… 아버지…

아버지가 보낸 편지

서울로 끌려 온 해월은 광화문 경무청에서 10여 일 조사를 받은 뒤 서소문 감옥으로 옮겨졌다. 신분이 드러난 손병희, 김연국 등은 나설 수 없어 제자 이종훈[23]이 체포 후부터 조용히 해월을 따라붙었다. 제자들이 돈을 염출해 옥바라지 비용을 마련했는데 홍주도인 김주열은 밭 10두락을 팔아 돈을 보탰다. 이종훈은 서소문 감옥의 간수 두목 김준식을 찾아갔다.

"나는 본시 좌포청에 청사로 있다가 형편이 어려워 동소문 안에 참욋다리께서 밥장사를 하며 근근이 살아가고 있습니다. 초록은 동색이라고 무슨 살아갈 도리가 없을까 해서 선생님을 찾아뵈었습니다. 제가 우선 술을 대접해도 되겠습니까?"

"아이구, 뭐 술이라면 내가 또 지고는 못 가도 뱃속에 넣고는 가지요. 허허."

거나해진 두 사람은 술집에서 의형제를 맺었다. 술집에서 어깨동무를 하며 나오다가 담배를 좋아하는 김준식의 처를 위해 질이 좋은 담뱃잎 네 근을 산 이종훈은 김준식의 처에게 코가 땅에 닿도록 절을 했다.

“잘 부탁드립니다. 형수님.”

이종훈은 날마다 문턱이 닳도록 그 집을 드나들었다. 갈 때마다 젓갈이며 꿀, 참기름, 두부를 사 가지고 가니 김준식 부부가 버선발로 반기는 처지가 되었다.

“형님, 오늘은 제가 아주 중요한 부탁이 있습니다.”

“무슨 일인데?”

“제가 참윗다리께서 밥장사를 하고 있지 않습니까요? 요새 웬 노파가 찾아와서 일가붙이도 없이 늙은 두 내외만 살다가 남편이 무슨 영문인지 잡혀 와 지금 서소문 감옥에 있다는 말을 들었다며 무슨 수를 써서라도 자기 남편 소식 좀 알아봐 달라 하니 얼른 형님이 떠오르지 뭡니까. 노파 사정이 아주 딱한 듯하니 형님이 좀 알아봐 주시지요.”

“영감 이름이 어찌 된다던가?”

“최법헌이라고 하던 걸요.”

“최법헌은 없고 최법푸리인가 하는 자가 있던 걸.”

“아…. 아마도 그자인 듯싶소.”

“생기기는 어찌 생겼다던가?”

“머리가 벗겨지고 수염이 많이 난 노인이랍디다.”

“아, 그럼 맞군그래.”

"아, 그래요? 그 노인이 몸은 편안하던가요?"

"아이구, 말도 말게. 그 노인이 설사로 고생이 심하던 걸."

철렁! 이종훈은 가슴이 무너져 내렸다. 벌써 봄부터 시작된 설사가 이렇게 오래 계속되다니 나이도 많은 분이 얼마나 고생이 되실 건가. 다음 날 이종훈은 손병희 등과 의논하여 작성한 편지를 노파가 보내는 거라며 전해 달라고 부탁했다.

"노파가 어찌나 울며 통사정을 하는지 보기가 참 딱해서 말이지요."

김준식은 난색을 표했지만 옆에서 지켜보던 아내가 거들었다.

"여보, 당신이 옥에 갇히면 나라도 그렇게 할 거유. 노파가 부탁한다는데 딱하지 않수?"

김준식은 눈을 질끈 감고 편지를 주머니에 챙겨 넣었다.

그날로 해월의 답이 돌아왔다. 이종훈은 떨리는 마음으로 받아 돌아와 여러 사람이 회합한 자리에서 함께 돌려 보았다.

"편지 보았소. 모두 잘들 있는지요? 여러분들은 내가 이리된 것을 조금도 근심하지 마시고 잘들 수도하세요. 내가 이리되었을수록 수행에 더 힘써야 합니다. 앞으로 큰일 없이 그저 꾸준히 계속하세요. 우리 도의 일은 더욱더 잘 될 것입니다. 나는 설사로 인해 매우 괴롭게 지내고 있소. 돈이 마련된다면 50냥만 들여보내 주시면 요긴하게 쓰겠소."

김준식은 다음 날 50냥을 받아 옥중의 영감에게 전했다. 영감은 그

돈으로 떡을 넉넉히 사들여서 감옥 안의 죄수들과 같이 나누어 먹었다. 감옥에선 죄인들에게 밥을 제공하지 않았으므로 돈이 없는 사람들은 아사 직전까지 가기도 했다.[24] 가족이 쫓아다니거나 돈이 있는 사람들은 밥을 시켜 혼자 먹기 바빴다. 그러나 영감 일행은 넉넉지도 않은 형편인 것 같았는데 음식이 마련되면 꼭 형편이 어려운 다른 이들과 나누어 먹었다. 자기들 것을 더 넉넉하게 챙기지도 않았다.

김준식은 그들 일행을 주시했다. 의형제를 맺은 이종훈도 그러려니와 최법푸리라는 노인과 함께 잡혀 온 황만이, 박윤대, 송일회는 여느 죄수들과는 그 행동거지가 달랐다. 늘 조용히 앉아 무슨 주문을 외우는 모양인데 간수를 대하는 태도나 다른 수인들을 대하는 태도가 늘 부드럽고 겸손하였다. 감옥 안에서 다른 사람에게 예를 차리고 배려하는 모습을 대체 언제 보았더란 말인가.

이들의 태도에 다른 죄수들 역시 해월 일행을 함부로 대하지 않게 되었다. 그뿐만 아니라 호기심에 하나둘 모여들었다. 그들이 무엇 때문에 들어왔는지, 그들의 속내가 무엇인지 알고 싶어 했다. 감옥 안의 수인들 사이에 묘한 기운이 흐르게 되었다. 사납고 날카로운 눈빛이 부드럽고 따스한 눈빛으로 바뀌었다. 간수들은 고개를 갸웃거렸다.

이종훈은 날마다 김준식 집을 내왕하며 재판 소식을 알아내고는 재판 날에는 일찌감치 감옥 문 밖에서 기다리다가 감옥에서 해월이 나오면 행렬을 따라붙었다. 기골이 장대했던 해월이지만 이제 72세.

병이 오래 지속되고 계속 옥중에 있으니 몸이 수척해질 수밖에 없었다. 게다가 목에 무거운 칼을 쓰고 나오는 모습을 보면 이종훈은 뼈가 저리고 창자가 끊어지는 듯하였다.

"아이고 목이야!"

"……."

"아이고 다리야!"

평리원으로 가는 길에 옥졸 하나가 칼의 앞머리를 받들고 걸어도 해월은 너무도 고통스러워 그대로 길바닥에 앉아 쉬어야 했다.

아…. 하늘 같은 스승님이, 스스로를 귀히 여기고 다른 존재도 귀히 여기는 세상을 만들자고 했던 우리 스승님이 죄인이 되어 노구에 저리 고생을 하시다니…. 이종훈은 가슴은 저리다 못해 찢어지는 듯했다.[25]

김준식이 얼이 빠진 듯 서 있는 이종훈의 눈을 응시하며 말했다.

"자네 혹시 나한테 감추고 있는 얘기가 있는 거 아닌가?"

김준식은 이종훈이 최법푸리의 편지를 처음 받아 들었을 때나, 옷을 차입하고 갈아입은 헌 옷을 받아 들었을 때 이종훈의 손이 가늘게 떨리고 그의 눈에 이슬이 맺히는 것을 보았다. 내색은 하지 않았지만 최법푸리와의 관계가 심상하지 않다는 것을 알아채게 되었다. 이제 친형제처럼 된 마당에 아직도 시치미를 떼고 있는 이종훈에게 섭섭한 생각이 들기 시작했다.

이종훈이 김준식의 굳은 얼굴을 빤히 쳐다보다가 체념한 듯 무겁게 입을 열었다.

"형님. 동학이라고 들어 보셨지요?"

"그럼. 4년 전에 온 나라를 들썩이게 하지 않았던가."

"형님은 어떻게 생각하시우?"

"나라를 위태롭게 하는 비적이라고 듣긴 했지만 세상 돌아가는 꼴을 볼작시면 욕만 할 수도 없지. 갑오 다음 해인 을미년(1895)에 일본 놈들이 명성황후를 살해했고 임금을 어찌나 위협했던지 작년에는 러시아 공사관으로 몸을 피하시지 않았나? 백성들이 들고일어서게도 되었지. 일본은 말할 것도 없고, 임금을 보호한다던 러시아도 금광, 철도, 전기, 탄광에 이르기까지 온갖 이권을 빼앗으려 눈이 뻘겋다니 이놈의 세상이 어찌 되려는지…."

김준식은 한양에 살면서 보고 들은 게 많아서인지 이종훈이 생각한 것보다도 더 많이 시국 걱정을 하고 있었다.

"어윤중 나으리가 계사년(1893) 보은에 선무사로 다녀와서 하시던 이야기를 탁지부에서 일하던 내 숙부에게서 들은 바 있네. 동학도 수만 명이 임금한테 하소연하러 모인 자리에 대소변 흔적도 없고, 술주정뱅이도 없고, 장사치들과 시비 붙은 자들도 없고…. 그렇게 점잖은 무리들은 처음 봤다고 하시더라네. 글도 잘하고 말도 조리가 있고. 그래서 아주 진땀을 뺐다고 하시더라지."

"아, 그때 그곳에 저도 있었지요."

"그랬나? 그래서 어윤중 나으리가 조정에 보고할 때 비적이라 하지 않고 민당(民黨)이라는 말을 썼는데 그걸 가지고 대신들이 말이 많았다고 하더구먼. 허허 참…. 어윤중 나으리는 수취 제도를 개혁하느라 애쓰신 분이고, 그런 인물은 좀체 조정에 보기 힘든 분이라고들 하더군. 그런데 이태 전에 돌아가시고 말았지. 조정에서 개화파들을 없애려고 할 때 다른 이들처럼 일본으로 도망가지 않고 고향인 보은으로 향했대. 가는 길에 조정에서 보낸 관군에 살해당했다지. 헉, 참 아까운 양반인데…."

"어윤중이라는 분이 그렇게 돌아가시고 말았군요. 관리 중에 드물게 민초들의 이야기에 귀를 기울였던 분이라 들었는데…."

"그런데 당신이 바로 그 동학도란 말인가? 최법푸리 노인이 그 으뜸가는 교주고? 허, 참…."

해월 지다

부쩍 야위어 눈이 퀭한 그 노인네가 전국에 수천 명의 접주들과 수십만, 수백만의 교도들을 거느린 동학의 최고 어른이라니. 갑오년 내내 전국에서 척왜양창의, 보국안민을 외치며 목숨을 걸고 저항했던 수십만 동학군의 최고 우두머리였다니….

김준식은 최법푸리의 행동거지를 면밀히 살펴보았다. 몸은 병약하여 쓰러질 듯했지만 늘 입으로는 주문을 외웠으며 이따금 배고픈 수인들에게 떡을 돌리면서도 생색내는 법이 없었다. 함께 들어온 세 교도가 해월을 깍듯하게 모셨지만 해월 역시 그들을 정성으로 대했다. 그러나 제자들이라고 해도 노인의 기력이 하루하루 쇠잔해 가는 것을 막을 수는 없었다. 재판 결과는 안 봐도 뻔하다. 교수형일 것이다. 시간이 얼마 남지 않았다. 이종훈이 옥바라지를 하고 있지만 김준식도 그를 돕고 싶었다. 최법푸리에게 넌지시 물었다.

"혹시 꼭 필요한 것이 있으면 내게 말씀해 보시오, 영감."

해월이 김준식의 진지한 눈빛을 보며 잠시 생각하다가 미소를 지으며 답했다.

"부탁을 해도 되겠소? 명주 석 자와 가는 붓을 넣어 주시면 정말 감사하겠소."

다음 날 김준식이 넣어 준 명주에 해월은 혼신의 힘을 다해 작은 글씨로 장문의 편지를 써 내려갔다.

몇 번의 재판이 더 이어졌다. 재판장 조병직, 판사 조병갑 등은 6월 1일 해월에게 사형선고를 내렸고 해월은 바로 다음 날 오후 5시 좌포청(현 종로3가)에서 교수형을 당했다.[26]

6월 4일 비가 억수로 쏟아지는 밤, 이종훈은 김준식의 도움을 얻어 쇠초롱에 불을 켜고 광희문 밖에 대충 매장해 놓은 해월의 시신을 찾아내었다. 함께 간 일꾼 둘의 도움으로 칠성판 위에 시신을 옮겼는데 머리가 크게 손상되어 손으로 맞추고 베를 감아야 했다. 쏟아지는 빗속을 뚫고 밤새 광나루를 건너 송파에 도착했다. 숨을 죽이고 기다리

고 있던 손병희, 김연국, 박인호 등과 함께 송파 도인의 집 뒷산에 매장했다.[27]

김연국이 해월을 따른 지 28년, 손병희, 박인호는 16년이 되었다. 가까이 따르던 제자들 모두 그렇게 오래 인연을 맺어 왔다. 해월은 죽음을 앞두고 '내 죽음을 슬퍼하지 말 것이며 그저 아무 염려하지 말고 열심히 수행하고 포덕에 힘쓰라. 또한 내 주검은 내가 벗고 가는 옷일 뿐이니 그것을 가지고 기릴 것도 없다.'고 했다. 그러나 손병희도, 김연국, 박인호 등도 쏟아지는 폭우 속에서 스승의 시신을 땅에 묻으며 빗물과 함께 쏟아지는 뜨거운 눈물을 어쩔 수 없었다.

"스승님, 감사합니다. 우리가 이 세상에 태어나 살며 스승님께 가르침을 받은 것은 너무도 큰 은혜입니다. 시대의 스승이신 당신과 함께했던 시간들에 감사합니다. 가르치심은 혼신의 힘으로 민들레 홀씨처럼 널리널리 퍼뜨리겠습니다. 그것이 개인을, 나라를, 세상을 구할 것입니다. 그것이 세상을, 우주를 빛나게 할 것입니다."

제자들은 조용히 심고를 드렸다.

집으로 돌아온 정주현이 윤과 눈이 마주치자 얼른 고개를 돌렸다. 설거지를 끝내고 방으로 들어가려는데 안방에서 나오는 시누이의 눈시울이 붉어져 있었다. 봄부터 이상하기는 했다. 장터에서 태희를 만날 때에도 아현은 이전처럼 달라붙지 않았다. 혹시 아버지가?

그날 저녁 정주현은 윤의 방에도 들어오지 않았다. 며칠이 흘렀다.

한집에 살면서도 남편 얼굴도 보기 힘든 건 최근에 없던 일이다. 아침에 나가는 정주현 뒤에 대고 윤이 외쳤다.

"오늘 저녁에는 저 좀 보세요."

며칠을 피하던 정주현은 술을 잔뜩 먹고 저녁 늦게 들어왔다.

"자네 아버지가 4월에 잡혀 한양에서 재판을 받고 며칠 전 형을 받고 돌아가셨다네."

윤은 눈을 감았다. 심장은 천 길 낭떠러지로 떨어지고 머릿속은 하얗게 비어 갔다. 아버지이…. 의식이 가물가물 사라졌다.

아버지가 하얀 도포를 입고 나타나셨다. 윤이 도포 자락을 잡으니 도포 한 귀퉁이가 찢어지면서 그 헝겊 조각이 두 마리 하얀 말이 끄는 마차로 변하더니 아버지를 태우고 하늘 저쪽으로 휭하니 가 버리고 말았다.

"아버지이~."

"에고…. 이제야 정신이 드나 보네. 언니, 괜찮아요?"

윤이 눈을 떴다. 천정이 빙글빙글 돌았다.

"언니, 어제 하루 종일 혼절해 있었어요."

아현이 눈물을 머금은 눈으로 말했다.

"물…. 물을 좀…."

"여기 있어요."

윤이 물을 마시고 돌려주는 그릇을 받아 내려놓고, 아현이 묽은 미음 그릇을 내밀었다. 따듯한 것을 보니 끓인 지 얼마 안 된 것 같았다.

“어머니가 끓여 주셨어요.”

“미안해요. 두루 걱정을 끼쳐서….”

아현이 이해할 수 없다는 표정으로 눈을 끔벅거렸다. 정신이 들면 다시 몇 날 며칠을 통곡할 줄 알았더니 윤은 의외로 담담했던 것이다. 윤이 벽에 등을 기대고 다시 눈을 감았다.

“우리 아버지, 30여 년간 보따리를 옆에 끼고 도망 생활하셨던 게 이제야 끝나셨네요. 저를 비롯해 수많은 제자들에게 귀한 가르침을 주신 아버지는 제 인생의 제일 큰 스승이셨지요.”

속눈썹 사이로 물기가 반짝거렸다.

이종훈이 해월의 장례를 치르고 나서 고향으로 돌아가기 전 김준식에게 마지막 인사를 하러 갔을 때, 김준식은 손바닥만 한 빨간 주머니 하나를 내밀었다. 최법푸리 영감이 딸에게 전달해 달라는 물건이 들어 있다는 것이다. 이종훈이 소중히 받아 넣고 김준식과 헤어질 때, 김준식이 이종훈의 귀에 대고 나직하게 말했다.

“시천주조화정 영세불망만사지!”

이종훈이 깜짝 놀라 쳐다보았다.

“뭘 그렇게 놀라시나. 나랑 집사람이랑 얼마 전부터 저녁 잠자리 들기전 그렇게 외우고 있다네. 고마우이. 아, 그 빨간 주머니는 집사람이 만든 거라네.”

이종훈은 고향으로 내려가기 전 아랫녘으로 내려간다는 김연국을 만나 주머니를 건넸다. 김연국은 9월 상주 고대(높은터)에서 김낙철 김낙봉 형제를 만나자고 연통을 넣었다.

김낙철 낙봉 형제

전라도 부안 땅에서 수백 년째 살아오던 부안 김 씨 집안의 천석꾼 김낙철, 김낙봉 형제는, 해월이 1880년대 후반 호남 지방을 방문하여 본격적으로 포덕을 하면서 알게 된 사람들이다. 경상, 강원, 충북, 충남에 이어 가장 늦게 동학을 알리게 된 지역이 호남인데 넓은 논과 밭을 가진 호남은 조정의 재정을 절반이나 담당한데다가 탐관오리들의 수탈이 잦은 곳이어서 살기가 팍팍했고, 그만큼 동학을 받아들이는 속도가 빨랐다.

양반, 유생, 부자는 동학에 입도하지 않는다는 말이 있었으나, 큰 풍요로움과 절대 빈곤이 공존하는 전라도 땅에서 조선의 문제를 누구보다 깊이 인식하고 있던 이 지역의 지식인들, 신진 세력들은 조용하면서도 대단히 무서운 힘이 있는 동학의 혁명성에 깊이 매료되었다. 새가 지저귀는 소리를 하늘의 소리, 천어(天語)로 받아들이는 것은 일견 대단히 평화롭고 아름다워 보이지만 다른 한편으로는 양반들이 당연하게 여기는 상명하복, 차별 의식을 조용히 물리칠 수도 있는 엄청난 힘을 가진 말이기도 했다. 조정의 어리석은 행태에 불만을 가진 식자층, 신진 세력들은 동학이 가진 저력이 엄청남을 간파했고 장차 그것이 큰일을 낼 것이라 생각했다.

김낙철은 1890년 동생 김낙봉과 함께 동학에 입도했는데 해월을 몇 번 만나고 난 뒤에는 평생의 스승으로 받들리라 맹세했다. 그리고 자신의 목숨을 바쳐도 좋다고 생각할 만큼 스승을 귀히 여기며 따르게 되었다. 그가 성심으로 포덕을 한 덕에 부안에는 수많은 동학도들이 생기게 되었고, 김낙철은 대접주가 되었다. 해월은 신묘년(1891) 7월 부안에 머물다가 태인으로 떠나면서 이렇게 말했다.

"부안에서 꽃이 피고 부안에서 열매가 맺힐 것이다."[28]

갑오년(1894) 1월 전봉준이 고부에서 관아를 점령했을 때 해월은 그들 형제에게 조금도 상관 말고 봄이 오기를 기다리라고 했다. 봄이 되어 3월에 무장에서 기포한 동학군이 부안에 진출했을 때, 김낙철은 도움을 구하는 부안 군수 이철화의 요청을 받아들여, 읍내 근처인 송정리 신씨 집안 제각과 줄포에 도소를 설치, 관과 민이 함께 화합하는 민중 자치를 실시했다. 관과 민이 화합하는 곳에 무력이나 폭력이 난무할 일이 어디 있었겠는가.

4월 3일 전봉준과 손화중이 동학군 4천여 명을 이끌고 부안으로 들어와 군수 이철화를 처형하고자 했을 때 김낙철은 그들을 달래 이철화는 화를 피할 수 있었다. 부안에서 거친 전투 없이 전봉준과 손화중은 고부로 진출했고, 김낙철 낙봉 형제는 황토현 전투에 참가한 이후 다시 부안으로 돌아왔다.

그 무렵 제주에 이태 연달아 가뭄이 들어 제주도민이 줄포에 식량을 구하러 왔다. 식량을 싣고 돌아가려던 배를 동학도들이 빼앗으려 하자 김낙철은 제주도민의 생명 줄이라며 무사히 떠날 수 있게 해 주었다. 동학이 하려는 일이 광제창생(고통에 헤매는 민중을 널리 구제함), 제폭구민(포악한 것을 물리치고 어려움에 처한 백성을 구함), 보국안민(나라를 바로잡고 백성을 편안하게 함)인데 제주도민 역시 굶어 죽어서는 안 되는 소중한 백성 아닌가.

9월 18일 해월이 총기포령을 내리자 부안에서도 기포는 했으나 집강소에서 패정 개혁을 단행하니 전국이 전란 중일 때 가장 조용하게 비폭력적으로 점진적인 변혁과 변화를 꾀할 수 있었다.

이철화가 떠나고 다음으로 부임한 군수 윤시영과도 큰 마찰 없이 지냈으나, 12월 나주에 나와 있는 일본군 대대장 미나미 고시로가 두 형제를 잡아오라는 밀지를 내리고 군사를 보내자, 윤시영은 눈물을 흘리며 형제를 포승줄로 묶어 보낼 수밖에 없게 되었다.

을미년(1895) 1월 나주읍에 도착하자 군졸들은 몽둥이, 철편으로 세 시간 동안을 차고 때렸다. 김낙철은 '한울이시여, 나는 죽더라도 동생의 목숨을 보전하게 하소서.'라고 끊임없이 빌었고, 동생 김낙봉은 '나는 죽더라도 형님의 목숨을 보전하게 하소서.'라고 끊임없이 빌었다. 그들이 이렇게 나주 감옥에서 고초를 겪고 있을 때 제주도민들이 이 소식을 듣고 나주의 민종렬 목사에게 청원서를 올렸다.

"김낙철 형제의 덕으로 작년에 제주 백성 수만 명이 살아날 수 있었으니 만일 그들을 죽이려면 소인들을 죽이시고 김 씨 형제는 생명을 보존케 하여 주시옵소서."

"진정 그런 일이 있었느냐? 내 폐하께 장계를 올리겠노라."

임금에게서는 '바로 풀어 주라.'는 답이 내려왔다. 그러나 나주에 주둔해 있던 제19대대 대대장 미나미의 생각은 달랐다. 조선 왕의 명이 무에 대수랴.

"김낙철 형제는 서울로 압송한다. 나머지 27명은 모두 포살하라."

사촌 동생 김낙정이 그들 뒤를 따라 서울 감옥 옥바라지를 시작했다. 김낙정은 낮에는 물장수를 하고 밤에는 짚신을 삼았다. 그렇게 번 돈으로 하루 한 차례 음식을 들여보내고 매일 해가 뜨면 형제를 볼 수 있을까 하여 감옥 문 앞에 홀로 서 있었다. 김낙정의 헌신적인 옥바라지는 서장 이하 청사(심부름꾼)까지 소문이 났다. 매일 한 차례 죄수들에게 바람을 쏘일 때 청사는 문틈으로 형제의 모습을 김낙정에게 보여주려 애를 썼다.

전 부안 군수 이철화도 밤낮을 가리지 않고 10개 관부의 대신들에게 애걸했다.

"부안군의 김낙철 형제 덕분에 저도 목숨을 보전했고 경내의 백성이 모두 생명을 보전할 수 있었습니다. 동학난 때 부안이 조용하게 넘어갈 수 있었던 것은 그들 덕분입니다. 그들을 죽이려면 나를 대신 죽이고 그들을 풀어 주십시오."

김낙철 형제는 을미년(1895) 3월 21일 석방되었다.

그렇게 석방된 형제가 석 달 만에 고향 부안에 돌아갔을 때, 그들을 시기했던 최명오, 최치운, 최봉수 등은 그들 가족에게 몹쓸 짓을 많이 했다. 그들에게 많은 가산을 빼앗기고 가족을 이사시킨 뒤 형제는 은밀히 연통을 해서 정유년(1897) 이천 앵산의 해월의 거처를 찾아갔다. 그렇게 해서 형제는 그 후 해월이 체포될 때까지 가까이에서 살게 되었다. 그러나 1898년 1월 동생 낙봉이 설 쇠러 고향에 간 사이 형 낙철은 원주 전거론에서 해월을 쫓는 포졸들에게 다시 체포되어 서울로 수원으로 옮겨 가며 감옥살이를 하다가 해월이 처형되고 한 달이 지난 7월에야 석방이 되었다.

그렇게 우여곡절을 겪은 그들은 고향에 들렀다가 9월 상주 높은터에서 기별이 와 다시 김연국을 만나게 된 것이다.

조정이나 일본군은 동학도들이 재기할까 봐 신경을 곤두세우고 있었기 때문에 손병희나 김연국 등은 모두 몸조심을 해야 하는 처지였다. 김연국은 김낙봉에게 최윤에게 전해야 할 빨간 주머니를 건네주면서 자기가 가지고 있던 해월 법설 필사본도 함께 주었다. 김낙봉은 그길로 말을 달려 청산을 찾았다.

김낙봉이 청산의 정주현 집을 찾았을 때는 점심때가 지나 있었다. 윤은 반가이 낙봉을 집으로 맞아들여 늦은 점심상을 차려 주었다. 낙봉은 윤이 사실을 알고 있는지 알 수가 없어 밥을 먹으면서도 분위기를 살피느라 조심스러웠다. 윤이 먼저 입을 열었다.

"아버지의 일은 알고 있습니다."

파리한 얼굴이었지만 그녀의 표정은 고요했다.

"아… 예. 그래서 전해 드릴 물건이…."

한결 편안해진 얼굴로 낙봉이 품에서 빨간 주머니 하나를 조심스럽게 꺼냈다.

"저는 낙철 형님이 7월까지 수원 감옥에 계시는 바람에 해월 스승님께 자주 가 뵙지 못했습니다. 이종훈 대접주가 스승님 옥바라지에 전적으로 매달렸지요. 스승님이 전해 달라 부탁하셨다고 합니다. 스승님 시신은 송파에 임시로 모셨는데 후일 좋은 곳으로 다시 모시겠습니다. 구암장(김연국)이나 의암장(손병희)은 모두 아직 거동이 쉽지 않습니다. 동희와 어머님은 아랫녘에 계시다는데 후일 차차 소식 전해 드리지요. 윤이 아가씨가 이렇게 늑가를 오게 되어 우리들 마음도 많이 아팠습니다. 그런데 아가씨가 의연한 모습으로 지내고 계시니 한결 마음이 놓이네요. 앞으로도 굳건히 잘 지내시기를 심고하겠습니다. 그리고 구암장이 이 필사본도 함께 전해 달라 부탁했습니다."

김낙봉은 보따리에서 해월 법설 필사본도 꺼내 놓았다.

아버지가 부안에 대해 기대가 크다는 건 윤도 들어 알고 있었다. 부안 땅의 기운도 좋다고 예전부터 일컬어졌지만 저렇게 좋은 분들이 접주가 되어 수천수만 명을 인도하고 있으니 그럴 만도 하다는 생각을 했다. 윤은 김낙봉이 탄 말이 먼지를 내며 멀어져 가는 모습을 한참 지켜보다가 집으로 돌아섰다.

마음을 가다듬고 가만히 앉아 책과 주머니를 마주했다. 주머니를 열고 아버지가 보내셨다는 물건을 꺼내 보았다. 명주에 자잘하게 쓴 글씨들…. 아…. 낯익은 아버지 필체다. 윤의 시야가 뿌옇게 흐려졌다.

사랑하는 내 딸 윤에게

윤이 네가 이 글을 읽을 때쯤이면 나는 조선 땅에는 존재하지 않을 것이다. 아마 산과 강의 경계가 없는 땅, 본래의 자리에 있겠지. 그러나 세상에 사라지는 것은 없단다. 다만 모습이 달라질 뿐. 하늘이 주셨다가 하늘이 데려가는 것이고 태어나는 것과 죽는 것은 똑같은 일이니 슬퍼할 일이 아니니다.

네가 태어나던 날을 기억한다. 단양 송두둑에서 무인년 10월 보름이 지나고 사흘째 되던 날 네가 내게 왔지. 우리 윤이는 배가 고프지 않으면 잘 울지도 않는 순한 아기였단다. 감사하게도 벙긋벙긋 잘 웃어 주었지. 당시 나는 정선으로 경주로 인등제 제례법[29]을 만들어 교도들에게 전하면서 바쁜 나날을 보내느라 어린 너의 곁을 오래 지켜주지도 못했구나. 네가 걸음마를 시작할 무렵엔 또 우리 동학의 역사를 정리하고 경전을 만들기 시작하느라 바빴지. 하기야 네 아비가 바쁘지 않은 때가 있었겠느냐마는….

나는 다섯 살에 어머니를 여의었다. 열두 살에 아버지마저 여의고…. 아버님은 사랑이 아주 많은 분이었지. 내가 잘못을 할 때는 모른 척하시고 그렇지 않을 때 칭찬을 하셨거든. 특히 책 한 권이 끝날 때마다 송편이나 절편으로 책거리 음식을 마련해 주시며 기뻐하셨단다. 그 모습이 지금 더 새롭게 가슴에 파고드는구나.

그러다가 아버님마저 떠나신 뒤에는 누이동생과 아주 힘들게 살았지. 포항의 먼 친척 집에서 더부살이할 때 부모 없는 설움을 톡톡히 겪었단다. 상전, 하인으로 사람이 구분되고 상전은 하인을 사람 취급도 아니하고 따듯한 눈길이나 말 한마디 없이 오로지 시키는 대로, 아니 시키는 것 이상으로 자기들을 위해 일을 해야 비로소 만족하는 사람들…. 다른 이의 행복이나 생각이나 의지 따위에는 애시당초 관심도 없고 아니 처음부터 아예 존재하지도 않는 것처럼 무시하고 오로지 자기의 배부름과 안락함에만 정신을 쏟는 사람들…. 그 사람들은 마치 자기들의 오장육부하고 하인들의 뱃속은 다른 것처럼 굴더구나. 그런 사람들을 보며, 조선의 대다수의 백성이 그런 자들에게 휘둘림 당하며 눈물짓는 것을 보고 겪으며 아비는 다른 세상을 꿈꾸게 되었단다.

그런 참에 서른다섯 무렵에 경주에 사시는 수운 스승님을 만났지. 수십 리 거리가 멀다는 생각도 못하고 수시로 찾아가 뵈었더란다. 스승님은 오랜 기도와 강령 체험 끝에 동국인 조선의 학, 즉 우리 학문이라는 뜻으로 동학을 창도하셨다. 사람들마다 마음속에 한울님을 모시고 있다(侍天主)는 것을 처음으로 깨달으셨지. 이 시대를 '다시 개벽의 시대'라 하시고 내 안의 한울을 귀히 여기고 하늘을 모신 다른 이들을 귀히 여기면 새로운 세상이 온다 하시니 아비는 그만 스승의 발아래 엎드리고 말았단다. 유무상자(有無相資), 부자와 가난한 자, 지식이 있는 자와 없는 자가 서로 돕는다…. 정말 내가 듣고 싶었던 이야기가 아니더냐. 정말 내가 만나고 싶었던 분이 아니더냐.

도를 깨달으신 후에 노비 한 명은 수양딸로 다른 한 명은 며느리로 받아들이시니 돌아가실 때까지 그 언행에 한 치의 어긋남이 없으셨다. 나는 스승님을 뵈올 때마다 새로운 세상으로 들어가는 계단을 하나하나 밟아 올라가는 기분이었단다. 그러나 상하의 구분을 편안한 질서라고 생각했던 조정과 양반들은 스승님을 위험한 인물로 지목하여 도를 널리 펴신 지 삼 년 만에 처형하고 말았으니, 그때 이 아비는 하늘이 무너지는 것 같았다. 스승님은 체포 전에 내게 도를 전수하셨다. 내게 유언으로 전하신 말씀은 고비원주(高飛遠走), 높이 날고 멀리 뛰어 그저 잡히지 말라는 말씀이었지만, 당신의 뜻을 높이 멀리 퍼뜨리라는 말씀이기도 했다. 그 이후 34년 동안 아비는 진실로 고비원주하는 삶을 살았다. 잡히지 말아야 했어. 늘 가까이에 보따리를 두고 언제나 도피할 준비를 하며 마음 졸이는 삶을 살았단다. 보따리 안에 들어 있는 스승의 말씀을 하나라도 더 많은 사람들에게 전해서 자기 마음속에, 다른 이의 마음속에, 그리고 세상 만물이 모두 그 안에 한울을 모시고 있다는 것을 깨닫게 되기를 얼마나 얼마나 간절히 바랐는지 모른다. 그런 사람들이 많아지면 세상은 천국이 될 수 있으리라. 뒤집어엎지 않아도, 투쟁과 살육이 없이도, 피를 흘리지 않고도….

그 때문이었느니라. 아비가 우리 예쁜 윤이도 자주 못 만나 보고, 제대로 애비 노릇을 못한 것은 바로 차별 없는 세상, 고통을 주거나 받지 않는 세상, 상처를 주거나 받지 않는 세상, 서로 귀히 여기며 존중하는 세상, 신선이 사는 나라 선녀가 사는 나라, 죽어서 가는 한울나라가 아니라 살아서 누리는 한울나라…. 그런 세상을 보고 싶었느니라. 그런 세상을 살고 싶었느니라. 그런 세상을 만들고 싶었느니라. 그래서 한 걸음 한 걸음 발을 내디뎌야 했다. 쉽지 않은 길임을 알면서도. 방해하는 세력들이 많음을 알면서도. 그것을 뛰어넘어 쉼 없이 가야 했다.

그러나 하늘은 우리 앞에 비단 길을 깔아 주지는 않았더란다. 아비는 우리가 평화적으로 어려운 시대를 견디면서 수행하며 실천해 나가면, 우리 안의 한울을 키워 가면, 그런 사람들이 많아지면 세상이 달라질 수 있을 것이라 믿었느니라. 정말 우리에게 생존의 위협을 받지 않는 시간이 더 있었더라면 가능했을 것이다. 세상에서 가장 아름다운 혁명이 되었을 것이다. 천명을 받아 드는 혁명이….

그런데 스승님의 염려대로 일본은 호시탐탐 조선을 집어삼킬 생각을 하다가 마침내 실행에 옮겼으니, 사람 죽이는 기계로 무장한 저들을 생명을 살리고자 하는 우리가 어찌 당할 수 있었겠느냐. 나라님과 양반들이 우리의 말에 귀 기울이고 함께 손잡고 다가올 왜의 침략을 방비했어야 했거늘, 그들은 오히려 일본의 볼모가 되면서까지 자기들의 탐욕을 계속 채워 가고자 했구나. 죽이고자 무기를 만들어 가지고 들어온 자들이 조정의 비호를 받아 살리고자 일어난 우리에게 총부리를 들이대니 우리 조선의 백성은 그저 모진 바람 앞의 촛불이 되고 말았구나.

그러나 죽을 줄 알면서도 백성들은 일어설 수밖에 없었더니라. 더 이상 밟혀 살고 싶지 않았으므로, 더 이상 벼랑 끝으로 몰리는 짐승들처럼 살고 싶지 않았으므로, 탐욕에 짓밟히며 실낱같은 삶을 연장하느니 아름다운 인간으로 다만 며칠이라도 크게 숨 쉬며 살고 싶었더니라. 맨손으로, 깃발을 든 손으로 산꼭대기에 올라가 뜻을 같이하는 동료들과 함성을 질러 댔던 그들은 세상에 태어나 처음으로 벅찬 기쁨에 떨었더니라. 마주 쳐다보는 눈길에서 그들은 뜨거운 동지애를 보았고 함께 손을 맞잡고 새로운 세상을 맞이하기 위해 한 걸음 한 걸음 내딛는 것만으로도 가슴이 뻥 뚫리는 환희를 맛보았던 것이다.

그러나 바람보다 빠르고 빗줄기보다 거세차게 총알을 쏟아붓는 신식 무기 앞에, 새 세상을 꿈꾸던 수십만의 동학군은 허무하게 사라져 갔다. 고향에 남아 모진 고생을 감내하며 살아가야 할 그들의 가족을 생각하면 말문이 닫히고 숨이 멎는 일이다.

일찍이 부안 땅에서 화기(和氣)를 보았더니라. 관은 백성의 말에 귀를 기울이며 민은 관을 믿고 문제에 당해 서로 머리를 맞대고 도우니 그런 곳에서 새로운 세상이 꽃이 피고 열매를 맺을 수 있는 게 아니더냐. 아비는 이 나라 방방곡곡의 사람 사는 동네, 산과 들, 강과 바다가 모두 그리되기를 희망했지만 탐학이 너무 심한 곳에서 백성은 떨쳐 일어날 수밖에 없었던 것이다. 한 번 청하고, 두 번 청하고, 세 번 청해도 귀를 막고 눈을 감은 채 육모방망이를 휘두르며 창끝을 들이대는 자들을 징치하고자 그들은 일어설 수밖에 없었다. 그러나 그들이 들고 일어선 것은 고작 대나무 막대였구나. 막아 보려 했지만 총알 앞에 대나무는 무력하기 그지없었으니 아까운 인명들이 수도 없이 희생되고 말았다.

그러나 길게 보아라. 우리는 패배한 듯 보이지만 먼 훗날 우리는 다시 살아날 것이다. 우리가 꿈꾸었던 세상은 반드시 오게 될 것이다. 오늘 승리한 자들은 축배를 들겠지만 그들은 반드시 스스로 멸망하는 길로 걸어 들어가게 될 것이다. 그것이 천명(天命)이다.

사랑하는 내 딸 윤아. 모진 고초를 겪고 억지 시집을 갔으니 네 신세가 한탄스러울 수도 있을 것이다. 그러나 어머니에게서 들었다는 그 말을 잊지 말아라. 무슨 일이 일어나든 그 이유가 있단다. 다만 고난을 딛고 일어서야만 비로소 그 이유를 알게 되는 것이지. 그래야 역경이 디딤돌이 되는 기적의 순간을 만들 수 있게 되는 거란다. 너는 부드럽지만 내면의 심지가 곧고 강하니 아비가 하는 말이 무엇인지 잘 이해할 것이다. 한동안 여자들이 힘든 세상이 지속되겠지만 힘든 세상을 이겨 내는 아름다운 작은 힘들이 또 기적을 만들어 낼 것이다. 주문은 내 안의 한울과 밖의 한울을 잇는 탯줄과 같은 것이다. 열심히 외우며 수련에 정진해라. 한 사람의 힘이 결코 작지 않느니라.

아비는 지나간 세월 한시도 후회 없이 살다가 간다. 이만하면 잘 산 생이지. 분에 넘치는 스승의 사랑과 가르침을 받았고 지혜로운 제자들을 만났으며 서로에게서 위안과 희망을 발견했다. 그들과 함께했던 세월에 감사할 따름이다. 동학이 사람들을 자유롭게 할 것이다. 동학이 사람들의 가슴을 뛰게 하는 날들이 올 것이다. 동학이 사람들의 영혼에 향기를 불어넣을 날이 올 것이다. 모두에게 감사드린다. 사랑한다.

무술년(1898) 5월 아비가

소리 없이 흐르는 눈물을 닦으며 편지를 다 읽은 뒤 명주 편지를 고이 접어 가만히 볼에 대어 보았다. 윤은 일어나 북쪽을 향해 두 번 큰절을 올렸다. 아버지, 감사합니다. 아버지의 딸인 것에 감사합니다.

윤은 틈나는 대로 수운의 글과 아버지의 글을 읽고 필사본을 만들었다. 아버지의 스승, 수운의 글 중에서 윤이 좋아하는 것은 우음(偶吟).

風過雨過枝　　바람 지나가고 비 지나간 가지에
風雨霜雪來　　바람 비 서리 눈이 또 오네

風雨霜雪過去後　바람 비 서리 눈이 모두 지나간 후
一樹花發萬世春　한 나무에 꽃이 피면 온 세상이 봄이 될지니

밤늦도록 글을 쓰던 윤은 새벽에는 책을 읽었다. 정주현은 도무지 쉬고 있는 윤을, 잠자고 있는 윤을 볼 수가 없었다. 윤은 정주현에게 점점 더 버거운 존재가 되어 가고 있었다. 도무지 손에 잡히지를 않는다. 완력으로 밀어붙여 보기도 했지만 윤이 그어 놓은 경계선 안으로 쉽게 들어가지 못했다. 그는 애가 탔다. 무슨 방법이 있어야 할 텐데….

남편에게 마음을 열었지만

어느 날, 충청 감사에게서 사진 두 장이 내려왔다. 해월이 교수당하기 직전에 러시아인이 찍었다는 앉은 자세의 사진과 교수형에 처해진 이후의 사진이었다.[30] 정부는 비적 해월의 사진을 전국 군현에 회시하여 경각심을 높이고자 하였던 것이다.[31]

정주현은 살아생전 마지막 모습이 담긴 최시형의 사진을 윤에게 보여주고 싶었다. 정주현은 현감이 퇴청하기를 기다려 사진을 종이에 싸서 몰래 집으로 가지고 왔다. 회시하는 사진이니 바로 다음 날 일찍 현감이 나오기 전에 가져다 두어야 했다. 정주현은 윤이 책을

읽고 있는 동안 사진을 쓰윽 내밀었다.

"전국에 회시하라는 사진이오. 힘들게 가져왔는데 내일 새벽 전에 제자리에 가져다 놓아야 하오."

정주현은 슬그머니 자리를 비켜 주었다.

"아… 아… 아버지…."

4년 만에 보는 아버지의 모습이다. 형편없이 야윈 모습이 그간의 고초를 짐작케 해 주었다. 아버지, 얼마나 힘이 드셨으면 모습이 이 지경이 되시었소. 내가 따라다니며 아버지 수발을 들었으면 이렇게까지 되지는 않으셨을 것을…. 아버지….

통곡이 터져 나왔다. 야윈 볼을 쓰다듬으며 통곡하고, 퉁퉁 부은 발가락을 쓰다듬으며 통곡하고, 엄지발가락의 상처를 만지며 통곡하고 비뚤어져 뒤틀린 저고리를 만져 보며 통곡했다. 어렸을 때 먼 길에서 집으로 돌아오시며 채송화 뿌리를 건네 주시던 아버지, 팔음산에서 경전을 건네 주시던 아버지를 떠올리며 통곡했다. 온몸의 물기가 눈으로 터져 나오는 것 같았다. 밤새도록 사진을 보며 흐느꼈다가 정신을 놓았다가 다시 사진을 보며 흐느꼈다가 정신 줄 놓기를 반복했다.

새벽에 윤의 방에 들어간 정주현은 사진을 가슴에 묻고 엎어져 있는 윤을 보았다. 얼른 사진을 빼내어 가야 하는데…. 이름을 불렀으나 기척이 없다. 울다가 잠이 들은 모양이다.

정주현은 이부자리를 깔고 윤이 깨어나지 않게 조심조심 자리에 눕히고 이불을 덮어 주었다. 아뿔사…. 사진 윗자락이 눈물로 얼룩져 있었다. 아이쿠, 이거 큰일일세…. 손으로 문질러 보았지만 해결될 일이 아니었다. 얼른 갖다 놓는 것이 상책이다!

정주현은 사진을 현감의 탁자 위에 있던 그대로 놓고 근처에 있던 책을 슬쩍 올려 두고는 집으로 돌아와 아침밥을 먹고 관아에 나갔다. 웬일인지 현감은 오늘따라 일찍 나와 있었다. 현감의 얼굴이 일그러져 있었다.

"어느 놈이냐? 어느 놈이 내 책상에 손을 댄 것이야?"

모두 영문을 몰라 고개들을 갸웃거렸다.

"어느 놈이 동학 괴수 최적(崔賊)의 사진에 손을 댔는가 말이다!"

모두의 시선이 정주현을 향했다.

"네놈이냐?"

현감 박정빈의 숨소리가 거칠어졌다. 해월을 자기 손으로 잡고 싶었던 그다. 송경인한테 공을 빼앗긴 뒤 며칠간 잠도 설쳤던 그가 아니었던가. 해월을 잡기 위해 그놈의 딸을 주어 곁에서 감시하며 실낱같은 단서라도 캐오라 시켰거늘…. 그런데 네놈이 배신을 해?

아현은 무슨 일이 있었던지 일어나지 못하는 윤을 그대로 두고 혼자 개울에 나가 빨래를 하려고 집을 나서다가 정주현을 부축해서 집으로 들어오는 박재호와 맞닥뜨렸다.

"오빠! 오빠가 왜 이래요? 무슨 일이에요?"

놀란 아현이 소리 질렀다. 윤도 자리에서 일어났다. 집안 식구들이 모두 튀어나왔다. 박재호는 정주현을 방 안에 눕혔다. 박재호의 앞뒤 이야기를 들은 식구들은 모두 혀를 끌끌 차며 밖으로 나갔다. 박재호가 관아로 돌아간 뒤 윤은 정주현의 몸 상태를 찬찬히 살펴보았다. 옷의 어깨솔기며 옆구리가 모두 터져 있었다. 방을 따듯하게 덥히고 옷을 벗긴 뒤 따듯한 물로 상처 주변을 닦았다. 입술이 터져 있었고 어깨엔 막대 모양으로 길게 멍이 났다. 등에도 복부에도 멍투성이였다. 옆구리 팔뚝 허벅지에도 성한 곳이 없었다. 주현의 몸을 조심스레 닦아 가는 윤의 눈에서 뜨거운 눈물이 또다시 흘러내렸다.

6. 순철아, 네가 내게 왔구나

작은 태양은 뜨고 흐린 별은 지다

점심을 먹으려고 밥상에 앉은 윤이 우욱 구역질을 했다. 얼른 입을 틀어막고 밖으로 뛰쳐나가 누렇고 끈적한 액체를 흙바닥에 내뱉었다. 보름 전에 있어야 할 달거리가 없어 혹시 혹시 하던 터였다. 정주현의 집으로 어거지로 끌려온 지 6년째. 정주현에게 마음의 문을 열자마자 아기가 생긴 것이다.

"언니 아기 가졌나 봐요!"

뒤따라 나온 아현이 소리쳤다. 정초부터 집안에 경사가 터졌다며 모두 기뻐했다. 윤은 아기를 갖고부터 아버지가 남기신 법설 중에 내수도문을 더욱 열심히 새겼다. 아현이 눈을 감고 조용히 앉아있는 윤에게 다가왔다.

"언니, 뭐하는 거유?"

"아버지가 말씀하신 포태에 관한 말씀을 생각하고 있었지요."

"뭐라 하셨는데요?"

"고기, 물고기를 먹으면 아기 성정이 모질고 탁해진다 하셨어요."

"그리고 또요?"

"남의 말도 하지 말고, 성내지 말고, 급하게 먹지 말고, 무거운 것 들지 말고, 찬 음식도 먹지 말고, 기대지 말고, 남의 눈을 속이지 말라고 하셨지요."

"안 그러면 어떻게 되는데요?"

"아기가 태어나 일찍 죽기도 하고 병도 들게 되니 열 달간 공경하고 조심하면 아기가 몸도 바르고 총명하여 재주가 뛰어날 거라 하셨답니다."

"나도 글을 가르쳐 주세요. 나도 시집갈 때 언니 보는 글들을 다 읽고 쓰고 해서 갈 거예요."

"그러세요. 그대로 하면 문왕 같은 성인, 공자 같은 성인을 낳을 거랬어요. 아버지는 아내가 글을 모르면 남편이 조용하고 한가한 때 부인에게 외워 드려 뼈에 새기게 하라 하셨지요."

"어진 남편을 만나는 것도 좋겠지만 우선 내가 알면 더 좋을 거 아니에요."

윤은 그렇게 열 달 동안 공을 들여 가족의 기대와 축복 속에 신축년(1901) 9월 아들을 낳았다. 시아버지가 항렬에 따른 순(淳)에 철(哲)을 붙여 순철이라는 이름을 지어 주었다. 아기는 작았지만 야무졌다. 한 달이 지나자 옹알이를 시작했다. 세상에! 무슨 이야기를 하고 있는 거니? 잠을 자다가 방긋 미소를 짓기도 했다. 도대체 넌 어느 별에 있다가 내게로 온 거니? 윤은 아기가 너무 예뻐 하루 종일 들여다보고 싶었다. 아기가 잠든 모습을 보고 있노라면 세상 근심이 다 사라졌다. 그러나 늘 할 일이 산더미 같으니 아기가 잠들면 곧바로 일에 매달려야 했다. 스무 살이 된 아현에게도 혼삿말이 오고 가더니 혼인 날짜가 잡혔다. 집안일 하랴, 아기 돌보랴, 시누이 혼사 준비하랴 정신이 없었다. 예곡에서 태희가 가끔 도와주러 왔지만, 태희도 벽에 똥칠을 하는 시아버지 수발을 해야 했기에 자유롭지 못했다.

혼삿날을 며칠 앞두고 안팎으로 마음이 분주하던 시어머니 윤 씨가 밥상에 앉았는데 숟가락을 들 힘이 없다고 했다. 입에 떠 넣어 준 국물이 한쪽으로 흘러나왔다. 혼사를 늦출 수가 없는 형편인데 윤 씨가 자리에 누우니 아현이 이웃에 사는 친구 유이수에게 도움을 청했다. 넉넉한 살림이 아니니 혼수라고 많이 준비할 것은 없었지만 그래도 신랑각시가 덮고 잘 이부자리와 시부모 이부자리며 일가친척에 돌릴 버선이며 바느질거리가 많았다.

경황없이 딸을 시집보내고 나서 윤 씨의 반쪽 마비가 점점 심해져 갔다. 윤 씨가 며느리를 불러 놓고 어둔해진 혀로 힘겹게 말을 했다.

"아가. 내가 못 일어날 것 같구나. 너한테 고맙고 또 고맙다는 말을 하고 싶었다. 그리고…. 부탁이 있다. 내 옆에 앉아서 네가 외우던 주문을 좀 외워 주련?"

처음 만났을 때는 참으로 모질었던 윤 씨였다. 그러나 그 안에도 한울이 있겠거니 하며 윤이 휘둘리지 않고 평정을 잃지 않으니, 시간이 흐르면서 알게 모르게 윤에게 정을 주었던 그녀였다. 윤은 시어머니의 식어 가는 손을 잡아 주었다.

"지기금지 원위대강 시천주조화정 영세불망만사지. 지극한 기운이여 지금 여기 내리소서. 내 마음속에 한울을 모시고 있으니 조화가 자리 잡고 죽을 때까지 잊지 않으니 만사가 다 깨달아지이다."

몇 번을 반복하는 동안 시어머니의 손에서 힘이 빠져나갔다.

유이수는 아현의 혼수 준비를 돕다가 윤 씨의 병수발과 장례를 돕느라 달포 이상을 계속 집에 눌러 있게 되었다. 윤은 시어머니의 장례가 끝나고 사흘째 되는 날 새벽에 산소에 가서 시어머니의 물건들을 태우고 저녁 늦게 다시 제사를 지내기 위해 바쁘게 움직였다. 얼핏 순철의 울음소리가 들리는 듯해서 급히 방으로 뛰어든 윤은 방에서 포옹하고 있던 두 남녀를 보았다.

주현이 급히 유이수를 품에서 떼어 놓았다.

"어… 우리 집안 일 때문에 계속 수고를 해 주고 있어서… 내가 고맙다고…."

유이수는 급히 방을 빠져나갔다. 순철은 고이 잠자고 있었다. 윤은 다리에 힘이 빠져 바닥에 주저앉았다. 윤의 가슴으로 먹구름이 몰려들었다.

'너에게 마음의 문을 연 지 1년 반도 되지 않았다. 아기가 태어난 지 반년 밖에 되지 않았는데…. 더군다나 지금은 어머니 상중이 아니냐.' 윤은 두 손으로 얼굴을 감쌌다. 깊은 곳에서 올라오는 뜨거운 분노와 달리 심장은 얼음처럼 싸늘하게 식어 갔다. 냉기가 온몸으로 퍼져 나갔다. 구름 많은 밤하늘 위에 가까스로 빛나던 별빛 하나가 있었다. 그런데 이제 그 흐린 빛마저도 완전히 사라져 버렸다.

동네에서도 눈에 띄지 않던 유이수가 반년이 지난 가을 저녁 정주현의 손에 이끌려 대문을 들어섰다. 한 손에는 보따리를 들었고 다른 손으로는 봉긋 불러 오는 배를 감싸고 있었다. 순철의 돌떡을 앉히려고 시루를 옮기던 윤이 시루를 떨어뜨리고 말았다. 밖의 소란에 놀란 시아버지 정재홍이 나와서 보고 상황을 파악하고는 옆에 있는 막대를 집어 들고는 아들의 손을 잡아 뒤꼍으로 끌고 갔다.

정재홍의 떨리는 성난 목소리가 들려왔다. 그리고 정주현의 비명 몇 차례. 갑자기 뒤꼍에서 튀어나온 주현이 다급하게 외쳤다.

"임자! 물! 물을!"

급히 방으로 옮기고 의원을 불러왔으나 정재홍의 몸은 싸늘하게 식어 갔다.

한 해에 그렇게 시누이가 집을 떠나고 두 노인이 세상을 떠났다. 이제 그 집에는 한 남자와 두 아내가 살게 되었다. 윤은 안방으로 옮기라는 말에 아무런 대꾸를 하지 않았다. 그 남자의 안방마님이 되고 싶지 않았다. 유이수는 몇 달 뒤인 계유년(1903) 2월 아들 순익을 낳았다.

"당신은 8년 전 나를 이집에 강제로 밀어 넣었던 그때 그 사람 이상도 이하도 아닙니다. 다만 달라진 것은 순철이라고 하는 소중한 아기가 생겼다는 것, 오로지 그 사실만이 나를 숨쉴 수 있게 해 줄 뿐입니다. 이곳에서 당신네들과 얽혀 살고 싶지 않아요. 내가 따로 나가 살 터이니 작은 집을 하나 얻어 주세요."

윤과 순철은 살고 있던 교평리에서 이웃해 있는 지전리의 작은 집으로 이사를 나갔다. 정주현은 가끔 어색한 웃음을 지으며 윤에게 다가왔으나 윤은 주현의 어떠한 몸짓에도 반응하지 않았다. 예전보다 더 무거운 침묵이 흘렀다. 더 차가운 침묵이 흘렀다. 주현은 한숨을 쉬며 돌아갔다.

윤은 잠깐 동안 자기 마음에 떠 있던 별 하나를 생각했다. 이제 그 별빛은 사라졌다. 아니 애당초 별이라고 생각했던 것은 별이 아니었을 것이다. 개똥벌레의 반짝임을 별이라고 착각했는지도 몰랐다. 그런데 이제 자기 품에 진짜 별이 안겨 있다는 생각을 했다. 아침부터 옹알옹알 천어(天語)를 지저귀는 소중한 별 말이다.

태희의 선택

윤은 새벽에 일어나 청수를 떠 놓고 심고를 드리고는 품삯을 벌기 위해 농사일이든 바느질이든 무슨 일이든 마다 않고 했다. 마음이 울적할 때 윤은 순철을 데리고 예곡의 태희를 찾았다. 태희는 첫아이를 유산한 뒤에 4년 만에 아이를 가져 윤보다 1년 먼저 딸을 낳았다. 윤의 시어머니는 처음에는 모질었지만 시간이 흐르면서 달라졌었다. 그러나 태희의 시어머니는 여전히 며느리에게 고약한 성깔을 부렸다.

"제 형은 아들을 잘도 낳았고만 너는 어째 아들도 못 낳는 거냐?"

"바로 또 아기를 가져얄 것 아니냐. 엉? 빨리 아버지 돌아가시기 전에 고추 달린 거 하나 안겨 드려야 할 거 아니냐구?"

"에이구. 손가락 병신이 바느질도 제대로 못 하구 참 내 팔자 드럽기두 하지…."

옆에 윤이 있어도 아랑곳 않고 며느리를 들들 볶았다. 태희를 찾아가기가 미안할 정도였다.

아이 돌보며, 거동도 못하고 드러누운 시아버지 수발하며, 시어머니의 구박을 견뎌 가며, 술주정이나 해 대는 남편 수발하느라 태희는 점점 지쳐 가는 듯했다. 딸 예옥이가 아니었으면 그녀는 어찌 살았을까.

윤을 만나면 태희는 참았던 눈물을 터뜨리고는 했다.

"태희야, 계사년(1893) 보은 집회 때 네가 날 안 따라왔었다면…. 이런 생각을 가끔 했단다. 그랬다면 너도 나도 이리 살게 되지는 않았을지 몰라. 그렇지만 그랬더라면 예옥이도 순철이도 우리 품에 오지 못했을 거 아니니?"

태희가 눈물을 닦고 미소 지으며 말했다.

"그건 그렇지, 이모."

"예옥이, 순철이를 보면서 살자꾸나. 아이들이 우리 별, 아니 작은 태양이잖니. 그 아이들이 개벽세상을 볼 수 있도록 잘 키워 내자꾸나. 네가 있어서 내게 얼마나 큰 힘이 되는지 모른단다."

윤은 태희를 가만히 안아 주었다.

병오년(1906) 가을 태희의 시아버지는 마누라의 지청구를 뒤로 하고 세상을 떠났다. 남편 살아생전에 부드러운 말 한마디 건네지 않던 시어머니 유 씨는 태희에게 사자밥을 지어라, 메밥을 지어라, 메탕을 올려라, 주문이 분주했다.

저녁이면 아홉 살 난 예옥이는 술이 거나해져 들어오는 제 아비가 걱정이 된다며 다리께에 나가서 제 아비를 부축해 들어오곤 했다. 무신년(1908) 여름 장맛비가 시작됐다. 사흘째 하늘이 깜깜하고 천둥번개가 요란했다.

"마누라…." 혀 꼬부라진 소리를 하며 박재호가 비에 젖은 채로 집에 들어서는데 예옥이 보이지 않았다.

"예옥이는요?"

"예옥이 이년, 집에 있는 거 아녀? 오늘은 안 나왔던디?"

여전히 꼬부라진 말소리다.

"아니, 아까 저녁 먹고 초립 쓰고 나갔는데…."

태희의 가슴이 철렁 무너져 내렸다.

"예옥아아~."

혹시나 하고 벌컥 방문을 열어 보았지만 방에는 없었다. 댓돌 위에 신발도 없다. 얼마 전 사또의 사가에 심부름 갔던 박재호가 사또의 딸이 신다가 작아져 못 신는다는 낡은 당혜를 얻어 왔는데 그걸 좋아라 신고 다니던 예옥이었다.

"어둡고 비도 오는데 어디를 갔단 말이냐, 아가, 예옥아~."

물은 둑까지 불어나 넘실대며 빠르게 흐르고 있었다. 태희는 개울을 따라 미친 듯이 소리치며 아이의 이름을 불러 보았지만 대답은 돌아오지 않았다. 마을 사람들이 웅성웅성 횃불을 만들어 들고 나왔다. 새벽이 밝아 올 무렵 누군가가 팔음산에서 흘러 내려오는 예곡 물과 속리산에서 흘러 내려오는 보은 물이 만나는 개울둑의 풀섶에서 코가 빨간 당혜 하나를 주워 올렸다. 그것을 보는 순간 태희는 혼절하고 말았다.

몇 달 뒤, 두 번째 돌아오는 시아버지 제사를 위해 태희는 절구에 떡쌀을 찧었다. 딸을 잃은 뒤 반쯤 넋이 나가 있던 태희다.

"야가 왜 이렇게 쌀을 흩뜨리는 거여?"

시어머니 유 씨가 소리를 지르며 태희의 등짝을 암팡지게 후려치고는 이웃집에 간다며 집을 나섰다. 마당 한쪽의 화덕에 떡을 안치고 불을 땠으나 김이 시루 옆으로 새며 위로 오르지 않았다. 시룻번을 돌려 붙여 김이 새는 것을 막아야 했는데 정신이 없어 놓쳐 버린 것이다. 또 처음부터 세게 불을 때서 센 김이 위로 올라가야 하는데 넋이 나간 채로 불을 지피고 있으니 불 조절이 안 된 것도 원인일 것이다. 태희는 뒤늦게 가루를 반죽하여 시룻번을 돌려 붙이고 나무를 더 집어넣어 불을 세게 높였다. 그러나 이미 아래쪽이 익어 눅진거려서 그랬는지 불을 세게 때도 위로는 김이 제대로 올라가지 않고 아래쪽에서는 타는 냄새가 나기 시작했다. 매운 연기 때문인지, 서러움 때문인지 터진 눈물이 땀과 함께 얼굴에서 뚝뚝 떨어졌다.

시어머니가 돌아오면 또 한바탕 난리가 날 것이다. 태희는 넋이 나간 듯 멍하게 앉아 있다가 행주치마로 얼굴을 감싸 쥐고 생각에 잠겼다. 잠시 뒤 자리에서 일어난 그녀는 들고 있던 행주와 꼬챙이를 한쪽으로 던져 놓고는 무엇에 홀린 듯 어두워지는 하늘을 한동안 쳐다보았다. 그러고는 방에 들어가 반닫이에서 광목천을 꺼내 반으로 갈라 길게 묶어 대들보에 걸었다.

집으로 돌아온 유 씨는 마당 한쪽에서 불어오는 타는 냄새에 코를 킁킁거렸다.

"아니, 이 년이 대체…."

팔을 걷어붙이고 며느리를 찾아 부엌으로 뛰어들려던 그녀는 마루 대들보에 매달려 축 늘어져 있는 며느리를 보았다.

청산을 떠나 서울로

손병희는 해월의 순도 이후 추격을 피해 도망 다니다가 신축년(1901) 일본으로 떠나 이름을 바꾸고 신분을 감추고 살았다. 일본에서 망명 정객들과 교유하고, 서양의 신문물과 제도와 사상 등을 접하며 동학의 새 길을 모색하면서, 국내에 있던 동학 도인들을 규합하여 갑진년(1904) 개화운동을 전개하였다. 거기에서 한 걸음 더 나아가 을사년(1905) 말에 동학의 내용에 종교의 틀을 갖춘 천도교를 창설하고 신문 광고 등으로 그 출범을 선포한 뒤 다음 해에 귀국했다. 손병희는 갑진년의 개화운동 과정에서 불거진 조직과 노선의 분열상을 수습하면서 동학을 근대적 교단 종교 체제로 정비해 나갔다. 남쪽의 동학 조직은 재기 불능의 상태로 괴멸되었지만, 직접적인 피해가 적었던 황해도 이북 지역의 평안도에서 새로운 포덕이 일어나고, 기존의 동학 조직도 상당수가 온전하게 남아 있었기에 오히려 재정적 역량 면에서는 안정성을 확보할 수 있었다. 귀국 이후 한동안 서울 시내 이곳저곳을 이사다니던 손병희는, 1908년 저당 잡혀 일본인에 넘어가게 생긴 서울 가회동의 대지 2천 평에 1백 칸이 넘는 저택을 반값에 매입해 교당 겸 사저로 사용하고 바로 옆에도 대지 1천 평에 52칸 반의 저택을 마련해 흩어진 해월 가족과 주변의 친인척들을 모아 함께 살 계획을 세웠다.

계미년(1883) 봄 송두둑에서 황하일, 박인호와 함께 처음 해월을 만나 뵙던 날, 손병희는 여섯 살 난 윤을 처음 보았다. 댓돌 위에 벗어놓은 짚신을 가지런히 놓아주던 아이, 원통봉 밑에 제 어미가 묻히던 날 까무러쳤던 아이, 자기랑 같은 띠라며 새어머니가 낳은 동희를 좋아라 업고 다니던 아이, 아버지인 해월을 헌신적으로 뒷바라지하다가 변란 통에 원치 않은 인연을 만나 힘들게 살고 있을, 스승이 남긴 귀한 혈육인 윤을 돌보아야 한다는 생각을 잊지 않고 있었다.

기유년(1909) 정초에 손병희는 심부름을 하는 이에게 서찰과 함께 은비녀 한 개와 옷 한 벌을 주어 내려보냈다. 윤은 떨리는 손으로 서찰을 열어 보았다.

조카 보시게

고생이 많을 것으로 생각되네. 이제야 형편이 마땅하여 서울에 천도교당 옆에 일가들이 모여 살 수 있는 거처를 마련하였으니 언제라도 원한다면 올라올 수 있기를 희망하네.

서울 가회동 170-4 의암 손병희

순철은 이제 아홉 살이 되었다. 윤이 집에서 한글과 기초적인 한문은 가르치고 있었지만 근처에 사는 두 살 터울 의붓동생 순익이와도 잘 어울리려 하지 않고 방에서 뒹굴뒹굴하는 시간이 많았다. 팥알 만한 기름불이 희미하게 타고 있을 때 주문을 외우며 바느질을 하면 순철은 옛날얘기를 해 달라고 졸랐다. 호랑이 이야기도, 햇님달님 이야기도 다 떨어져 가던 참이다.

"순철아, 너 내일 엄니랑 일찍 점심 싸 가지고 놀러가지 않으련?"

"좋아요. 엄니. 어디로 갈 건데?"

"태희 누이 산소에 잠깐 들렀다가 조금 더 멀리 가 보려고."

아침 일찍 집을 떠났다. 나무들이 잎을 준비하느라 가지마다 물을 머금어 연록빛을 띠었다. 양지바른 곳에는 벌써 산벚꽃이 봉오리를 터뜨리고 있었다. 산을 넘어 지름길로 예곡다리에 닿았다. 작년 여름 예옥이의 신발을 찾았다는 곳이다. 예옥의 시신은 끝내 찾지 못했다. 태희의 속이 얼마나 까맣게 타들어 갔을 건가. 가슴이 아려 왔다. 태희의 산소에 들러 준비해 온 진달래 어린나무를 심어 주고 두 번 절한 다음 눈물을 훔치고 동쪽으로 발걸음을 옮기려는데 순철이 주머니에서 염주를 꺼내어 윤에게 내밀었다.

"아니 이건?"

"태희 이모가 예옥이 누나 떠나고 나서 나한테 가져왔었어. 맡아 가지고 있다가 나중에 엄니가 이모 보고 싶어 할 때쯤 내주라고…."

"그랬구나…. 이것이 예옥이 보내고 나서 뒤따를 생각을 벌써부터 했었구나."

태희를 좀 더 자주 찾아와 다독여야 했을걸. 언제 어떤 상황에서라도 일어설 수 있도록 도와야 했을걸. 가슴을 칼로 도려내는 듯한 통증이 밀려왔다. 하늘에서 예옥이 지켜보고 있었다면 엄마가 휘둘리지 않고 일어나 스스로의 행복을 찾아가는 것을 더 바랐을 것인데…. 다시 마음이 짠해졌다. 윤은 순철에게 건네받은 염주를 손목에 끼웠다. 나무 염주 알들은 많이 닳았지만 가운데 자수정 알은 여전히 반짝였다. 태희에게야 주문을 외울 때 필요한 염주였지만 윤에게는 또 다른 의미가 있는 물건이었다. 염주를 손목에 끼워 주었던 그 남자는 지금 어디서 무얼 하고 있을까? 걸음이 느려졌다.

"엄니, 왜 그래? 어디 아퍼?"

"아니다. 괜찮아."

"집에서 너무 멀어."

"미안하다. 엄마가 딴생각을 잠깐 하느라고. 집에서 너무 멀리 간다고? 순철이도 많이 컸으니 조금 더 걸어도 힘들지 않을 거야."

잠시 어릴 적 덕기 오빠랑 어머니 김 씨와 손을 잡고 보은의 큰어머니 손 씨 집을 오가던 일을 떠올렸다. 그때 우리도 너무 멀다고 투덜댔는데…. 어느덧 나도 내 어머니와 같은 자리에 서 있구나. 윤은 새삼 세월이 화살같이 빠르다고 느껴졌다. 아니 화살같이 빠른 것도 아니다. 그동안 얼마나 많은 일들을 겪어 왔던가.

모자는 앞서거니 뒤서거니 하며 별티재를 지나 명티를 지나 팔음산 입구에 도착해 햇쑥을 넣어 만든 쑥개떡으로 점심 요기를 했다. 산에는 이제야 쑥이 올라오고 있었다. 윤이 검은 흙을 헤집어 새로 올라오는 연록색 싹을 순철에게 보여주며 긴장된 마음으로 순철의 표정을 살폈다. 순철은 새싹을 바라보다가 무심하게 눈길을 돌렸다. '아들은 나와는 다른 것에 감동 받나?' 살짝 서운한 마음이 들었다.

그러나 순철은 속이 깊은 아이였다. 예닐곱 살 되었을 때던가. 아버지와 어머니, 유이수의 관계를 알고 나서는 어린 마음에도 무언가 옳지 않다는 생각이 들었던 모양으로 두 살 어린 배다른 동생이 근처에 살고 있었지만 함께 어울려 놀려고도 하지 않았고 가끔 들여다보는 아버지와 눈도 마주치려 하지 않았다. 제 어머니가 글을 쓸 때는 부지런히 옆에서 먹도 갈아 주고 잔심부름도 마다하지 않았다. 순철은 제 어머니가 다른 아낙네들과는 다른 무게를 가진 사람이라는 것을 알아 가고 있었다. 한 가지 걱정이 있다면 언제부터인가 한쪽 눈을 찡긋거리는 이상한 버릇이 생겨 좀체 사라지지 않는다는 것이었다. 그것 때문에 가끔 들여다보는 제 아비로부터도 숱하게 야단을 맞았지만 고쳐지지 않았다.

"여기 팔음산에는 왜 온 건데?"

"14년 전에 에미가 어거지로 시집을 왔을 때 그때 아무도 몰래 밤중에 이곳으로 와서 네 외할아버지를 만났더니라."

"외할아버지? 그럼 엄니의 아버지?"

"그래. 네 외할아버지 함자는 최, 시 자 형 자이시니라. 잘 기억해 두어라. 동학의 제일 높은 어른이라는 뜻으로 법헌이라는 별호를 가지고 계셨고, 수십만의 제자를 두었던 분이란다."

"동학이 뭔데요?"

"동학은 이 세상 만물을 살리고 모시자는 가르침이다. 또한 남의 나라 것이 아니라 이 나라에 나서 이 나라에 먼저 펴는 가르침이다. 동학의 동에는 생명, 살림, 빛의 뜻이 들어 있단다. 사람 안에, 만물 안에 모두 한울을 품고 있으니 모든 존재가 빛처럼 다 귀하다는 것을 알아차리는 것이지. 지금 엄마가 베끼는 글들은 네 외할아버지의 말씀들이란다. 너도 크면 할아버지 글들을 좋아하게 될 거다."

"왜 몰래 만났는데요? 지금은 어디 계셔요?"

"지금은 돌아가셨어. 아니, 나와 그분의 제자들 마음속에 살아 계시지. 살아 계시는 동안, 외할아버지를 두려워하는 자들이 외할아버지를 잡아들이려고 눈이 빨개서 오랫동안 피해 다니셔야 했지. 아주 오랫동안…."

윤의 눈시울이 붉어졌다.

옥천 청산 일대에서 제일 높은 산이라고 하지만 팔음산은 가파르지 않은 순한 산이어서 순철이도 쉽게 오를 수 있었다.

"엄니, 이것 좀 봐요."

순철이 검은 돌 모양의 덩어리를 내밀었다. 흙으로 덮여 있었지만 비탈에 서 있는 나무의 뿌리가 드러난 곳에는 돌들이 네모처럼 각진 형태로 부서져 내렸고 사이사이에는 검은 흙덩어리들이 보였다. 윤은 어렸을 때 가끔 어른들이 아궁이에 검은 흙을 던져 넣는 것을 본 일이 있다. 검은 흙이 빨갛게 달구어진 채로 오랫동안 타는 것이 놀라웠다.

"이거 바위에 문지르니 글씨도 써지네."

"그래? 신기하구나."

윤은 순철이를 데리고 팔음산 정상에 올라섰다. 멀리 크고 높은 산맥들이 펼쳐져 있었다. 아버지는 하루에 엄청나게 먼 거리를 다니셨다고 했다. 아마 그 길일 것이다. 관군의 눈을 피해 늘 숨어들어야 했던 백두대간. 어렸을 때 살았던 단양 송두둑도 아마 그 품속에 들어 있을 것이고 어머니가 묻혀 계신 원통봉도 아마 그 곁자락 어디에 있을 것이었다. 아버지를 품어 주었던 산들. 아버지가 개벽 세상을 만들기 위해 나아가셨던 산들.

"순철아. 저기 저 산맥들이 보이니? 저 산등성이를 타고 할아버지는 하루에 200리 250리를 다니셨단다."

"왜?"

"할아버지는 새로운 세상을 만들려고 늘 분주하셨지."

"새로운 세상이 어떤 세상인데?"

"높은 사람 낮은 사람 없는 세상, 있으나 없으나 서로 돕고 사는 세상, 감사와 사랑으로 가득 찬 세상, 나와 다른 생명들을 귀하게 여기는 세상."

"어떻게 하면 그런 세상이 오는데?"

"이 에미가 하듯이 늘 주문도 외우고, 자기 안에 그리고 다른 존재 안에도 한울님이 있다는 걸 잊지 않고 태산처럼 큰 마음을 내서 살면 오지."

"그래서 엄니가 항상 주문을 외운 거구나. 태산 같이 큰 생각을 하는 게 어려운 건 아닐 건데."

"같은 생각을 하는 사람이 아주 많아져야 한단다. 할아버지가 그토록 바쁘셨던 건 한 사람이라도 더 그런 뜻을 알 수 있도록 하기 위해서였지. 많아지면 많아질수록 좋은 세상이 빨리 오는 거니까. 우리 순철이도 그런 사람 될 거지?"

"어렵지 않다니까!"

순철이 자신 있게 웃었다.

'아, 나의 작은 태양!' 윤은 아들을 꼬옥 안아 주었다.

"순철아, 넌 여기서 계속 살고프냐, 아니면 서울로 올라갈 테냐?"

"서울로 가면 어디서 살면서 뭘 하는데?"

"외할아버지 제자이기도 하고 내 삼촌뻘 되시는 손병희 어른이 마련한 집에서 외가 친척들 하고 살면서 학교 가서 공부도 하고…."

"엄니는?"

"네가 간다면 이 에미도 가지. 우리 둘이만."

"나는 여기가 너무너무 심심해. 아버지랑 작은엄니랑 우리가 한 동네서 사는 것도 싫어. 빨리 떠나고 싶은걸."

"그래. 그럼 망설일 것 없겠네. 곧 떠날 준비를 하자꾸나."

윤은 저 멀리 산맥들을 다시 바라보았다. 이제 힘든 과거와는 선을 확실하게 그을 때가 왔다는 생각이 들었다. 오롯이 내 가족의 가장이 될 수 없는 남편과 남편의 또 다른 여자와 가까운 공간에서 함께 사는 게 즐거울 수는 없는 일이다. 태희도 사라지고 난 지금 나는 나의 작은 태양과 매이고 눌리지 않은 새 세상을 만들어 나갈 것이다. 큰 결심을 하고 나니 겨드랑이에 날개가 돋는 것 같았다.

"찡 찡. 엄니, 이렇게 두 번 우는 건 꿩이에요. 뻐꾹 뻐꾹. 이건 뻐꾸기. 까악 까악. 이건 까마귀. 쏙쏙 쏙쏙쏙. 이건 까치. 훽훽 훽훽…. 이건 솔부엉이. 뚜둥 뚜 뚜 뚜. 이건 뜸부기. 휘이~삐삐여, 휘이~삐삐여. 이건 휘파람새. 큰 새는 소리가 짧으면서 굵고요 작은 새는 아주 가늘고 예뻐요."

"아이구 우리 순철이가 새소리에 도통했구나. 어떻게 그렇게 잘 알어? 새소리 흉내가 아주 그럴듯한걸?"

"혼자 놀고 있을 때면 사방에서 소리가 들려와."

산을 다람쥐처럼 앞서 뛰어 내려가던 순철이 제자리에 우뚝 섰다.

"엄니, 여기에 내가 아까 올라갈 때 써 놓았던 글이 있는데 찾아봐."

윤이 근처에 널려 있는 넓적한 돌들을 살펴보았다.

"아, 여기 뭔가 쓰여 있네. 건 강 하 세 요, 하하. 그 까만 돌로 글씨가 써졌던 모양이구나. 고맙다. 내 아들."[32]

꽤 먼 거리를 걸었음에도 불구하고 집으로 돌아가는 윤의 발걸음은 가벼웠다. 잠시라도 고민을 했던 자신이 바보같이 느껴졌다.

"엄니, 왜 엄니 표정이 달라졌어?"

"응?"

"엄니 얼굴이 갈 때 올 때가 다르다구."

"어떻게 달라졌는데?"

"중요한 일이 생긴 것 같아."

"그래 보이냐?"

"응."

"모든 일이 생기는 데에는 이유가 있다는 생각을 했단다. 이유를 알게 되면 넘어져도 일어날 방법을 생각할 수 있게 되지."

순철은 고개를 들어 어미의 얼굴을 한참 살펴보았다.

"아니 거꾸로 어떤 일로 넘어졌든 다시 일어서기만 한다면, 그 뒤에 넘어진 이유를 알 수 있게도 될 것이다."

윤은 순철이 20여 년 전 어머니와 덕기 오빠와 셋이 보은 손 씨 큰어머니 집에 다녀오면서 자기가 어머니에게 물었던 것을 똑같이 묻고 있으며 자신 역시 어머니에게 들었던 이야기를 순철에게 똑같이 답하고 있다는 놀라운 사실을 깨닫고 슬며시 미소 지었다. 어쩌면 우리의 삶은 이렇게 대를 이어 반복되는 것일까? 아니다. 반복되는 것 같지만 분명 나는 어머니보다 세상을 이해하고 보는 시각이 훨씬 더 넓어졌을 것이다. 순철이 또한 내가 살아온 삶과는 훨씬 다른 삶을 준비하고 그렇게 살게 되겠지.

"어? 내가 며칠 전부터 팔꿈치가 많이 아팠는데 이제 괜찮아졌네."

"그래? 오, 다행이네요."

반갑게 웃는 순철도 더 이상 눈을 찡긋거리지 않았다.

"어머? 우리 순철이도 눈을 찡긋거리지 않는걸!"

"그래? 응…. 참말 그렇네."

오, 팔음산. 치유의 산인가? 감사하고 또 감사합니다.

7. 어찌 거짓 세월을 만들어 가는가

그리운 이들과 만나다

정주현에게 떠나겠다고 말하면 붙잡을 것이 틀림없었다. 허세가 많은 사람에게 본처와 자식이 가장의 통제권을 벗어났다는 사실이 주위에 알려지는 것은 낯이 서지 않는 일일 테니까.

경인선 철도가 개통된 것은 1899년. 6년 뒤인 1905년부터는 경부선이 개통되어 청산에서 90리 떨어진 옥천에도 기차역이 생겼다. 윤은 보름으로 날을 잡았다. 손병희가 보내온 은비녀를 팔아 약간의 노잣돈을 마련했다. 정주현에게 편지를 썼다.

보세요.

우리의 악연은 여기까지입니다. 절대로 돌아오지 않을 것입니다. 찾지 마세요. 내 아들은 내가 책임지고 잘 키우겠습니다.

최윤.

저녁상을 치우고 골목길에 사람들의 발소리가 잦아들을 무렵 윤은 순철과 최소한의 짐을 꾸려 집을 떠났다. 보청천을 따라 궁촌재를 넘어 달이 중천에 떴을 때 금강에 도착했다. 나루터 움막에서 잠깐 눈을 붙이고 새벽이 밝아 오자 다시 길을 떠났다. 어린 순철이 힘들 법도 했으나 새로운 세계로 들어가는 길에 대한 설렘 때문인지 발걸음이 경쾌했다. 둘은 때로 마주 보고 미소 지으며 서로에게 힘을 주고 다시 서로에게서 힘을 받았다. 옥천역에는 서울로 떠나는 화물차가 서 있었다. 둘이는 얼른 화물칸에 올라가 몸을 숨겼다. 그들이 올라타자 기차는 마치 그들을 기다리기라도 했다는 듯이 커다란 소리를 내고 움직이기 시작했다.

점심때가 한참 지나 서울에 도착했다. 서울은 너무도 번잡했다. 조그만 보따리나 손가방을 들고 오가는 사람도 많았지만, 짐을 가득 실은 우마차에 짐꾼 행렬, 생전 처음 경험하는 전차 종소리 등 온갖 시끄러운 소리 때문에 정신이 혼미해질 지경이었다. 기와집과 초가집 사이로 가끔 보이는 붉은 벽돌로 지은 서양식 이층집들이 이채로웠다. 일본 옷을 입은 사람들이 아무 거리낌 없이 마치 주인이라도 된 듯이 거리를 활보하는 것을 보는 윤의 심정은 착잡하기 그지없었다. 가회동의 손병희 댁을 찾는 건 어렵지 않았다. 그곳은 손병희의 사저 겸 천도교당으로 사용되고 있었다. 일가가 모여 살기에 부족함이 없을 만큼 넓고 큰 집이었다. 손 씨 어머니가 사는 집은 그 옆에 잇대어 있는 집으로 역시나 크고 넓어 수십 명 가족이라도 너끈히 함께 살 만했다.

손씨 부인이 버선발로 뛰어나오며 최윤 모자를 맞았다.

"아이고 이게 윤이 아니냐. 어서 오거라 어서 와. 얼마만이여. 15년 만인가? 아이고, 이게 누구여? 네 아들이냐? 이름이 뭐여. 순철이? 아이고 도토리처럼 단단하게 생겼네. 그래. 이제 여기서 학교도 다니면서 우리랑 살자꾸나."

저녁상을 마주하고 윤과 손씨 부인의 이야기가 끝도 없이 이어졌다.

"동희는요?"

"동희는 5년 전에 열다섯 나면서 일본에 공부하러 갔어. 병희 오라버니가 신축년(1901)에 먼저 일본에 가셨잖어. 3년 뒤에 동희를 불러들이셨지. 2년 전에 잠깐 들어와서 결혼한 아이가 여기 이 아이 영이여, 홍영. 홍병기 접주 누이동생이지. 동희는 지금 와세다대학 정경학부에 다니고 있어."

"아, 그렇구만요. 아이구 세월이 빠르기도 하지. 내 등에 업혀서 오줌 싸던 애기가…."

모두 웃음바다가 되었다.

"그리고 얘가 동호. 동희 동생이여. 정유생(1897)."

"아, 그러면 아버지 가시기 전 해에 태어났구먼요. 아이구 반갑다. 동호 동생. 아버지 얼굴은 생각도 안 나겠네."

가슴 한편이 찌르르 아려 왔다.

그 밖에도 고모의 아들, 딸이며 산중에 쫓기며 흩어져 살던 일가친척들이 모두 모여 있었다. 최윤에게는 너무나 그립고도 반가운 친정 붙이들이었다. 세상에 이런 날도 있구나.

"아버지가 체포되실 때 어머니도 고생하셨지요?"

"아이구 말도 마라. 이천 앵산에 군사 스무 명이 들이닥쳤다가 원주로 옮긴 걸 알고 도인들을 앞세워 그리로 쫓아왔지 뭐냐. 김낙철 접주가 아버지 대신 잡혀 서울로 끌려가시고 그 틈에 네 아버지는 병희 오라버니랑 연국이랑 송골로 급히 피하셨는데, 나는 미처 못 피하고 붙잡혀 이천 관아로 끌려갔더란다. 아홉 살 난 동희는 걸리고 넉 달 된 동호는 등에 업고 논둑 밭둑을 따라 끌려가는데 동호가 마구 울지 뭐냐. 그러니 포졸 하나가 시끄럽다고 업은 애기를 빼앗아 논두렁에 던졌더란다. 얼른 달려가 안아 보니 아기가 혼절했는데 다행히 다친 데는 없어서…. 내 그때만 생각하면 지금도 가슴이 마구 떨리는구나."

세상의 모든 에미들은 자식들이 겪었던 고통을 생각하면 오래전 이야기라도 무심하게 지나갈 수 없는 법이다. 숨을 고르고 손 씨가 눈물을 찍어 내고 다시 말을 이었다.

"그놈들한테 끌려갔더니 또 네 아버지 있는 데를 대라고 주리를 틀고…. 내 정강이뼈가 으스러지고 종아리 살갗이 다 터져서 이게 십 년이 더 지난 지금까지도 여름만 되면 상처가 덧나서 아주 고역이란다. 에효…. 그래 너는 어찌 지냈니?"

윤은 그간의 있었던 일들을 담담하게 이야기했다.

"태희가 참 안되었구나. 조금만 더 참고 이곳으로 와 함께 살면 좋았을걸…."

두 여자는 깊은 한숨을 내쉬었다.

"그런데 이 집은 어떻게 된 거예요? 그 전에 살던 데에 비하면 궁궐 같아요."

"저 옆집은 병희 오라버니가 어떤 부자가 일본인에게 저당 잡혀 넘어간다는 소리를 듣고 반값에 흥정해서 오라버니 가족이 살기도 하고 또 천도교당으로 쓰고, 그때 이 집도 사서 우리가 살고 있지."

"정말 꿈만 같네요. 늘 산속으로 도망만 다니며 살다가…."

"그래 정말 꿈같은 일이다. 그런데 지금 일본놈들이 조선을 집어삼키려고 한참 준비 중이란다. 임금님이 2년 전에서야 척왜를 외쳤던 동학 도인들의 충정을 아셨는지 수운 대선생이랑 너희들 아버지의 신원을 승인하셨고[33] 작년에는 임금님이 애국하다 돌아가신 분 100명을 위한 추모식을 열어 주시지 않았니. 전봉준, 김개남, 손화중 접주들이 모두 그 명단에 들었더란다.[34] 그리고 4년 전에 동학을 천도교로 바꾸어 종교의 틀을 갖추니 조선 정부건 일본놈들이건 이제 우리를 함부로 대하지 못해."

"정말 딴 세상이 되었네요. 아무것도 모르고 살았어요. 그런데 연국이 형부는요?"

손 씨의 얼굴이 잠시 어두워졌다.

"응. 김연국은 천도교를 만드는 과정에서 네 아버지의 뜻과 달라지는 것들이 있다고 느꼈는지 2년 전에 떠나 버렸다네. 그래도 정월 초하루랑은 꼭 와서 아버지 영정에 인사드리고 내게 안부를 묻고 가지."

형부 소식까지 듣고 보니 비로소 내 집에 온 것 같다는 생각이 들었다. 그동안의 긴장과 불안과 불쾌감들이 눈 녹듯 사라져 버리는 것 같았다. 나이 32세가 되어서야 비로소 사슬에서 풀려나 온전한 자기 자신으로 돌아온 느낌이 들었다.

"그런데 병희 삼촌은 어떻게 천도교를 세울 생각을 하셨대요?"

"관의 지목이 계속 심하니 일본으로 가셨다가 국내에서 심부름을 하던 이용구 등이 엉뚱한 짓을 하니까 1905년 말에 동학을 천도교로 개신해서 선포하고 곧 귀국해서 친일로 기운 이용구를 내치시고 직접 교단을 이끌게 되신 게야."

"병희 삼촌은 일본에 4, 5년 동안 계셨던 거네요?"

"이름도 바꾸고 완전히 다른 사람으로 살면서 일본을 샅샅이 관찰하셨더란다. 제일 놀라운 건 소학교가 의무교육이어서 모든 아이들이 빠짐없이 학교에 다니고, 글 모르는 사람이 거의 없더라는 거야. 그러니 나라 곳곳이 다 개화되고 엄청나게 발전해 있더래. 우리도 교육기관을 많이 만들어 많이 배우고 가르쳐야 한다고 궁리가 많으시지. 그런데 일본이 심상찮다는 게야. 조선을 집어삼키려는 준비가 한참인 것 같아. 민적 조사도 그 하나고…."

일본은 1896년에 자기 나라 국민의 출생부터 사망까지의 인적 변동 사항에 대해 호주가 관할 면장에게 의무적으로 신고하도록 하는 민적법을 만들었는데, 일제 통감부는 조선을 집어삼킬 준비의 하나로 1907년 조선에도 일본과 똑같은 민적법을 공포해 호주를 중심으로 모든 신분의 발생, 변경, 소멸 등을 공시하고 증명할 수 있도록 했다.

동희 색시 영이 끼어들었다.

"일본은 을사년(1905)에 우리 외교권을 강제로 빼앗고 우리 대한제국을 쥐고 흔드는 통감부를 만들고 이토 히로부미가 그 통감이 되었잖아요. 올 4월부터 민적을 만든다고 전국적으로 경찰이나 헌병들이 집집마다 다 조사한대요."

"경찰이나 헌병이? 그럼 집에 함께 살지 않는 사람들은 어떻게 하고?"

"자세한 건 저도 모르겠어요."

윤의 얼굴에 살짝 불안한 기운이 스쳐 지나갔다.

거짓 세월이 시작되다

가회동에서의 시간은 너무나 빨리 흘렀다. 순철은 집 근처의 보성중학교에 입학하였고 윤은 찾아오는 손님 접대며 교당 관리며 눈코 뜰 새 없이 바빴다. 철들고 나서 몸은 바빠도 마음이 이렇게 편한 세월이 없었다. 청산을 떠난 지 3년이 다 되어 가는 겨울날이었다. 영이 헐레벌떡 달려왔다.

"시누님, 대문 밖에 풍채 좋은 웬 아저씨가 찾아오셨어요."

윤의 가슴이 철렁했다. 대문 밖에는 정주현이 갓을 쓰고 큰 웃음을 띠고 서 있었다.

"임자. 이제야 만나게 되는구려. 자, 안으로 들어갑시다."

정주현은 성큼 안으로 들어오더니 집 안 구석구석을 훑어보며 마루로 올라섰다. 그는 마루 한가운데 걸려 있는 해월 사진에 넙죽 두 번 절하더니 윤의 방을 물어 자리를 잡고 앉았다.

"임자가 간다고 한들 얼마나 가겠는가? 동학이 천도교로 바뀐 건 세상 사람이 다 알고, 서울에서 천도교당 찾는 건 누워서 떡 먹기지."

"어쩐 일이세요? 찾지 말라고 했건마는…."

윤이 고개를 외로 꼬고 미간을 찡그리며 말했다.

"임자, 너무 그러지 마시게. 그래도 임자가 내 조강지처 아닌가."

정주현은 품에서 책자와 봉투 하나를 꺼냈다.

"허, 그거 한 장 떼는 데 순사 주재소에서 5전을 받데그려."

그는 봉투에서 꺼낸 민적부를 윤 앞으로 밀어 놓았다. 함께 꺼낸 책자는 정씨네 족보였다.

"보소. 재작년 기유년(1909)에 민적 조사 안 했는가? 여기 이 민적에 임자가 '처'로 되어 있지 않소? 그 옆에 유이수는 '첩'으로 돼 있구…."

윤은 기가 막혔지만 정주현은 자랑스럽게 말을 이었다.

"여기 이 족보도 보시오. 이게 연일 정씨 족보요. 내 이름 옆에 배(配) 경주 최씨 윤, 부(父) 시형, 법헌 선생(法軒先生), 이렇게 쓰여 있지 않소? 유이수는 후실(後室)이라고 쓰여 있고. 그리고 내 아들에 정순철이라고 있고…. 유이수가 낳은 순익이 순옥이도 있지마는…."

말끝을 흐리던 정주현은 큰 선물이라도 되는 양 족보를 윤에게 들이밀었다. 그러고는 방 안 구석구석에 눈을 돌리다가 다시 말을 이었다.

"이제 동학을 비적이니 역적이니 할 일도 없게 되었으니 그동안 마음고생 했던 것 다 내려놓고 다시 잘 살아 봅시다. 그래서 이렇게 족보에도 임자 아버지 자리에 법헌 선생이라고 따로 써 넣지 않았소."

윤은 족보에는 눈길도 주지 않고 주현을 똑바로 바라보았다.

"조선의 족보 중에 제대로 된 족보가 얼마나 있으리까? 백 년 전에도 가짜가 대부분이었다 했거늘. 설혹 족보에 올랐다 한들 그게 지금의 나와 무슨 상관이겠소? 내 부모의 부모… 모두 뿌리 뽑혀 사라지고 없는 것을…."

윤은 차분히 말을 이었다.

"족보는 양반 남정네들이 군역 안 하고 세금 안 내려고 만들고 또 사람에 차별을 두어 자기들은 날 때부터 피가 고결하여 상것들과는 애시당초 다른 존재들이라며 남을 밟고 서서 부려먹기 위해 만든 것인데, 나는 배우기를 남녀노소 심지어는 세상 만물이 모두 각자 안에 한울을 모시고 있는 귀한 존재라고 배웠으니 그깟 엉터리 족보에 올랐다고 귀한 사람인 듯 어깨에 힘주는 일은 하고 싶지 않습니다."

주현이 고개를 숙이고 방바닥에 손가락으로 동그라미를 계속 그렸다.

"게다가 아버님이 돌아가시기 전 이천 앵산에서 가장 마지막으로 하신 법설이 향아설위(向我設位)라 합니다. 조상 위패를 벽에 기대고 제사 지내지 말고 나를 향해 공을 들이라는 것이지요."

주현이 얼핏 고개를 들어 이해하기 힘들다는 표정으로 윤을 보았다. 윤은 해월법설 필사본을 가져와 정주현 쪽으로 펼쳐 놓고는 〈향아설위〉 편을 외워 내려갔다.

신사 물으시기를 '제사 지낼 때에 벽을 향하여 위를 베푸는 것이 옳으냐, 나를 향하여 위를 베푸는 것이 옳으냐.' 손병희 대답하기를 '나를 향하여 위를 베푸는 것이 옳습니다.'

신사 말씀하시기를 '그러하니라. 이제부터는 나를 향하여 위를 베푸는 것이 옳으니라. 사람은 모두 제 안에 모시고 있는 한울님의 영기로 사는 것이니, 사람의 먹고 싶어 하는 생각이 곧 한울님이 감응하시는 마음이요, 먹고 싶은 기운이 곧 한울님이 감응하시는 기운이요, 사람이 맛나게 먹는 것이 이것이 한울님이 감응하시는 정이요, 사람이 먹고 싶은 생각이 없는 것이 바로 한울님이 감응하시지 않는 이치니라. 사람은 다 부모가 있으리니 부모로부터 처음 시조까지 거슬러 올라가면 시조는 누가 능히 낳았겠느냐. 예로부터 한울이 만백성을 낳았다 말하나니, 시조의 부모는 곧 한울님이시니라. 그러므로 가슴에 한울을 모시고 한울을 받드는 것이 곧 시조를 받드는 것이다.'

임규호 묻기를 '나를 향하여 위를 베푸는 이치는 어떤 연고입니까?'

신사 대답하시기를 '나의 부모는 첫 조상으로부터 몇 만대에 이르도록 혈기를 계승하여 나에게 이른 것이요, 또 부모의 심령은 한울님으로부터 몇 만 대를 이어 나에게 이른 것이니 부모가 죽은 뒤에도 혈기는 나에게 남아 있는 것이요, 심령과 정신도 나에게 남아 있는 것이니라. 그러므로 제사를 받들고 위를 베푸는 것은 그 자손을 위하는 것이 본위이니, 평상시에 식사를 하듯이 위를 베푼 뒤에 지극한 정성을 다하여 심고하고, 부모가 살아 계실 때의 교훈과 남기신 사업의 뜻을 생각하면서 맹세하는 것이 옳으니라.'

방시학이 묻기를 '제사 지낼 때에 절하는 예는 어떻게 합니까.'

신사 대답하시기를 '마음으로써 절하는 것이 옳으니라.'

또 묻기를 '제물 차리는 것과 상복은 어떻게 하는 것이 옳습니까?'

신사 대답하시기를 '만 가지를 차리어 벌여 놓는 것이 정성이 되는 것이 아니요, 다만 청수 한 그릇이라도 지극한 정성을 다하는 것이 옳으니라. 부모가 돌아가신 뒤에 굴건을 쓰고 제복을 입고라도, 그 부모의 뜻을 잊어버리고 주색과 잡기판에 드나들면, 어찌 가히 정성을 다했다고 말하겠는가.'

윤이 한참을 더 외우고 나서 정주현이 보고 있던 법설책을 집어 한쪽으로 밀쳐 놓았다.

"그렇게 조상과 부모의 정령은 자손의 심령에, 스승의 심령은 제자의 심령에 융합되어 있으니 앞으로 모든 제례의 차림은 나를 향해 놓는 것이 마땅하다고 하셨습니다. 벽을 타고 다니는 귀신이 아니라 조상의 정기를 안에 지니고 있는 나를 귀하게 여기고 이웃을 귀하게 여기는 것이 바로 조상을 위하는 길이지요. 조상과 나는 멀리 떨어져 있지 않습니다.

그러니 제가 연일 정씨 족보에 오른다고 기쁠 일도 아니거니와 어미의 정기도 계속 섞여 들어가는데 아비의 혈통만 존재하는 것처럼 우기는 것도 우습습니다. 어미 닮은 손가락, 아비 닮은 발가락, 어미 닮은 눈, 아비 닮은 코…. 너도 나도 알고 있는 것인데 한 줄기 핏줄이라고 하는 것이 가당키나 합니까?"

"그건 그렇지. 나도 외탁했다는 소릴 듣고 자랐는데…."

"그래서 향아설위란 옛날 조상들이 과거에 기대어 살지 말고, 조상 덕으로 미래에 복 받겠다 말고, 지금 여기에 있는 나에게 그리고 이웃에게 정성을 다하라는 것입니다. 또한 타고난 신분을 내세우며 과거의 영광에 기대어 현재의 삶 속에서 타인을 겁박할 이유도 없다는 말씀입니다. 현재의 나 자신에게 지극한 정성을 다하는 일이 조상을 위한 일이라는 아버님 말씀을 가슴에 새기고 살겠습니다. 순철이도 역시 그러할 것이니 가져온 족보는 우리에겐 아무 의미가 없습니다."

정주현이 머쓱한 표정으로 족보를 집어 들었다.

"게다가 몇 년 전 일본이 민적을 만든다고 조사 다닐 때에 조선 사람 절반이나 되는 성씨 없는 사람들은 모두 김 씨, 이 씨, 박 씨를 넣어 이름을 적어 넣었다 들었습니다. 어떤 이들은 상전에게서 이놈 저놈 소리만 듣다가 이름 세 글자를 지어 나라의 문서로 새롭게 만들게 되니 덩실덩실 춤을 추기도 했다더군요. 요즘 집집마다 새로 만드는 족보에는 모두 자기 조상을 왕이며 영의정이며 좌의정이라 쓴다는데 그걸 누가 막겠습니까? 사정이 이러하니 앞으로도 엉터리 족보는 더 극성을 부리게 될 것이고 허세에 휘둘리는 남정네들은 거짓의 세월을 계속 만들어 가겠지요. 어찌 그리 거짓 세월을 만들어 가는지…."

"잘 알았소. 뭐 이런 걸 내민다고 임자가 순순히 청산으로 되돌아오리라고는 생각하지 않았소. 다만 내 입장에서는 서류에도 나와 있는 조강지처와 장남의 거처를 모르고 있어서는 안 되겠기에…."

"이곳은 여러 어른들이 함께 사는 곳입니다. 이제는 아무 때나 불쑥 올라오지 않으면 좋겠습니다."

"그래도, 이 민적부는 두고 가겠소. 순철이가 학교든 어디서든 필요할 거요."

정주현은 신발을 신고 댓돌 아래로 내려와서 다시 넓디넓은 집 안을 휘둘러보고는 후유 한숨을 길게 쉬었다. '저 여자 하는 말은 언제나 옳다. 그런데 왜 이렇게 나는 답답하고 화가 치밀지?' 정주현은 윤이 여전히 버거운 상대라는 생각을 하며 바닥을 보며 걷느라고 학교에서 돌아와 중문 안쪽에 몸을 숨기고 있던 순철을 보지 못한 채 대문을 나섰다.

일본은 을사늑약 이후 계속 조선을 한 입 한 입 삼키다가 경술년(1910) 8월에 고관대작들에게 돈을 던져 주고는 급기야 조선을 완전히 삼켜 버리고 말았다. 본격적인 수탈의 시대가 시작되었다. 손병희는 바로 보성학원을 인수하고 동덕여자의숙을 비롯한 각급 사립학교 수십 개를 원조하기 시작했다. 쌍두마차를 타고 롤스로이스를 타고 다닌다고 손가락질을 하는 사람들도 많았지만 그는 세간의 눈총에 끄떡도 하지 않았다.

1912년 겨울방학을 맞아 집으로 돌아온 동희는 스물 세 살, 6척 장신의 건장한 남자로 변모해 있었다.

"아이고, 이게 누구요. 나 업고 다녔던 윤이 누님 아니오? 내가 여섯 살 때 헤어졌으니 17년 만이구만! 이 꼬마가 누이 아들? 그놈 참 똘똘하게 생겼네!"

"이제는 업어 주기는커녕 조금 있으면 내가 업히게 생겼구나."

윤과 동희는 얼싸안고 묵은 회포를 나누었다. 손씨 부인이 동희를 눈이 부신 듯 바라보며 거들었다.

"아버지 돌아가시고 아홉 살짜리 어린 동희가 나무를 해서 장에 팔러 다녔단다. 나도 애기 업고 일하러 다니고…. 참 이런 세월이 올 줄 알았겠니."

최동희는 유학을 떠난 지 11년 만인 1914년, 학업을 완전히 마치고 25세의 건장한 성인이 되어 귀국했다. 동희는 긴 유학 기간 동안 전공인 정치경제뿐 아니라 삼촌 손병희의 조언대로 중국어, 영어, 러시아어를 모두 능숙하게 구사하는 최고의 지식인이 되어 돌아왔다. 곧바로 18세가 된 막냇 동생 동호가 결혼을 해 식구가 늘어나니 가회동 집은 한층 활기를 띠었다.

최동희는 돌아오자마자 천도교단 일에 뛰어 들어 천도교의 제도를 개혁하고 내부의 갈등과 긴장을 해결하기 위해 바쁘게 움직였다. 숙부 손병희가 호화로운 생활을 하며 명월관의 기생 주산월(옥경)을 세 번째 부인으로 맞으려 하자 반대 의사를 분명히 했다. 숙부에게 천도교 운영 혁신에 관한 자신의 생각을 간곡히 전달했지만 손병희의 고집을 꺾을 수가 없었다. 이해할 수 없는 것은 그 와중에도 손병희는 봉황각에서 교인들에게 열심히 49일 수련을 지도하고 있는 것이었다. 학교 교육을 통해 인재를 키우는 데에도 열성인 것을 보면 민족의 앞날을 야무지게 대비하는 것도 같았다. 본디 사치한 성정을 이용한 애국적 위장 전술일까?

어머니 최윤이 동희 삼촌이 태어나 여섯 살이 되도록 돌보았다는 걸 알게 되자 순철은 부쩍 동희 삼촌이 가깝게 느껴졌다. 최동희도 집안의 경사스러운 날일수록 순철이에게 더욱 신경이 쓰였는데 녀석의 어두워지는 얼굴을 보면 가슴이 짠해졌다. 남편을 떠나 혼자 사는 어머니와 축복 받을 수 없는 자기의 태생에 대해 사춘기에 접어든 순철은 생각이 많아지는 것 같았기 때문이다. 최동희는 바쁜 가운데에도 시간을 내어 순철의 학업도 보아주고 함께 놀아 주기도 했다. 동희가 일본에서 가져온 하모니카를 부르면 순철은 그에 맞추어 휘파람을 부르거나 노래를 부르곤 했는데 변성기가 지나면서 순철은 제법 목소리가 그럴듯해졌다. 최동희는 하모니카를 순철에게 물려주었고, 시도 때도 없이 하모니카를 불고 다니던 순철은 차츰 학교에서도 인기가 있는 하모니카 선수가 되었다. 교당의 오르간도 순철에게는 좋은 친구가 되어 주었다. 순철에게는 음악이 차츰 생활의 일부가 되어 갔다.

"순철아. 나는 이제 곧 중국으로 떠날 것이다. 조선 안에서야 저렇게 일본이 주야로 감시를 하고 있으니 어찌 독립을 준비할 수 있겠느냐. 너도 고등학교를 졸업한 뒤에는 일본으로 유학을 떠나도록 해라. 많은 문물을 보고 익혀 일본놈들을 능가하는 지혜와 지식을 갖출 수 있도록 실력을 키워야 한다."

"삼촌을 아버지처럼, 형처럼 의지했는데, 떠나신다니 너무 섭섭해요. 여긴 할머니, 어머니, 사촌 형수들, 손병희 할아버지네 다섯 딸들…. 여자들 바람이 너무 세잖아요."

"막내 삼촌 동호가 있잖아."

"막둥이 삼촌도 장가들고 난 뒤에는 더 멀어지는 것 같구…."

동희는 중국에서 돌아오면 순철의 장래를 돌보아주 마 약속하고 병진년(1916) 중국으로 떠나 버렸다.

바늘과 실이 될 방정환과의 만남

동희 삼촌의 빈자리는 곧 채워졌다. 손병희 할아버지의 셋째 딸인 열일곱 동갑내기 아지매 손용화가 결혼을 한 것이다. 옆집으로 들어와 살게 된 새신랑은 순철보다 두 살 많은 방정환. 천도교에 입도한 지 10년이 된 방용수의 아들이었다. 비쩍 마른 체격이었지만 장모인 홍씨 부인이 온갖 보약으로 사위에게 공을 들이자 몰라보게 통통해지기 시작했다.

방정환은 결혼 후에 바로 보성전문학교에 입학했다. 방정환은 인상도 좋을 뿐 아니라 활달하고 자상한 성격이라 두 살 어린 순철과 곧 친해져 중문을 통해 수시로 오고 가는 사이가 되었다.

1918년, 순철은 변성기가 지나 목소리에서 완전히 사내티가 자리를 잡았다. 코밑에 거뭇거뭇 수염이 나는 순철을 보자 윤은 마음이 조급해지기 시작했다. 덕기 오빠를 열세 살에 장가를 보내기 전 어머니 김 씨도 이랬을까. 보성고보 4학년. 아직 졸업까지는 1년이 남았지만 천도교당에 나오는 신도들과 인연이 닿는 색싯감을 물색하기 시작했다. 순철보다 한 살 어린 경기도 광주 출신의 열일곱 살 황복화 처자와 인연이 닿았다. 당사자들의 의사를 물어보니 싫지 않단다. 5월 초하루, 화창한 봄날 신랑과 각시는 교회당에서 결혼식을 올렸다. 천도교의 예법대로 신랑 정순철과 신부 황복화가 동시에 입장했다. 동시 입장은 천도교가 교단의 결혼 예법을 신식으로 하면서 남과 여가 모두 동등한 입장에서 만나 가정을 이루고 서로를 한울님처럼 섬기라는 의미에서 시행한 천도교 특유의 결혼 예법이었다.

청산에 이미 다섯 자식을 둔 정주현도 장남의 결혼식에 초대를 받아 사랑과 신의와 성심으로 결합하겠다는 언약을 하는 두 젊은이들을 감격 어린 눈으로 지켜보았다.

"임자. 그동안 애썼구려. 며늘애도 참하게 생겼고…."

정주현의 입이 귀밑에 걸렸다. 손병희를 비롯해 가회동의 쟁쟁한 인물들과 살림 규모 속에서 친인척의 인연으로 얽혀 그들과 함께 살고 있는 처자식이 자랑스러웠다. 친구들, 동네 사람들한테 이런 모습을 보여줄 수 있으면 좋으련만…. 정주현은 돌아가 동네 사람들에게 이야기할 수 있도록 벌어지는 장면들을 세세하게 머리에 새겨 넣었다. 가능하면 남편과 함께 엮이고 싶지 않았던 윤은 멀리 떨어져 손님접대를 했다. 새삼 아버지가 그리웠다. 늘 산속 검은 그림자 밑으로 도망 다니시던 아버지, 이렇게 화창한 날, 많은 이들의 축복 아래 아버지의 손자가 잔치를 치르고 있답니다. 하늘에서라도 보고 계신가요?

덕기 오빠를 장가보내고 얼마 안 되어 돌아가신 어머니도 떠올랐다. 어머니도 아들을 장가보내며 이렇게 대견하고 흘가분했을까? 결혼식이 끝나면서 윤은 몸과 마음의 긴장이 모두 풀어져 나가는 것을 느꼈다. 나도 어머니처럼 그렇게 풀어지면 안 되는데….

밤이 되자 정주현은 슬며시 윤의 방에 들어와 며칠을 묵고 가겠다고 했다. 혼사에 찾아온 손님들로 집이 북적거리니 다른 방으로 가라고도 할 수 없었다.

"며늘아이가 참하게 보이는구려. 당신 혼자 순철을 키우느라 고생이 많았소."

주현이 다가앉아 윤의 어깨를 토닥거렸다. 윤은 아무 말도 하지 않으려고 애를 썼다. 청산에서의 암울했던 나날들, 깜깜한 밤에 어린 아들을 데리고 도망치듯 청산을 떠나던 날이 생각났다. 갑자기 가슴 깊은 곳에서 설움이 북받쳐 올라왔다. 다 녹여 버린 줄 알았던 원망과 회한이 스멀스멀 기어 올라오며 뜨거운 눈물이 쏟아져 내렸다.

"미안하오. 내가 죄인이오. 그때는 내가 참으로 어리석었소. 장인이 그렇게 대단하신 분인 걸 일찍이 알았더라면 내가 당신을 함부로 하지 않았을 것을…. 똑똑하고 잘난 당신이 나긋나긋하게 굴지 않으니 나도 한편으로는 심통을 부리고 싶었더라오. 그러나 입장을 바꿔서 당신의 인생을 생각해 보면 참으로 안쓰럽고 미안하달밖에…. 내가 입이 열 개라도 할 말이 없소."

정주현이 청산으로 떠나고 달포가 지났을까. 몸에 으스스 한기가 들면서 졸음이 쏟아지는 것이 이상하다 했더니만 며느리가 차려온 밥상을 받아 놓고 윤은 '우웩' 구역질을 하고 말았다. 원수 같은 인간. 이제 온전히 해방된 인간으로 살려고 했는데….

기미년(1919) 새날이 밝았다. 마흔 둘의 윤은 18년 만에 둘째 아이를 낳았다. 이마가 동그란 딸아이였다.

3 · 1운동과 함께 사라진 가회동의 봄

1914년부터 시작된 1차 세계대전이 끝나갈 무렵인 1917년 11월 소련의 레닌이 민족자결의 원칙을 주장했고, 두 달 후인 1918년 초에는 미국의 윌슨도 민족자결 원칙을 선언했다. 식민 강점을 당하고 있던 약소국들이 들썩거렸다.

손병희는 기미년(1919) 정초부터 전국의 모든 천도교인들에게 49일 기도를 할 것을 지시했다. 이미 1912년부터 7회에 걸쳐 전국의 주요 지도자들을 봉황각으로 불러 49일 기도를 통해 이신환성의 수행방법을 강조했다. 몸을 위주로 살지 말고 본래의 한울성품을 되살려 정신을 고양시키라는 정신 단련을 시켜온 터였다. 올해 들어서는 그것을 전국의 도인들도 모두 일제히 시행토록 한 것이다. 1월 5일 시작된 기도회는 2월 22일 끝이 났다. 그 사이 1월 21일 고종이 급작스레 사망했다. 독살설이 나돌았지만 어찌되었든 장례식은 3월 3일로 예정되었다. 손병희는 49일 기도를 하면서 중요한 결단의 순간이 다가오고 있다는 것을 알았다. 손병희는 천도교 중앙총부의 중진들과 협의를 거듭하며 조선 독립을 선언키로 하고, 죽음을 각오하고 거사에 참여할 사람들을 부지런히 모으는 한편, 전국적인 거사가 되도록 교단 조직을 비밀리에 가동시켜 나갔다.

동학혁명 당시에 보국안민 척왜양창의의 깃발을 함께 들고 싸웠던 동지들인 이종훈, 홍병기, 권병덕, 박준승, 양한묵과 평남의 접주였던 임예환, 나인협, 나용환, 홍기조가 달려왔고, 개화기에 천도교에 입교한 권동진, 오세창, 이종일, 김완규, 최린이 뜻을 모았다. 전체 종교를 아우르려 했으나 유교 측은 참여하지 못했고 불교 측에선 한용운, 백용성이, 기독교 측에서는 이승훈, 이갑성 등 16명이 서명을 했다. 거사 이틀 전인 27일, 천도교의 인쇄소인 보성사에서 수만 장의 선언문을 인쇄하고 전국의 조직을 동원해 최대한 골고루 선언문이 배포되도록 했다. 가회동의 여자들도 산후 부기가 아직 안 빠지고 있는 윤을 빼고는 모두 치마폭에 수백 장씩 숨겨 각자 나누어 맡은 지역으로 흩어졌다.

윤은 조선의 독립운동은 꼭 필요한 일이지만 그 뒤에 폭풍처럼 몰아닥칠 피바람을 생각하니 마음이 불안했다.

초기부터 일제가 무력을 쓰게 되면 독립 만세의 물결이 전국적으로 전파되는 데 한계가 생길 뿐만 아니라, 무고한 조선 민중들이 다칠 것이 뻔하기 때문에 민족 대표들은 태화관에서 독립 선언서를 낭독하고 일제 당국에 출두하기로 했다. 그러나 민족 대표들을 보위하며 실무적으로 만세 운동의 확산을 위한 조직적인 활동은 배후에서 치밀하게 전개되었다. 독립 선언서를 인쇄했던 보성사에서는 3월 1일부터 독립선언의 배경과 경과를 담은 호외 신문 〈조선독립신문〉을 발행하여 시내 곳곳에 배포하였으며, 천도교와 기독교의 지방 조직을 통해 전국적으로 배포된 선언문과 인맥 조직을 통한 정보의 전파로 전국 곳곳에서 잇따라 만세 시위가 전개되었다. 당시 조선 팔도의 218개 군 중에서 212곳에서 만세 운동이 일어났으며, 이로 인하여 5월 말까지만 해도 7,500명이 사망하고 15,000명이 부상했으며 5만 명이 투옥되었다. 33인 중 동학 접주였던 양한묵은 옥사했고, 손병희도 뇌출혈로 쓰러진 뒤 힘들게 병보석으로 나왔지만 출소 일 년 반 만에 사망하고 말았다.

3·1운동 이후 천도교단은 물론 가회동의 손병희의 집과 해월 선생 손씨 부인의 집은 큰 타격을 입었다. 우선 천도교가 시중 각 은행에 예치하였던 돈이 모두 압수당하여, 교단 운영은 물론 직원들의 월급조차 줄 수 없는 형편이 되었다. 이런 상황에서도 방정환은 〈조선독립신문〉을 찍고 순철은 그 옆에서 배포를 도왔지만, 일제의 감시와 통제가 너무 심해지자 8월에 들어 43호를 끝으로 막을 내려야 했다. 그러는 사이에 4월엔 순철이 보성고보를 졸업했고, 5월엔 순철의 막내삼촌 동호가 국제사회에 3·1운동을 알렸다는 이유로 체포되었다. 혐의를 부정해서 20일 만에 풀려났지만, 두 달 뒤 만주의 동희 형에게 운동자금을 마련해 주려다가 다시 체포되었다. 만주에서의 활동으로 빚에 쪼들렸던 최동희는 가회동 집을 팔아(1921.9) 빚을 갚아야 했고, 손씨 부인은 청주로, 윤과 갓난아기 순열, 순철과 아내는 근처에 작은 집을 얻어 이사를 가야 했다. 호두알을 맨손으로 부쉈다던 장사 동호는 2년 6개월 만기 출옥하였으나 모진 고문 후유증으로 1923년 사망하고 말았다. 가회동에서의 봄날 같던 시절은 10년 만에 끝이 났다.

8. 순철이 일본에서 본 것

순철, 일본으로 떠나다

가회동에서 살면서 순철은 막내삼촌 최동호가 오순화와 결혼하는 모습과 5촌 아지매 손용화가 방정환과 결혼하는 것을 보았고 자신의 결혼식도 치렀다. 그뿐인가. 교당에서 열리는 숱한 결혼식들에 반주와 축가를 부르면서 기쁘고 화려한 축복의 결혼식을 대할 때마다 어머니 최윤의 표정을 조심스레 살피곤 했다. 화사하게 웃고 있지만 최윤의 속내에 어찌 회한이 없을 수 있겠는가.

선택도 없었고 축복도 없었고 사랑도 없었을 어머니의 결혼 생활, 설렘과 기대 속에 태어나지 않았을 자기 자신의 태생적 배경이 순철의 청소년기의 한구석을 그늘지게 했다. 그런데다가 2, 30명이 어울려 사는 가회동 집의 생활 속에서 어머니에게 새롭게 짐이 될 동생 순열의 탄생은 천륜으로 이어지는 사랑을 그대로 만끽할 수 없게 하는 또 다른 짐이 되어 어머니의 가슴 한쪽에 그늘로 자리 잡고 있을 터였다.

가회동 생활은 순철에게 기본적으로 먹을 것과 입을 것은 해결해 주었다. 그러나 손병희 할아버지와 그 딸들, 손씨 할머니와 그 아들들 가족 틈에서 마냥 편안할 수만은 없었다. 오죽하면 스무 살 된 순철이 맨발로 마루에 걸터앉아 있을 때 여덟 살 된 동희 삼촌의 아들 익환이 뜨거운 인두로 발바닥을 지지고 도망치는 장난을 했겠는가 싶어 뜨거워 길길이 뛰는 와중에도 나이에 걸맞지 않게 서러움이 북받쳤다.

"우리 집안에 어디서 저런 녀석이 나왔어."

윤이 아들을 위로하느라 익환의 뒤통수에 대고 내뱉은 말이지만 큰소리로 나무랄 입장이 되지 않기는 어머니도 마찬가지인 듯 싶어 그것 또한 마음이 아팠다. 그러나 힘든 일만 있는 건 아니었다. 장남이면서도 손병희의 데릴사위로 들어와 순철과 옆집에서 살게 된 방정환은 낙천적이고 부지런한 성격으로 3 · 1운동의 여파로 무너져 내린 천도교 일을 이것저것 수습하며 순철에게 도움을 청했다. 그와 함께 일하는 것은 순철에게 활기를 불어넣었다.

3 · 1운동 이후 일본은 통치 전략을 살짝 바꾸어 문화적으로 숨통을 틔워 주었다. 1920년 조선일보, 동아일보가 창간되었고, 지도자들의 체포와 투옥으로 공백상태가 된 천도교 활동의 재건을 목표로 창립된 천도교청년회에서도 조직과 교양 활동 외에 방정환, 김기전, 이돈화를 중심으로 종합 월간 잡지 『개벽』을 창간하여 사회적 공공 매체로 성장시키고 여론의 구심력을 확보코자 했다. 방정환은 그해 9

월 일본에 특파원으로 갔다가 일본 사회주의의 소용돌이를 목격했다.

후에 일본공산당 중앙위원장이 된 사카이 도시히코(堺利彦)는 1920년 12월 일본사회주의동맹을 결성했다.

'빈부 없는 사회, 계급이 없는 사회, 즉 모든 사람이 노동을 해서 모든 사람이 의식주의 안전을 얻는 신사회의 실현을 기한다. 우리는 세계적, 인류적으로 자유의 세계, 평등의 세계, 평화의 세계, 정의의 세계, 우애의 사회 실현을 기한다.'

1919년 봄, 독립 만세를 외치다가 전국에서 엄청나게 많은 사람들이 죽고 감옥에 갇혔다. 정순철처럼 1900년을 전후로 태어난 조선의 젊은이들은 3·1운동 당시 20세 전후가 되었는데 뜨거운 독립 만세의 외침이 일본 군경에 의해 처참하게 무너지는 것을 두 눈을 부릅뜨고 보면서 가슴에 뜨거운 응어리를 지닌 젊은 사자로 새롭게 태어났다. 그렇게 태어난 엄청난 숫자의 젊은 사자들이 실력을 키우기 위해 일본으로 유학을 떠났다.[35] 일본 땅에서 고학을 하며 고군분투하던 조선인 유학생들은 일본 사회주의자들의 주장을 듣고 놀라움을 금할 수 없었다. 조선 현지에서 보는 난폭한 이리 떼 같은 일본인들과는 딴판인 주장을 하는 그들을 보고 유학생들은 눈을 크게 뜨고 두 손을 들어 이러한 일본의 양심을 반겼다. 그들은 너도나도 사회주의에 심취하게 되었다. 방정환은 사카이의 글을 번역해서 1921년 1월호부터 넉 달 동안 『개벽』에 소개했다.

방정환을 놀라게 한 일본의 또 다른 문화는 어린이에 관한 것이었다. 어린이를 위한 장난감, 축제 등 어린이를 위한 문화가 따로 존재한다는 것은 상상하지도 못한 일이었다. 조선의 어린이들이 전통의 굴레 속에서 늘 치여 사는 것을 가슴 아프게 생각하던 방정환이었다. 개벽사에서 함께 일하는 김기전 역시 늘 나이 먹은 남성을 최우선으로 치는 조선의 '장유유서의 말폐'에 고개를 흔들고는 했다. 김기전 형님도 여기 와서 이런 걸 봐야 하는데…. 일찍이 어린이를 때리는 것은 한울님을 때리는 것이라는 해월의 가르침을 접한 뒤 어린이 문제에 남다른 관심이 있었던 방정환의 가슴에 조선의 독립을 위해서 무엇보다도 새로운 세대를 위한 새로운 교육이 절실하다는 생각이 천둥처럼 울려 퍼졌다.

그는 1922년 3월 다니던 동양대학을 중퇴하고 아동문학가, 동화작가로 변신할 것을 결심하고 〈개벽〉에 어린이를 위한 동화 번역물을 보내어 연재하는 한편, 7월에는 어린이를 위한 번안 동요집인 『사랑의 선물』을 출간했다. 마음이 급했다. 방정환은 정순철에게 편지를 보냈다. 그는 두 살 어린 조카뻘 순철을 늘 정 형이라고 불렀다.

정 형 보시게.

하루빨리 조선의 일을 정리하고 일본으로 오시게나. 와서 음악 공부를 계속하고 어린이를 위한 노래를 작곡해 주시게. 이곳에 와서 선진 문물을 보니 마음이 급해지는구만. 3년 전 만세 운동을 벌였지만 얼마 전 장인(손병희)께서 돌아가시고 우리는 너무 큰 타격을 입었네. 일본의 탄압은 점점 더 거세어질 걸세. 새 시대의 새 인물들을 키워야 하네. 상처받지 않은 영혼을 가진, 맑고 깊고 강한 영혼을 가진 어린이들이 새 시대의 주인공이 될 수 있도록 우리가 지금부터 준비하지 않으면 안 될 것일세. 정 형이 이곳 도쿄에서 다닐 음악학교를 수소문해 보겠네.

산 입에 거미줄 치겠나. 이곳에 와 보니 조선에서 온 유학생이 수천 명이 되는데 모두들 신문 배달, 우유 배달, 날품팔이, 종업원 노릇을 하며 열심히들 살고 있더군. 젊어 고생은 사서도 한다고 했으니 너무 걱정 말고. 올해부터는 유학생 규제가 완전히 풀려 수천 명도 넘게 일본에 들어올 예정이라네. 자취할 곳이랑 부지런히 구해 볼 테니 일정이 잡히는 대로 연락 주시게.

1922. 늦여름 소파 씀

순철은 9월 하순 부산으로 가서 일본으로 가는 배를 타기로 했다. 떠나기 며칠 전인 9월 21일 저녁, 경운동에 있는 천도교 대교당에서 사회문제 대강연이 열렸다. 이날 강연을 하는 연사들은 일본에 유학 중인 조선 학생들이라고 했다. 입장료는 10전. 물론 순철은 천도교 대교당은 아무 때라도 안방처럼 드나들 수 있었다.

네 명의 연사 중 처음 등장한 사람은 박열. 어디서 많이 봤던 친군데…. 아, 박준식! 바로 그였다.

박준식은 경북 문경 출신. 나이는 순철보다 한 살 어리고 경성고등보통학교를 다녔다. 경성교보에서는 조선물산장려회를 조직했다가 1917년 보안법 위반 혐의로 학생들이 구속되기도 했는데 박준식은 교내에서 활발히 활동을 하며 〈학생독립신문〉을 민가와 거리에 뿌리는 선전 투쟁을 했다. 33인은 구속될 것을 예견하고 미리 통지문을 집필한 다음 순철을 시켜 〈학생독립신문〉에 발표케 하였고 순철과 선이 닿았던 박준식은 5천 부를 살포했다. 박준식은 그 뒤 학교를 그만두고 지속적인 독립운동을 하기 위해 그해 10월에 일본으로 건너갔다.

그는 일본 도착 후 이름을 박열로 바꾸고 신문 배달, 병 만드는 공장 직공, 인력거꾼, 야경꾼, 엿장수 등을 전전하며 고학생동우회, 혈권단, 의권단 활동을 하다가 1921년에는 흑도회(黑濤會)를 조직했다. 친일파 조선인 응징, 조선인 모욕 일본인 제재 등이 그 목적이었다.

그가 3년 만에 조선에 돌아와 강단에 서서 연설한 제목은 '신사현(新瀉縣) 지옥의 골짜기를 답사하고'였다. 니카타현 나카쓰가와 수력발전소 건설 현장에는 600명의 조선인 노동자가 투입되었는데 그들은 1분도 쉴 사이 없이 하루에 16~17시간 강제 노동을 당했다고 한다. 일을 그만두려 해도 허락하지 않으니 도망가는 방법밖에 없는데 걸리면 일본 관리자들이 도주자의 양손을 뒤로 결박하여 삼나무에 매달아 놓고 곤봉으로 사정없이 치고 갈긴 뒤 근처의 계곡에 던져 버렸다고 했다. 그런 이유로 강 하류에 조선인 사체가 종종 발견되곤

한다는 소식을 전했다. 이어 정재달, 김사국이 조선인 노동자의 비참한 현실에 대해, 민족적 단결과 계급적 단결에 대해 연설했다. 순철은 박열의 활약에 놀라는 한편 일본 유학이 만만치 않겠다는 생각을 했다.

순철은 떠나기 전에 최윤에게 작별 인사를 했다.

"그래. 젊은이들이 너도나도 일본에 가서 공부하는 게 꿈이 되었는데 네게도 기회가 왔으니 감사한 일이다. 그런데 학비랑 어찌하겠느냐. 어미는 도울 힘이 없는데…."

"한 달에 생활비, 학비, 교통비로 25원 정도가 들어간다는데 신문배달이나 우유 배달 같은 돈벌이를 하면서 다녀야죠. 소파 선생이 자리를 잡아 놓고 기다린다니 너무 염려하지 마세요."

그해 5월 손병희가 세상을 뜬 뒤 천도교는 엄청난 재정적 어려움을 겪고 있던 터라 손씨 할머니가 어렵게 염출한 7원을 보 태주는 등 친인척들의 도움을 조금씩 받아 순철은 동경으로 가는 배에 몸을 실었다.

9월 하순 도착한 순철을 방정환은 반갑게 맞아 주었다. 여러 군데를 함께 알아보고 동경음악학교(현 동경예술대학) 선과에 입학. 성악을 전공하는 것으로 하고 11월부터 다니기로 했다.

"정 형, 음악을 슬슬 익히다가 아이들을 위한 노래를 만드는 것으로 방향을 틀어 보게."

"아이들을 위한 노래가 따로 있어요?"

"내가 일본에 와서 제일 부러운 게 일본 아이들은 모두 의무교육을 받고 있다는 사실이었네. 그 속에서 마음대로 뛰놀고 아이들을 위한 동화, 동요, 동극을 즐겨 가며 아이들을 위한 수많은 장난감에 둘러 싸여 어린 날들을 보내고 있으니…. 조선의 아이들을 생각하면 불쌍해서 잠이 오지 않던걸."

"이곳으로 오면서 아이들 옷 파는 가게며 장난감 가게랑은 나도 봤어요. 정말 조선과 너무 다르더군요."

"만세 운동도 해 봤지만, 우리가 일본의 문물을 따라잡지 않고서는 그들 손아귀를 벗어나는 게 쉽지 않아. 그러자면 제일 효과적인 것이 아이들을 교육시키는 것이네. 교육도 훈장님이 회초리 들고 한문 경전 외우게 하는 걸로는 안 돼. 우리는 유교 질서와 식민주의 사슬에서 우리 어린이를 해방시켜야 하네. 춤과 노래로 아이들의 영혼이 밝게 빛나야 하지 않겠는가. 언 땅을 뚫고 올라오는 새싹이 반짝반짝 햇살에 빛나며 울창한 숲을 이루게 되도록 그렇게 쭉쭉 가지를 뻗고 자라날 수 있도록 키워 내자고."

"잘할 수 있을지…."

"정 형은 소리에 민감하고 음성도 음악성도 좋으니 잘할 수 있을 거요. 틈틈이 일본 아이들이 어떤 노래를 부르고 있는지, 우리 아이들에겐 어떤 노래를 만들어 주면 좋겠는지 연구해 보게."

방정환의 간곡한 눈빛을 정순철은 소중하게 가슴에 받아 안았다.

"가슴에 새길게요. 내게 그렇게 소중한 역할을 부탁하시니 감사해요. 그런데 소파 선생, 집에서 떠나오기 직전에 천도교 대교당에서 조선인 노동자들의 참상에 대한 박열의 강연을 들었어요. 내 또래고 만세 사건 때 신문 배포 일로 만난 적이 있는 친구예요. 여기 조선 유학생들 분위기는 어떤가요?"

"있는 집 자식들이야 호의호식하며 놀면서 공부하고, 방학이면 고향 집에 들락거리지만, 그런 사람들이 얼마나 되나. 대부분 고학하며 힘들게 공부하고 있네. 피가 뜨거운 사람들은 대개 사회주의에 심취해 있지."

"나도 『개벽』에서 소파 선생이 번역해서 올린 사회주의자 사카이 도시히코(堺利彦)의 글을 흥미롭게 봤어요. 정말 자유, 평등, 평화, 정의, 우애를 이야기하는 일본인들이 많은가요?"

"조선에 있는 일본인들에게는 찾아보기 힘들지만 이곳에서는 수년 전부터 유럽의 학문들이 쏟아져 들어오고 있기 때문에 사회주의풍이 강하지. 야노 후미오(矢野文雄), 오스기 사카에(大杉榮), 아베 이소오(安部磯雄)를 비롯해서 십여 년 전에 벌써 고토쿠 슈스이(幸德秋水)는 천황 암살을 시도했을 정도니까."

"고토쿠 슈스이? 천황 암살을요?"

"고토쿠 슈스이는 국비로 프랑스 유학을 다녀온 인텔리였지. 루소의 사회계약론을 번역해서 '동양의 루소'라고도 불리고. 마르크스의 '공산당선언'도 번역해서 소개했고. 고토쿠는 러일전쟁에 반대했고 언론의 자유를 부르짖었네. 또 일본의 침략주의를 비판했고. 왜냐하면 민족주의에 군국주의를 결합시킨 것이 제국주의 아닌가. 소수의 지배계급만을 위한 것이고 국민을 국가의 부속품 정도로 생각하는 전체주의로 발전하게 마련이니까 사회 개혁을 꿈꾸는 지식인들은 용납할 수 없게 되거든."

"그렇지만 대부분의 일본인들은 일황을 신처럼 여기지 않나요?"

"일본의 계몽사상에 지대한 영향을 끼쳤다는 후쿠자와 유키치(福澤諭吉)는 '압제도 내가 당하면 싫지만 남을 압제하는 것은 몹시 유쾌하다.'는 지극히 비문명적이고 괴이한 말을 남겼네. 그 외에도 '조선 침략의 목적은 일본의 이익 보호를 위한 것', '조선국은 사지 마비되어 스스로 움직일 능력이 없는 병자', '대만인은 오합지졸 좀도둑 떼', '청국 병사는 돼지꼬랑지 새끼', '조선은 논할 가치가 없다. 조선에 주둔 중인 중국 병사를 몰살하고 곧바로 북경성을 함락시켜라.'는 발언으로 군국주의에 반대하는 계몽주의자인 척하면서 이중적인 태도로 일본의 군국주의 확산에 기여했지.[36] 그러니까 이와 같은 일본 지도층 인사들의 발언은 아시아 민간인 학살[37]에 크게 한몫하고 스스로 문명인이라고 자임하는 야만의 나락으로 빠져들게 되었네."

"사회 분위기가 그렇게 돌아가니 고토쿠 슈스이 같은 자들은 내각 입장에서는 골치 아픈 존재였겠군요."

"그럼. 약육강식에 의한 무분별한 침략 전쟁을 종식해야 한다는 반전 메시지를 유포하니까…. 고토쿠는 민중의 천황 신앙이 강고해지는 걸 보고 암살 계획을 세운 거야. 그도 피를 흘리는 인간이라는 걸 보여줌으로써 국민의 미신을 깨려고 했던 거네. 영토 확장을 필요로 하는 건 오로지 군인과 정치가의 허영심일 뿐이고, 금광과 철도의 이익을 좇는 투기꾼일 뿐이라며 한일 민중 해방을 위한 연대를 주장했지. 제국주의적 애국심은 가엾은 미신일 뿐이고 그것이 결국 일본인을 고립시킬 것이라고 내다보았지."

"그가 일황 암살을 진짜로 시도했나요?"

"1910년 5월 처음에는 다른 사람들이 잡혔는데 고토쿠는 나중에 추가로 검거되었네. 일황과 그 가족에 해를 끼치는 대역죄 재판은 대심원(대법원)에서 한 번에 끝내는데 증인도 없이, 비공개로, 판결 1주일도 안 되어 12명을 처형시켜 버리고는 재판 기록도 남기지 않았다는군."

"그 사건 이후 국민의 자유를 박탈하고 감시하는 게 심해졌겠군요."

"그래서 일본 정부는 공산주의, 사회주의라면 치를 떨어. 일본의 침략주의에 자꾸 방해가 되거든. 그런데도 3년 전에 공산주의자와 무정부주의자를 망라해서 일본사회주의 동맹이 창립되었네. 조선인도 몇 명 끼어 있고…."

"한국에 있을 때는 정말 일본놈들은 종자가 나쁜 줄 알았어요. 탐욕과 폭력에 찌든…. 그런데 안 그런 사람들도 있었군요."

"다나카 쇼조(田中正造)라는 분도 있네. 아시오 구리광산이 있는데 일본은 구리를 캐내면서 부국강병, 문명개화, 탈아입구(脫亞入歐)를 부르짖었거든. 중국과 조선을 차별하고 멸시하는 생각이 그래서 커져 가는 거지. 그런데 구리광산에서 나오는 강한 독이 강 주변을 오염시켜 주민들에게 큰 피해를 주었지. 다나카 쇼조는 국회의원을 10년 넘게 하면서 피해 주민을 위한 대책 마련에 분주했지. 그러나 돌아오는 것은 헌병, 경찰을 동원한 대탄압이었네. 무기를 만들고 전선을 만들려면 구리가 필요한데 일부 국민의 피해를 가지고 부국강병으로 가는 길을 방해하지 말라는 것이지."

"피해 주민들한테는 다나카 쇼조가 큰 의지가 되었겠어요."

"그분이 유명한 말을 남겼네. '망국에 이르는 것을 모르는 것이 곧 망국'이라고. 또 '지금 세계 인류 대다수는 기계문명에 의해서 살육당하고 있다. 문명은 인간을 집어삼키는 악의 도구가 되었다. 참된 문명은 산을 황폐하게 하지 않으며, 강을 더럽히지 않으며, 마을을 파괴하지 않으며, 사람을 죽이지 아니한다.'"

"와, 기가 막힌 말이네요. 그러나 제국주의자 중에 그 말을 귀에 담을 사람들이 얼마나 될까요. 이해하지도 못할걸요. 지금은 어디 계신데요?"

"돌아가신 지 10년 가까이 되네. 내가 그분에 관심을 갖게 되었던 건 동학 때문이었지."

"그분이 동학하고 무슨 관계가 있어서요?"

순철의 귀가 쫑긋해졌다.

"구리광산 광독 사건으로 오랫동안 정부와 싸우면서 정부의 치졸

한 면들을 많이 봤을 거 아니야? 그런 때 신문에 보도된 동학농민군의 투쟁과 그 지도자들의 면면에 대해서 알게 된 거지. 동학 지도자들이 품행방정, 공명정대했다는 것을 알고 그들이야말로 문명적이라고 했다는 거야. 동학군들은 지나가면서 보릿단이 쓰러져 있으면 일으키면서 갔다는 거 아니야. 적과 대면했을 때 칼을 피로 물들이지 않고 이기는 것을 으뜸으로 하고, 상대의 목숨을 절대로 상하게 하지 않기로 하는 등 그들의 12개조 군율[38]이 덕의를 지키는데 엄격했다면서. 그런데 그들을 조선 정부와 일본군이 적이라고 규정하고 살육을 했으니 안타까웠겠지. 문명개화를 부르짖으며 생명을 짓밟는 자들보다 그들에 항거하는 민초들이 더 문명적이었다고 본 거지."[39]

"이토 히로부미의 문명이 '천박한 문명'이라면 다나카 쇼죠의 문명은 '고등한 문명'을 이야기하고 있군요. 지금은 일본이 청일전쟁, 러일전쟁에서 이기고 자기들이 대단한 문명국이라도 된 양 으스대지만 언젠가는 생명을 우습게 보는 것이 자기들을 망치게 한다는 것을 알게 될 날이 틀림없이 있을 겁니다."

정순철은 개벽사의 특파원으로 먼저 와 있으면서 여러 가지로 자기 삶을 인도해 주는 방정환에게 이전보다도 더 깊은 애정과 믿음을 갖게 되었다.

방정환과 함께 어린이날을 만들다

생활비를 아끼려면 방을 함께 쓰는 동료가 필요했다. 마침 같은 과에 다니게 된 윤극영과 인연이 닿아 함께 살게 되었는데, 윤극영은 필수과목인 피아노에는 흥미가 없는 모양으로 수업 시간에 담당 선생에게 야단을 맞기도 했다. 그러나 친인척들의 형편이 넉넉했던지 쉬지 않고 돈벌이에 나서야 하는 순철보다는 한결 여유로운 시간을 보냈다. 순철은 집에 두고 온 아내와 어머니를 생각해서라도 일분일초도 헛되지 않도록 피나는 노력을 해야 했다.

해가 바뀌어 1923년이 되었다. 화창한 3월 초순, 소파 방정환은 고엔지하라에 있는 정순철의 자취방을 찾았다. 순철은 점심을 준비하고 있었고 윤극영은 마루 끝에 앉아 있다가 낯선 손님을 맞았다.

"당신이 윤극영 씨인가요?"

"네. 그렇습니다만…."

소파는 집을 제대로 찾은 것을 알고 신발을 벗고 마루로 올라갔다.

부엌에서 점심을 준비하고 있던 정순철이 나오며 반갑게 맞았다.

"어이구, 이게 웬일이오. 소파 선생이 연락도 없이…."

"잘 있었소?"

둘은 반갑게 손을 잡았다. 정순철이 윤극영에게 소파를 소개했다.

"이분이 바로 언젠가 이야기했던 방정환 씨야. 5촌 당숙뻘인데 두 살 차이니 아저씨라 그러기도 뭐해서 그냥 소파 선생이라 부르고 있네. 윤 형한테는 네 살 손위겠네."

방정환은 잠깐 미소로 윤극영에게 인사를 건넸다.[40]

"이 집에 피아노 있다고 했지?"

방정환은 정순철을 앞세워 구석의 피아노 방으로 들어갔다. 정순철은 서울에 있을 때부터 귀에 익었던 동요곡을 쳤고 방정환은 몇 번 콧노래로 따라 부르다가 가사를 붙여 보았다.

"날 저무는 하늘에 별이 삼형제. 반짝반짝 정답게 비치이더니…."

뒤늦게 들어온 윤극영도 노래를 따라 불렀다.

"가사가 좋은데요!"

"나리타의 시를 내가 번안해서 붙여 보았네."

방정환은 두 사람의 노래를 우두커니 듣고 있다가 시름에 잠겼다.

"이것 보게, 정 형과 윤 형! 자네들이 동요 작곡을 좀 많이 해 주었으면 해. 참혹하게도 우리 아이들에겐 걸맞은 노래가 없지 않나? 학교라는 데서는 일본말, 일본 노래로 터무니없이 아이들을 몰아들이고…. 생각할수록 암담하여 눈시울을 적신다네. 자네들이 우리 아이들의 정서를 위해 동요곡을 많이 지어 주게."

밤이 이슥하도록 정순철의 하숙집에 머물며 함께 노래를 부르던 방정환은 장차 미래를 지고 갈 역군인 아이들에게 무심하면 안 된다며 두 사람에게 신신당부를 했다.

"지난 연말에 잠깐 귀국해서 『개벽』을 맡고 있는 소춘 김기전 선생과 또 천도교소년회 여러 간부들과 협의하여 『어린이』라는 잡지를 창간하기로 했네. 초기에는 신문 형태로 찍고 곧 잡지책으로 만들 계획이지. 나는 아동교육이 독립을 위해서도 가장 빠른 길이라 생각한다네. 여기 동경에 있는 동안 어린이를 위한 연구 모임을 만들려고 하니 정 형은 물론이고 윤 형도 참여해 주게."

방정환의 추진력은 대단했다. 그로부터 2주일도 안 된 3월 16일 소파의 하숙집에서 첫 모임을 가진 뒤 정순철, 정병기의 집 등을 오가며 윤극영, 고한승, 손진태, 진장섭, 조재호, 조준기, 마해송, 정인섭, 이헌구 등 10여 명으로 색동회가 꾸려졌고 여러차례의 회의 끝에 어린이날을 제정하기로 합의했다.

그해 3월 20일 『어린이』 창간호가 발행되었다. 창간호 발간 사흘 뒤 이를 기념하여 축하 무료 연예회를 개최하자 방청을 위해 2천 명에 달하는 어린이와 보호자가 몰려와 천도교 대교당 출입구가 부서지고 유리창이 깨지고 사람이 밟히는 등 소란이 일었다.

방정환은 일본과 한국을 오가며 5월 1일 첫 어린이날 기념행사를 치러 냈다.

"소파 선생, 우리 어린이 운동은 엄청난 성공을 할 것으로 보이네요. 이렇게 반응이 뜨거울지 몰랐어요!"

"모두들 잘 도와주는 덕택이지. 때가 무르익기도 했고."

7호까지 신문 형태로 만들어 5전을 받았던 『어린이』는 1924년 8호부터 월 1회 40쪽 짜리 잡지책으로 만들어 10전을 받았다. 어린이 눈높이에 맞는 잡지의 내용이 호응을 얻어 일본, 중국에서까지도 주문이 밀려들어 왔다.

방정환의 극성스러운 설득 덕분에 정순철은 물론이고 성악을 공부하던 윤극영도 동요 작곡가로 변신하게 되었다. 그해 8월에 방정환이 3년여의 일본 생활을 마치고 귀국한 지 얼마 안 된 9월 1일, 진도 7의 엄청난 지진이 일본을 휩쓸었다. 관동대진재가 바로 그것이다. 도쿄의 3분의 2가 잿더미가 되고 요코하마는 80%가 파괴되었다. 보통 좌우로 흔들리거나 상하로 흔들리다가 말았는데 이번에는 상하좌우로 진동이 일어나 철도는 엿가락처럼 휘고 집은 주저앉고 길은 모두 엉망이 되어 버렸다. 인심이 흉흉해지자 정부에 대한 불만이 높아졌다.

야마모토 고노헤에 내각은 계엄령을 선포하기 전 위기의식을 고조하기 위해 '조선인이 우물 안에 독을 넣었다', '조선인 배후에 사회주의자가 있다', '조선인이 방화하고 폭동을 일으키려 한다'는 말을 유포했고 피해를 당하지 않은 지방신문이 전국에 '불령선인, 폭탄과 권총을 휴대하고 잠입, 위험 점차 고조', '불령선인 발호, 대오를 갖추어 군대에 응전' 등의 기사로 이를 퍼뜨리는 데 앞장섰다. 이를 믿은 일본인들은 지방별로 3,689개의 자경단을 조직하여 죽창과 몽둥이, 칼과 쇠꼬챙이 등으로 조선인을 닥치는 대로 죽였다. 길을 가는 사람들에게 十五圓五十錢(십오원오십전/쥬고엥고짓셍)을 일본어로 말해 보라 하여 발음이 이상하거나 한국어를 사용하는 자는 즉시 현장에서 죽이는 식이었다. 몇몇이 골목으로 몰려다니며 '고레가 혼모노다(이게 진짜다)'라고 소리 지르며 미친 듯이 조선인 사냥을 했다. 요코하마의 한 시민은 "이 세상에서 공공연하게 사람을 죽일 수 있다니, 이 얼마나 호기로운 일인가."라고 했다니 당시의 일본인들의 분위기를 짐작케 한다.[41]

원래 일본인들에게 왕은 별스런 존재가 아니어서, 그가 탄 마차가 지나가도 신경을 쓰지 않을 정도였다고 한다. 그러나 1894년 청일전쟁에서 승리한 이후 그들은 스스로 문명국이라는 자만심에 빠져들었다. '대일본', '대국민'이라는 단어가 신문에 범람했고 '우리 육해군이 연전연승, 가는 곳마다 적을 모조리 물리치는 것은 실로 천황 폐하의 위령(威靈) 덕분이다!'[42]라며 왕을 천황이라 칭하고, 극도의 권능을 부여하며 찬탄을 시작했다. 청국은 돼지, 조선은 닭에 비유되었으며 자기들의 침략을 진보와 수구의 충돌, 문명과 야만의 싸움이라 정의하고 우월 의식과 차별 의식을 고양하며 그 중심에 천황을 놓고 경배했다. 소학교 생도들조차 군가를 부르며 행진을 했고 모의 전쟁놀이를 하며 호전성을 키워 갔다.

그들은 왕의 권위를 산꼭대기에 올려놓고 기꺼이 그 그늘에 들어가 어깨를 펴고 입을 귀에 걸었다.

반면에 정의와 양심을 잃어버리지 않은 지식인들은 자의식이 없고 권위에 의지해 우월감을 누리려는 국민은 문명화된 사회의 주인공이 될 수 없다고 경고했다. 그들은 그렇게 국민을 길들이는 권력자들이야말로 국민을 망치고 국가를 망칠 것이라는 것을 알고 우려의 목소리를 높였다. 그러나 이미 광기에 휩쓸린 정부와 대다수 국민들은 돌아올 수 없는 길을 가고 있었다.

체포되는 박열과 연인 후미코

지진이 난 지 이틀 뒤인 9월 3일 일본 정부는 또 하나의 커다란 사건을 발표했다. 천황의 가족에게 폭탄을 던지려 한 대역죄를 저지른 불령선인을 검거했다는 뉴스였다. 잡혀 들어간 주인공은 조선인 청년과 그의 일본인 연인. 그리고 그들의 친구들도 잡혔다. 조선인 청년의 이름은 박열. 순철이 일본에 오기 직전 천도교회관에서 연설했던 그 박춘식이었다.

그들은 폭탄을 가지고 있지도 않았다. 거사 계획도 결정하지 않았다. '보호검속.' 언젠가 그런 일을 저지를 수 있는 위험한 작자들이라는 이유만으로 그들을 검거하고 재판을 진행한 것이다. 박열은 이미 오래전부터 요시찰 갑호의 대상이었다.

박열의 동지이며 연인인 가네코 후미코(金子文子). 그녀는 1903년 요코하마의 순사의 딸로 태어났다. 아버지가 어머니를 버리고 이모와 도망을 가는 바람에 호적에 오르지 못했다. 열 살이 되어서야 외할아버지의 딸로 입적되고 고모가 살던 충북 청주군의 부강리로 옮겨 살면서, 고모와 할머니에게 여전히 학대를 받았다. 1919년 3·1 운동을 경험한 뒤 4월에 7년의 조선 생활을 뒤로 하고 일본의 외가로 돌아갔다. 마음속에 불타고 있던 기성세대에 대한 반항과 억압과 학대를 당하는 사람들에 대한 동정에 본격적으로 불을 지핀 것은 사회주의 사상이었다. 사카이 토시히코의 저서와 사회주의 잡지를 접한 그녀는 〈만물은 서로 돕는다〉, 〈빵의 약탈〉을 쓴 러시아의 혁명가 크로포트킨의 열렬한 추종자가 된다. 그 이후 '사회주의 오뎅집'에서 일을 하게 되었는데, 1922년 초 『청년조선』이라는 잡지에서 박열이 쓴 시 〈개새끼〉를 본 뒤 강렬한 힘에 끌려 수소문한 끝에 박열을 만났다.

어머니에게 자신이 목격한 조선의 만세 사건, 조선의 가난한 농부들의 삶, 학교에서 당하는 조선인 차별 대우 문제 등을 말하면서 엉엉 울던 후미코였다. 주인의 역할이나 노예의 역할은 모두 옳지 않다고 했다. 개인의 가치와 평등한 권리 위에 선 결속, 오로지 그것만을 긍정한다고 주장한 그녀는 그것이 바로 인간 상호 간의 가장 올바르고 정당한 관계라고 보았다.

두 사람은 두어 달 뒤 동거에 들어가기 전 다음과 같은 사항을 합의했다. 첫째, 동지로서 함께 살 것, 둘째, 내(후미코)가 여성이라는 관념을 제거할 것, 셋째, 둘 중 하나가 사상적으로 타락하거나 권력자와 악수하면 공동생활은 끝나게 될 것, 넷째, 주의를 위한 운동에 상호 협력할 것과 주인도 노예도 아닌 관계를 지킬 것.

후미코는 천황제 국가가 호주제를 통해 국민을 지배한 것은, 호주인 남성에 대한 가족 특히 아내나 딸의 순종이 천황국가에 대한 복종을 수월하게 만들기 때문이라고 판단했다. 그녀는 가장의 지배나 천황의 지배가 개인의 성숙한 성장 또는 자연스러운 존립을 방해한다고 생각했고, 반갑게도 박열은 그녀와 완전히 같은 생각을 하고 있었다.

그들은 흑도회 기관지인 『흑도』를 창간하고, 9월 박열이 나카쓰가와 조선인 학살 사건에 관해 서울 천도교 대교당에서 연설을 하고 돌아온 뒤인 11월에는 후미코와 함께 『뻔뻔스러운 조선인』[43]을 창간했다. 다음 해인 1923년 4월에는 '민족적이지도 않고 사회주의적이지도 않고 다만 반역'을 목적으로 20대 조선인 17명, 일본인 6명으로 불령사를 설립했다. 그들이 그렇게 열정적으로 가난을 감내해 가며 노력한 것은 인간으로서의 약자의 절규, 소위 불령선인으로 불리는 사회적 소수에 대한 동정, 그리고 조선인의 내면 등을 아직 피가 굳지 않은 인간미를 지닌 많은 일본인들에게 소개하기 위해서였다. 그렇게 해서 참된 일본과 조선의 융합, 만인이 갈망하는 세계 융합이 실현될 것이라는 희망을 품고 있었다.

후미코는 구속되기 얼마 전 은사 핫토리 도미에게 보낸 편지에 이렇게 썼다.

"저는 일본인이긴 하지만 일본인이 너무 증오스러워 화가 치밀곤 합니다. 조선 생활(1912.10-1919.4) 동안의 견문 때문에 저는 조선인들이 벌이는 일본 제국주의를 향한 모든 반항 운동에 동정심을 갖게 되었습니다. 저는 도쿄에 오자마자 많은 조선인 사회주의자 혹은 민족 운동자와 벗이 되었습니다. 저는 정말이지 이런 운동을 속 편하게 남의 일이라고만 치부해 버릴 수가 없습니다(1923 초여름)."

박열과 후미코는 집에 '불령사'라는 표찰을 붙여 놓고 벽에는 붉은 하트를 그리고 그 안에 도로에서도 보이게 '반역'이라는 글자를 큼직하게 써 넣었다. 그들은 차별에 대한 반역, 억압에 대한 반역, 무관심과 멸시에 대한 반역을 꾀하고자 했다. 일본 당국은 박열을 요시찰 갑호로 분류해 놓고 늘 미행과 감시를 게을리하지 않았다. 박열과 후미코를 검거할 기막힌 때를 일본 경찰이 놓칠 리 없었다.

"도덕은 언제나 강자의 이익을 위한 방향으로 다듬어집니다. 나는 기성의 가치관으로부터 자기해방을 원합니다. 나의 내면에서 우러나온 가치관에 기초한 일을 추구할 것입니다."

후미코는 검사 앞에서 판사 앞에서 당당했다.

"나는 조선 민족의 한 사람으로서 약자인 조선을 학대하고 있는 강자 일본의 권력 계급에 대한 반역적 복수심을 도무지 떨쳐 버릴 수가 없다."

박열 또한 고개를 꼿꼿이 세웠다.

재판부는 줄기차게 후미코의 전향을 꾀했다.

"반성한다고 하면 쉽게 나갈 수 있다고 하지만 장래의 내 목숨을 부지하기 위해 현재의 자신을 죽이는 일은 결코 일어나지 않을 것입니다. 나는 권력 앞에 무릎을 꿇고 살아가기보다는 오히려 기꺼이 죽어 끝까지 나 자신의 내면적 요구를 따를 것입니다. 나는 결코 두렵지 않습니다."

"모든 인간은 평등하고 인간의 행동 또한 평등해야 합니다. 불평등은 권력이 만든 인위적 법률과 도덕에서 비롯된 것입니다. 지상의 평등한 인간 생활을 유린하고 있는 권력이라는 악마의 대표자는 천황이며 황태자입니다. 일본의 국시로 간주되고 찬미되며 고취되는 충군 애국 사상은 사실상 소수 특권계급이 이익을 탐하기 위한 방편으로 아름다운 형용사로 포장한 것, 즉 자신들의 이익을 위해 타인의 생명을 희생시키려는 욕망의 표현에 지나지 않습니다."

예심판사 다테마쓰는 속으로 혀를 내둘렀다. 이제 20세, 21세인 두 남녀가 어찌 이리 당찰 수가 있을까. 어떻게 이런 지혜와 용기를 가질 수 있을까. 어차피 정치적인 재판이니 사형선고를 해야 할 터이지만 다테마쓰는 가끔 그들을 앞에 놓고 눈이 부셔 눈을 감았다. 그는 젊은 연인을 위해 한참씩 자리를 비켜 주기도 했다.[44]

박열은 애당초 살아서 나갈 생각은 하지 않았다. 다만 재판현장이 사상적 저항의 장이 되기를 바랐다. 그는 천황제이건 사회주의건 공산주의건 소수의 권력자가 국가 사회를 강제하는 모습은 옳지 않다고 생각했다. 무 권력, 무 지배를 근간으로 모든 개인의 자주와 자립을 확보할 수 있는 평화로운 세계를 동경했다.

"조선 민족은 결코 일본화되지 않을 것이며 또 일본 정부가 선전하는 대로 일본인과 조선인은 융화될 수 없다는, 그리고 조선인은 일본제국이 말하는 '선량한 신민', 즉 노예가 되기를 조금도 바라지 않는다는 것을 세계에 알리는 가장 좋은 기회이자 조선에서의 사회적 운동과 침체되어 있는 일본의 사회운동에 자극을 주는 데 가장 좋은 기회이며, 일본의 천황이나 황태자를 살해함으로써 일본 민중이 신성불가침한 것으로 여기는 종교적 본존(本尊; 우두머리)을 땅으로 끌어내려 그들이 우상이자 비지 덩어리와 같은 존재라는 진실을 알리는 데 가장 좋은 기회라고 생각했다."

그들의 재판은 조선일보와 동아일보를 통해서 국내에도 보도되고, 일본에 유학 중이던 조선인 유학생들 사이에서도 열렬한 지지와 관심의 대상이 되었다. 일본 당국은 기사 게재를 2년 이상 금지시켰다가 1925년 11월에야 해금시켰지만 조선의 유학생들은 온통 눈과 귀를 그들에게 열어 두었다. 방청권은 순식간에 동이 나곤 했다. 정순철은 그들의 대담하고도 열정적인 삶에 놀라지 않을 수 없었다.

그들을 변호하고 있던 변호사 후세 다츠지(布施辰治)는 박열 부부가 펴내는 간행물에 광고를 싣기도 했던 후원자였다. 그는 관동대진재 때 조선인 학살이 일어나자 조선의 신문사에 사죄 원고를 보내고 일본을 격렬히 비난했다. 지진 직후 박열과 후미코가 체포되자 조선의 독립운동에 경의를 표한다며 그들을 적극 변호했다.

오래전 후세 다츠지는 동학농민군을 진압하고 온 이웃이 조선군 추격 이야기를 신나게 하는 것을 듣고 조선인에게 동정심을 가졌다고 했다. 그는 일본의 이웃 나라 다수의 국민들을 죽음으로 몰고 가는 침략 전쟁에 동조할 수 없었다. 톨스토이의 휴머니즘에 감동했던 후세는 사회주의 변호사로 1919년 2.8 조선유학생 독립선언 사건을 맡아 무죄판결을 받아내었으며, 의열단 사건 변호, 백정들의 인권 단체인 형평사 지원 강연, 조선공산당 사건 등등의 변호를 맡으며 한국인들의 독립을 향한 투쟁에 적극적인 지지를 해 왔다. 그 사건들의 원인은 총독 정치가 제공한 것이라며 총독 정치, 침략 정치를 맹렬히 비판하기도 했다. 그는 진심으로 폭압에 저항하는 조선 동포들의 입장을 지지하였고 박열과 후미코를 사랑했다.[45]

후미코와 박열은 사형선고를 받기 이틀 전 구청에 결혼 신고를 마쳤다. 그들은 열흘 뒤 무기징역으로 감형이 되었는데 신문은 바다 같이 넓고 태산 같이 높은 성은에 조선인들이 감읍할 것이라고 떠들어 댔고 감형장을 받은 그들 부부는 심심한 경의를 표하며 머리를 조아렸으며 후미코의 눈은 눈물로 빛났다고 보도했다. 그러나 정작 후미코는 감형장을 받자마자 찢어 버렸고 박열 역시 수령을 거부했다가 전달자의 입장을 고려하여 담담히 받은 후 단식에 들어갔다.[46]

그들은 과거를 문제 삼지 않았다. 오히려 과거의 불행 때문에 현재를 가장 잘 살 수 있는 방법을 찾아 치열하게 노력하고 있었다. 순철은 어머니의 불행한 결혼을 항상 마음에 걸려 했다. 자기의 축복받지 못한 출생이 항상 발목을 잡고 있었다. 가회동에서 때로 어머니에게는 공손하던 눈빛이 자신을 향해서는 싸늘하게 변해 버리는 경험을 얼마나 많이 겪었던가. 그렇게 순철의 가슴 한편에 진하게 드리워졌던 그늘은 박열 부부의 재판 과정을 주목하면서 어느덧 봄날의 안개처럼 사라져 버렸다.

다나카 쇼조가 동학을 문명적이라고 판단했던 것, 후세 다츠지 변호사가 동학농민군들의 항쟁을 옳다고 받아들였던 것, 가네코 후미코가 동학의 후속 운동인 3 · 1운동을 통해 조선인에게 깊은 동지애를 갖게 된 것, 박열 역시 3 · 1운동을 통해 빛나는 영혼의 각성을 하게 된 것을 생각하며 순철은 외조부 해월과 어머니 최윤을 다시 생각하게 되었다. 역사를 정화시키는 강한 회오리바람의 핵심에 외할아버지와 어머니가 있었다. 그리고 그 핵의 아주 가까운 곳에 자기 존재도 위치할 수밖에 없다는 것을 알게 되었다.

순철은 집주인 아주머니의 도움으로 지진 직후 벌어졌던 광란의 소용돌이 속에서 목숨을 부지할 수 있었다. 어린이 운동을 위해 지진 직전에 서울로 떠난 방정환, 지진이 나자마자 머리를 흔들며 황급히 떠나 버린 윤극영. 모두 떠났지만 일본에 혼자 남은 순철은 버틸 수 있을 때까지 버텨 보기로 했다.

9. 동요곡과 동화의 뿌리가 된 동학

엄마 앞에서 짝자꿍이 탄생하고

방정환은 장가든 다음 해인 1918년 가회동에서 김기전을 만났다. 그는 평북 구성 김정삼 대접주의 아들이며 매일신문사 기자를 하고 있었다. 첫눈에 둘은 서로에게 힘이 될 사람임을 알아보았다. 윗세대의 동학 1세들이 모두 구암, 의암, 송암 등 암자 돌림의 호를 쓴 것처럼, 둘은 바로 소파, 소춘이라는 호를 나누고 살아 있는 동안 형제와 같은 우의를 다질 것을 맹세했다.[47]

3 · 1운동 다음 해 방정환은 김기전, 이돈화와 함께 사상, 종교, 정치, 경제, 사회, 역사, 철학, 문학, 예술 등을 총망라한 문화 운동의 선봉이 될 『개벽』을 만들었으나 창간호부터 일제로부터 압수당하는 시련을 겪었다.[48]

방정환은 일본에 특파원으로 가자마자 『개벽』에 번역 동시를 소개했다. 일본에 있는 동안 김기전의 도움으로 『어린이』를 창간한 뒤에는 집필 중심 무대를 『어린이』로 바꾸고 주변 인물들에게 동요, 동극,

동화 작가로 변신하라고 간곡하게 권했다.

"소춘 형, 우리 창간호부터 '현상글 뽑기'를 합시다. 감상문, 원족(소풍)기, 편지글, 일기문, 동요. 뭐든지 꾸미느라 애쓰지 말고 솔직하게, 충실하게 써서 보내 달라고 하자고요."

"사 보지 못할 형편에 있는 어린이들에게는 보고 난 것을 동무들에게 빌려주라고 광고도 해야겠는걸. 그리고 전국에 소년회를 창립할 것을 제안하자구. 우리가 참고할 소식과 규칙을 보내 주면 독자들이 알아서 조직하게 될 것이야."

"'씩씩하고 참된 소년이 됩시다. 그리고 늘 서로 사랑하며 도와 갑시다.' 나는 이 말을 매호 집어넣었으면 해요."

"그게 뭐 어렵나? 그렇게 하면 되지 뭐. 허허허."

소파와 소춘이 어린이 운동에서 수레의 두 바퀴처럼 중요한 협력자였다면 소파와 정순철은 빛과 그림자, 바늘과 실 같은 관계였다. 먼저 서울로 돌아온 소파는 1924년 정순철을 급히 불러들였다. 정순철은 귀국하자마자 5월 1일 어린이날 행사를 준비했다.

"행사 때 풍선 날리기를 합시다. 실꼬리에 각자 자기 주소와 이름을 쓰고 가장 멀리 간 풍선 임자와 그걸 주워온 어린이에게 상품을 주면 어떨까요?"

"하하, 그거 재미있는 생각이네."

"내일 저녁에 소파 선생이 어린이 잘 기르기 주제로 어머니 대회를 열지 않우? 그 어머니들한테 기부금을 받아 어린이날 행사를 끝내고 며칠 뒤에 상춘각에서 '노동 소년 위안 잔치'를 벌이면 어떨까요?"

"그것도 아주 좋은 생각이야. 정 형이 아주 머리가 반짝반짝하는 걸!"

어린이날 행사가 끝나고 어린이들이 '어린이날'이라고 붉게 쓴 어깨띠를 두르고 시내 행진을 할 예정이었으나 경찰은 붉은색이 불온하다며 행진을 금지시켰다. 그러나 동아일보와 조선일보가 어린이날 행사마다 독자에게 소상히 알리는 기사를 실어 어린이날 행사는 날로 힘을 받게 되었다.

정순철은 어린이날 행사와 노동 소년 위안 잔치가 끝난 바로 며칠 뒤 토월회가 주관하는 행사에 초청되어 기독교청년회관에서 독창회를 열었다. 수익금은 충북 영동군 여학원 경비 조달 후원금으로 보내졌다. 6월에는 방정환과 함께 동요동화회를 열고, 『신여성』에 동요 예찬론을 기고하는 등 눈코 뜰 새 없는 나날을 보냈다. 그러나 이러한 노력의 결실로 전국에 동요 붐이 일기 시작하자 정순철은 점점 더 바빠져 갔다.

"정 형, 어린이 운동은 일단 성공적이라고 보네. 일본의 간섭이 점점 심해지기는 하지만 말야. 점점 말과 글도 일본 것을 강제할 것이 불 보듯 뻔하지. 그런데 가만 보니 아주 어린 아이들을 위한 교육은 집 안에서 이루어지는 것이니 일본이 간섭하기 쉽지 않을 거야. 아주 어린 아이들을 위한 곡을 한번 써 보게."

"맞아요. 얼마 전에 윤석중 군이 '우리 애기 행진곡' 가사를 보내왔는데 거기에 곡을 한번 만들어 보지요."

1. 엄마 앞에서 짝자꿍 아빠 앞에서 짝자꿍
   엄마 한숨은 잠자고 아빠 주름살 펴져라
2. 들로 나아가 뚜루루 언니 일터로 뚜루루
   언니 언니 왜 울어 일하다 말고 왜 울어
3. 우는 언니는 바보 웃는 언니는 장사
   바보 언니는 난 싫어 장사 언니가 내 언니
4. 햇님보면서 짝자꿍 도리도리 짝자꿍
   울던 언니가 웃는다 눈물 씻으며 웃는다

동아일보 수원 지국 기자를 하던 최신복(최영주)[49]은 수원에서 화성 소년회를 이끌며 해마다 방정환을 초대해 동화회를 열었다. 동화회를 하는 동안에는 으레 정순철이 동요를 담당했는데, 1925년 수원의 동화회에서 처음 선보인 정순철의 '엄마 앞에서 짝자꿍'은 큰 히트를 쳐서 연일 방송국에 그 노래를 틀어 달라는 주문이 쇄도할 정도로 장안에 난리가 났다.[50]

"정 형, 짝자꿍 노래는 우리 역사에 남는 대 히트작이 될 걸세. 축하하네. 정말 고마워."

방정환이 온통 땀에 젖은 몸으로 정순철의 손을 꼬옥 잡았다.

"어이구, 사돈 남말 하시우. 아까 보니 여기 감시 나왔던 순사조차 소파 선생 이야기 들으면서 눈물을 훔치던걸요. '구연동화의 왕'이라는 말이 달리 나온 게 아니에요."

"그랬어?"

"어떤 아이는 자리를 뜰 수가 없어 신고 있던 고무신에 오줌을 받으며 이야기를 들었대요."

"어이쿠. 그랬군. 어쨌거나 정 형이 내 곁에 있으니 나는 천군만마를 얻은 것 같네. 늘 고마워."

7월에는 매일신보에 투고한 정순철의 동요 '길 잃은 까마귀(이정호 작사)'가 갑상을 받게 되었다. 동요 황금기의 주역은 유치원이었다. 총독부는 다행히 유치원 교육에 대해서는 간섭을 하지 않았다. 방정환과 정순철은 원아들을 위한 동요동화에 힘쓰는 한편 매주 천도교회관에서 줄기차게 동요동화회를 열었다. 어린이 잡지 1주년을 기념하기 위해 그들은 동화동요순회공연을 떠나기도 했다. 경성, 인천, 청주, 대구, 부산, 마산은 물론이고 압록강 끝까지 다녔던 두 사람은 무엇에 홀린 것 같았다.

"정 형, 자네 외조부 해월 선생 말이네. 어찌 세상을 그렇게 앞서 보셨을까. 동학도들에게 아이를 때리는 것이 한울님을 때리는 것이니 한울님이 싫어하고 기운이 상한다고, 아이를 일체 때리지 말라고 거듭거듭 당부하시지 않았던가."

"예, 저도 일본의 양심적인 지식인들이 동학을 문명적이라 판단했다는 말을 듣고 외조부의 말씀들을 다시 들여다보게 되었어요. 그리고 아이들의 영혼이 쭉쭉 성장할 수 있도록 도와야 제대로 된 독립을 이루고 외조부와 동학도들이 꿈꾸었던 새 세상을 만들 수 있다는 소파 선생의 말을 심장에 새기게 되던걸요."

그 해 1926년 6·10만세 운동이 일어났고 천도교청년동맹 회원들이 검거되면서 방정환도 검거되었는데 혐의가 없어 곧 석방이 되기는 했지만 8월 들어서면서 『개벽』은 폐간을 맞게 되었다. 일제 당국으로서는 조선 민족의 자긍심이자 민족정신의 혈맥이 되는 개벽의 성장을 더 이상 좌시할 수 없었던 것이다.

최동희도 가고 방정환도 가다

1916년 독립운동을 위해 중국으로 망명길에 올랐던 해월의 아들, 정순철의 외삼촌 최동희는 탁월한 외국어 실력으로 레닌, 카라한, 장개석, 장작림, 염석산 등을 만나 조선의 사정을 이야기하고, 조국의 독립을 위한 준비를 해 나갔다. 아버지 해월은 개개인의 마음속에 한울을 모시고 있다는 것을 자각하는 것으로 조용한 혁명을 이루고 싶어 했지만, 상대가 폭력으로 맞서면 그것의 효용성은 사라진다. 비폭력은 해답이 될 수 없었다. 그래서 생존을 위협받은 농민들이 죽창을 들었을 때 아버지 해월도 그들과 함께했던 것 아닌가? 그러나 전쟁보다 선언적 성격이 짙었던 죽창은 그들의 생명을 보호해 주지 못했다.

해월의 아들 소수 최동희는 동학농민혁명의 강령을 '왕실 전복, 귀족 박멸, 빈부귀천의 계급 타파, 국토 평균 배당'으로 정리하고 동학도들이 꿈꾸었던 새로운 세상을 준비하기 위해 만주에 대규모 조선인 자치촌을 건설하여 민족 혁명의 근거지를 삼고 외국의 혁명파와 결탁해 무장 항쟁을 전개할 것을 계획했다. 그는 수운 득도일에 맞추어 1926년 4월 5일 길림에서 양기탁, 고활신, 정이형, 오동진과 함께 천도교 혁신파와 정의부 그리고 형평사의 통일전선체로 고려혁명당을 출범시켰다. 고려혁명당은 준 당원, 정 당원 15,600명의 정당적 성격을 띤 독립운동 단체를 만들어 물질적 평등과 정신적 평등으로 반제 반자본주의적 발전을 꾀하는 신조선의 건설을 계획했다. 그러나 최동희는 다음 해인 1927년 1월 폐에 병을 얻어 37세 젊은 나이로 상해에서 숨을 거두었고, 고려혁명당은 몇몇 간부가 일경에 체포되면서 일제의 집요한 검거 작전에 휘말리게 되었다.

삼촌의 죽음을 슬퍼할 겨를도 없이 정순철은 다시 2월에는 라디오로 방정환과 함께하는 아동 구연동화, 동요를 방송했다. 정순철은 곧 동덕여고 음악 선생으로 자리를 잡았지만 6월에는 『어린이』 독자대회를 기획하여 동요 독창을 담당했다. 정해진 직장생활 외에도 동요동화 사업은 떼어 놓을 수가 없었던 것이다. 『어린이』를 통해 이원수, 윤석중 등 어린이 독자들이 수없이 성장해 갔다. 조선 처음의 세계아동예술전람회를 열고 조선 처음의 동요독창회를 열었다. 특별동화동요제를 위해 10일간 전국 순회공연을 했다. 몸이 열 개라면 좋왔을 그들이었다.

"소파 선생, 며칠 뒤에 시단의 명사들이 모인 조선시가협회를 띄우기로 했어요."

"누구누구가 참여하우?"

"이광수, 주요한, 소월 김정식, 변영로, 이은상, 김억, 양주동, 파인 김동인, 박팔양…."

"어이구, 당대 문인들이 다 모였네. 그래 무얼 하려고?"

"문학, 음악 분야에서 퇴폐적인 내용들을 몰아내고 건전한 판을 만들어 일대 혁신을 일으키자는 것이지요."

"박팔양은 수원 출신 아니던가? 최신복하고 잘 알 터인데?"

"아, 그런가요? 박팔양은 우리 옥천 출신 정지용하고도 휘문고보부터 함께 문학 활동을 했다더군요."

"정지용이라면 우리가 일본에 있을 때 만났던 적 있는 그 도시샤 대학에 다녔다는 얌전하게 생긴 옥천 출신?"

"네. 영어를 전공했으니 영어 교사 자리를 알아본다나 봐요. 박팔양 이야기로는 고등학생 때부터도 정지용은 시가 아주 뛰어났다 하더라고요."

"그래. 정지용도 인연이 되면 우리 〈개벽사〉로 끌어와야지. 아, 바로 그 수원의 최신복이 우리 〈개벽사〉로 들어와 일하기로 했어요. 이태준도 들어와 일하기로 했고."

"이태준이라면 시대일보에 '오몽녀'를 썼던 이 아닙니까?"

"맞아, 휘문고보 퇴학당하고 일본에 가서 22살에 오몽녀를 썼지. 정지용, 박팔양 하고 9인회를 하기도 했다는데, 이번엔 거기서 만나는구만. 역시 한 다리 두 다리 건너면 조선 사람들은 모두 알게 되어 있다니까? 하하. 최신복은 동아일보 기자 출신으로 글도 잘 쓰고 편집에 능하고, 이태준도 글솜씨가 만만치 않으니 우리가 내는 잡지들에 여러 모로 도움이 될 거요. 물론 동시, 동요 작사도 부탁해야지."

그러나 개벽사의 여러 잡지들과 어린이 운동의 성과들이 사회 전반에 새로운 활력을 가져오게 되자, 일제는 시간이 흐르면서 잡지 『어린이』는 물론 동화동요대회와 독자 모임 등 사사건건 검열하고 감시했다. 1928년에도 신년호부터 압수를 하더니 계속 삭제, 불허 등으로 그해에만 다섯 번이나 결간을 하였다. 1930년 12월 원고는 몽땅 불허! 그리고는 찍어 낸 책을 모두 압수해 가 버렸다. 게다가 천도교청년회의 후신인 천도교청우당의 고문을 맡았던 김기전도 폐결핵으로 연초에 해주 요양원으로 떠나 버리니 소파는 큰 의지처를 잃고 줄담배를 피워 댔다. 소파는 차츰 지쳐 갔다.

7월 초, 정순철의 학교로 급한 연락이 왔다.

"뭐? 소파 선생이 쓰러져?"

마른하늘에 날벼락이라는 말은 이런 때 쓰는 것이리라. 경성제국대학병원에 입원한 소파는 처음에는 간호사들에게도 동화를 들려줄 정도로 여유가 있었지만 병상에 누운 그의 건강은 급격히 나빠져 갔다.

"심장비대증, 신장염, 고혈압으로 혈액 순환이 제대로 되지 않고 이미 요독이 전신에 퍼져 병원에서도 손을 쓸 수가 없네요."

의사가 고개를 흔들며 말했다.

드디어 방정환에게도 최후가 왔다.

"가야겠어. 문간에 마차가 왔군."

"마차라뇨? 무슨 마차가?"

"흑마차가 날 데리러 왔어."

"무슨 쓸데없는 소리를…."

"아니야, 말도 새까맣고 마차도 새까만 마차야. 나는 저 마차를 타야 해. 우리 어린이들을 어떻게 하지?"

정순철은 병상을 지키며 가회동에서 처음 만났던 북어처럼 야윈 새신랑 방정환을 떠올렸다. 그리고 바늘과 실처럼 함께 지내온 세월이 14년.

방정환이 가사를 지으면 정순철이 곡을 지었다. 정순철이 곡을 지으면 방정환이 가사를 붙여 주었다. 때로 음을 고쳐야 하기도 했고 가사를 의논해 다시 쓰기도 했다. 그렇게 만든 노래가 '여름비', '나뭇잎 배', '늙은 잠자리', '눈' …. 겨울밤에 오는 눈은 어머님 소식 혼자 누운 들창에 바삭바삭 잘 자느냐 잘 크느냐 묻는 소리에 잠 못 자고 내다보면 눈물납니다.

아, 형님 같았던, 아버지 같고 엄마 같았던, 동무 같았던 소파 선생. 이제 당신을 어디서 만날 수 있나요?

추운 겨울날 아들이 외투를 사 달라고 하자 "너희 반 반수가 외투를 입으면 빚을 내서라도 사 주마."라고 했던 가난했던 아버지 방정환. 가끔 만두, 호떡이 식을까 봐 품에 안고 들어와 자는 아이들을 깨워서 먹여 주었던 아버지 방정환은 산소를 마련할 돈도 남겨 두지 않고 어린이들을 걱정하며 서른셋 젊은 나이로 세상을 떠났다. 돈이 없기는 개벽사도 마찬가지. 묘지를 마련할 수 없어 그는 5년간 홍제동 화장터 납골당을 벗어나지 못했다.

발악하는 일본

1937년 봄 해월의 셋째 부인, 최윤의 의붓어머니 손씨 부인이 김연국이 이끌고 있는 상제교 본부가 있는 계룡산에 머물고 있다가 세상을 떠났다. 김연국은 스승 해월의 딸인 최윤과 부인 손 씨에게는 세월이 흐른 뒤에도 늘 든든한 의지처가 되었다. 손씨 부인은 여주 해월 선생의 묘소 앞에 묻혔다.[51]

정순철은 6월에 다섯 번째 아이를 얻었다. 그리고 며칠 뒤 중일전쟁이 터졌다.

"여보, 일본은 대체 언제까지 저렇게 전쟁을 일삼을까요?"

아기에게 젖을 물리며 아내 황복화가 물었다.

"흥, 전시체제라고 모든 소년회도 해산하란다오. 어린이 행사, 유치원 행사도 모두 금지시키고…."

12월이 되어 일본군이 수도인 남경을 포위하면서 들어오자 결사 항전을 주장하던 중국군 사령관 탕성즈는 부대와 시민들 몰래 하루 전날 양쯔강을 건너 도망을 가 버렸다. 남아 있던 남경 시민과 군인들 30만 명이 40일 동안 일본군에 의해 처참한 학살을 당했다.

"일본군들이 중국에서 엄청난 살육을 했다면서요?"

"중국에서 막 들어온 사람 이야기를 들으니 칼로 목 베기, 작두로 목 베기 시합을 하기도 하고, 산 채로 생매장을 하거나 양쯔강 하구에서 기관총 세례를 퍼부어 젊은 남자들을 닥치는 대로 죽여 강물에 쓸어 넣더라오."

"세상에…. 끔찍해라. 여자들, 아이들도 있었을 것인데…."

"아이들, 여자들이 포함된 천여 명을 광장에 세워 놓고 석유를 쏟은 뒤 기관총을 난사했다오. 불이 붙고 시체가 산을 이루었다지. 정말 이해 못할 일은 그런 짓을 하면서 그놈들이 낄낄대고 웃더라는 것이오. 40여 년 전에 우리 조선에서도 동학 도인들을 그렇게 죽였다더니 점점 더 악마들로 변하는 듯해. 어떤 놈은 심심해서 죽이는 것으로 무료함을 달랬다고 하더라는구만…."[52]

"정말 하늘이 두렵지 않을까요?"

"여자아이들부터 노파까지 여자들을 보이는 대로 강간한 뒤에 살해하기도 했다니 짐승들보다 더 야비한 놈들이오. 그래 놓고 서방 외교관들을 불러 맛있는 음식과 공연으로 매수를 하려 했다오."

"대체 일본인들의 잔학성은 어디까지일까요? 자기네 천황이 세계를 지배한다는 과대망상에 전 국민이 미쳐 가나 봐요."

"전쟁이, 무기가 사람을 그렇게 악마로 변하게 하는가 보오. 그러게 수운 대신사가 개 같은 일본놈을 조심하라고 그렇게 강조하고 또 강조하셨던가."

"아사카와 다쿠미 같은 사람은 그렇지 않았다던데."

"다쿠미? 그가 누군데?"

"교당 근처 정 씨네 골동품 가게에 자주 왔던 사람이래요. 내가 정 씨네 바느질감 부탁 받은 거 가져다 주면서 이야기 들었거든요."

"뭐 하는 사람이라오?"

"총독부 임업시험장에서 일했는데 몇 년 전에 죽었대요. 조선 도자기며 공예에 관심이 깊어서 정 씨네 가게에 자주 들렀다네요. 그런데 그 사람은 조선말도 아주 잘했대요. 나다닐 때 한복도 자주 입고요, 자기 죽으면 한복 입은 채로 조선에 묻어 달라고 해서 그렇게 해 주었다고 해요."

"거참, 특별한 사람이구만요."

"당신 관동대진재 때 고생 많이 했다구 하지 않았수? 조선인들 모함하면서 마구잡이로 죽이던 때. 그때도 조선인을 변호하기 위해 도쿄로 가고 싶은 마음이 간절하다고 하더라던걸요. 조선인을 인간 대우하지 않는 나쁜 버릇을 가진 건 조선인에 대한 이해가 너무 빈약하기 때문이라고 하면서. 일본 천왕을 신격화하고 자랑하는 건 삼가야 하는 일이라고 하더래요.”

“정말?”

“빚까지 얻어 모은 골동품들을 죽기 전에 모두 조선민족미술관에 기증했다는군요.”[53]

“참 고마운 사람이로군. 그런 일본인이 많다면 이 지옥 같은 세월이 빨리 끝날 터인데…. 그런 사람들이 오래 살아야 하는데 말이오.”

새로 태어난 갓난쟁이를 바라보며 부부는 한숨을 내쉬었다.

“며칠 전 교장 선생님 집안에 혼사가 있었다면서요?”

“응. 교사들이 축의금을 걷으면서 웃어른 댁이니 좀 높게 금액을 잡자더군요. 그래서 살림이 어렵다면 마땅히 돕는 것이 도리지만 직위 상하를 가려 축의금에 차등을 두는 건 좋지 않다고 반대했다오.”

“동료들이 뭐라고 안 해요?”

“뭐긴 뭐라겠소. 내 별명이 원래 ‘면도칼’인걸. 하하하….”

순철이 잠시 뜸을 들이고 말을 이었다.

“내년에 순열이 혼사 치르는 거 보고 일본에 다시 유학을 떠날까 봐요.”

“마흔이 내일모렌데 무슨 유학을 가시려우?”

황복화가 눈을 동그랗게 뜨고 물었다.

“소파, 소춘 선생 모두 안 계시고, 춘암상사(박인호)도 멸왜 기도 운동을 벌이다가 투옥되시고…. 마음이 잡히질 않네. 음악 선생 노릇도 10년이 넘지 않았소. 예전에 소파 선생이 급히 불러서 귀국하느라 못

다한 성악 공부를 조금 더 하고 싶어요."

봄에 동생 순열을 결혼시키고 정순철은 일본으로 떠났다. 아내 황복화는 다섯 아이를 키우며 봉투를 붙이는 부업으로 매달 3원씩 동경 신주쿠의 셋방에 사는 남편에게 보내 주었다. 곧 중학에 들어가게 된 장남 문화는 상업학교 등록금도 낼 수가 없어 외가에 신세를 져야 했다.

그해(1939)에는 큰 가뭄이 들었다. 일제는 공출제를 실시하여 곡식을 강제로 매입해 한국 백성들은 아사할 지경이 되었다. 일제는 쌀을 빼앗아 가는 대신 만주에서 들여온 콩깻묵 같은 동물용 사료, 바다에서 건져 올린 우뭇가사리 같은 해조류를 먹으라고 배급으로 던져 주었다. 일즙일채라, 국 한 가지, 반찬 한 가지만 먹으라며 조선인들의 허리를 졸라맸다.

허기에 지친 조선 사람들은 소나무 껍질로도 먹을거리를 만들어야 했다. 겉껍질을 벗겨 내고 속껍질을 칼로 벗겨 내어 양잿물에 푸욱 삶아서 물렁물렁해지면 물에 며칠이고 울궈 내어 방망이로 두들긴다. 이렇게 말랑말랑해진 것을 송고라 하는데 여기에 좁쌀을 넣고 밥을 해 먹거나 떡을 해 먹었다. 쑥에다가 메밀을 껍질째 넣고 죽을 쑤어 먹거나 쌀 등겨를 솥에 볶아 먹기도 했다. 정 먹을 게 없을 때는 왕겨를 볶아서 가루로 빻아 먹기도 했고, 7월에 떨어진 파란 감을 주워 담아 떫은맛을 없애기 위해 끓인 소금물을 부어 두었다가 다음 날 아침 끼니 삼아 먹기도 했다. 몸서리쳐지는 굶주림의 세월이었다.

제2차 대전이 시작되고 나서는 조선일보, 동아일보를 비롯한 각종 간행물들을 폐간시키고 창씨개명과 신사참배를 강요하기 시작했다. 성을 일본식으로 바꾸지 않은 사람의 자식은 입학, 전학이 거부되었고, 바꾸지 않은 학생들을 질책하고 구타하여 부모를 졸라 성을 바꾸도록 했다. 그 밖에도 채용 거부, 해고 조치, 행정기관 사무 처리 거부, 우선적인 노무 징용, 식량 배급 대상 제외, 화물 취급 거부, 요시찰 인물로 분류하여 미행과 감시의 대상이 되니 식민지 백성들은 저들의 횡포에 휘둘려 성과 이름을 바꿔야만 했다.

그것도 모자라 태평양전쟁이 시작된 1941년에는 조선사상범예방구금령을 발표하고 치안유지법을 강화하여 누구라도 언제라도 일제의 마음에 거슬리면 범죄를 저지르지 않아도 잡아 가둘 수 있고, 그 형기도 마음대로 늘일 수 있게 했다. 정순철은 이번에도 마음 놓고 길게 공부할 수 없게 되어 2년이 못 되어 돌아오고 말았다. 참으로 모질고 더러운 세월이었다.

누구가 부는지 꺾지를 말아요 마디가 구슬픈 호드기오니
호드기 소리를 들을 적마다 내 엄마 생각에 더 섧습니다.

라디오에서 정순철이 작곡한 〈호드기〉가 흘러나왔다.

"엇? 이건 내가 작곡하고 최신복이 작사한 노랜데?"

동요가 간간이 끼어들어 간 동화극이 끝나고 박의섭의 이름이 나왔다. '오호, 박의섭이라면 춘암 박인호 상사의 손자? 교당 앞마당에서 뛰어놀던 게 엊그제 같은데….' 박의섭은 몇 년 전에 경성방송국에 성우로 들어가 활약하다가 차츰 범위를 넓혀 이제 동화극을 만들어 기획, 연출, 각색을 하는 방송동극의 주역이 되어 있었다. 그러나 반갑고 감사한 것은 잠깐. 일제는 다음 해인 1942년부터 조선어방송을 완전히 폐지해 버렸다. 박의섭은 7년간 일하던 방송국에 사표를 던졌다.

졸업식 노래가 태어나다

모질고 더러운 세월은 일본 본토가 두 개의 원자폭탄으로 아수라장이 되고서야 끝이 났다. 반세기 가깝게 아시아에서 피비린내를 일으키며 2천만 명을 살상했던 그들이 드디어 항복을 선언한 것이다.

해방된 지 1년이 다 되어 가던 1946년 6월 5일 아침 윤형모 장학사와 박창해 편수관[54]이 윤석중을 찾았다.

"윤 선생님. 급히 노래 하나 지어 주세요."

"어떤?"

"해방 후 처음 맞는 졸업식이 며칠 뒤에 있지 않아요? 우리 어린 학생들 졸업식 때 쓸 노래가 마땅하지 않아요. 그래서 외국 노래들을 이것저것 번안해서 부르고 있는 형편이니 이제 제대로 된 것 하나 지어 주세요. 시간이 급합니다."

부탁을 받은 윤석중의 머리에서 가사가 우르르 쏟아져 나왔다. 그는 곧바로 정순철을 만나 가사를 내놓고 빠른 작곡을 부탁하고 갔다. 정순철은 피아노를 두들기며 악보를 그려 넣고 허겁지겁 윤석중을 찾았다. 둘이는 설렁탕집에서 다시 만나 노래를 맞춰 보았다.

1. 빛나는 졸업장을 타신 형님께 꽃다발을 한 아름 선사합니다.
   물려받은 책으로 공부를 하여 우리는 형님 뒤를 따르렵니다.
2. 잘 있거라 동생들아 정든 교실아 선생님 저희들은 물러갑니다.
   부지런히 더 배우고 얼른 자라서 새 나라의 새 일꾼이 되겠습니다.
3. 앞에서 끌어 주고 뒤에서 밀고 우리나라 짊어지고 나갈 우리들
   냇물이 바다에서 서로 만나듯 우리들도 이다음에 다시 만나세.

다음 날 정순철은 편수국 직원들 앞에서 이 노래를 불렀고 편수국장인 외솔 최현배는 형님을 언니로, 동생을 아우로 고칠 것을 제안했다. 두 사람은 동의했고 가사를 손질했다. 정순철 윤석중의 작품은 바로 그날 졸업식 노래로 전국에 공표되었다.

정순철, 윤석중, 윤극영은 창작동요 보급을 위해 1947년 〈노래동무회〉를 만들었다. 명륜동 4가에 있던 윤석중의 집 작은 사랑방에 피아노를 구해 들여다 놓고 매주 일요일 낮 1시에 모였던 이들은 새 노

래의 가사와 곡을 만들고 주변 어린이들을 모아 함께 노래를 불러 보았다. 〈노래동무회〉는 외국 노래 30곡을 포함, 175개의 곡을 새롭게 선보였다. 1950년 6월 25일 일요일 남북 간 전쟁이 시작되었다. 3년간 이어지던 노래 모임은 그날 이후 열리지 못했다.

10. 어디로 갔니, 내 아들아!

용담 할매

1930년, 순철이 둘째 봉화를 얻었을 때 최윤은 산바라지를 해 주고는 곧 열두 살 난 딸 순열을 데리고 형부 김연국이 세운 상제교당이 있는 계룡산의 신도안으로 들어갔다. 좁은 집에 식구가 늘어나는데 커 가는 딸을 데리고 아들 집에 얹혀사는 것이 편치 않았기 때문이다. 아버지의 제자 중에서 형부 김연국은 손병희와 달리 정치와 거리를 둔 채로 수행에 힘쓰며 동학의 원형을 온전히 고수하고자 애쓰고 있었다.

최윤은 그곳에서 지내면서도 더 조용한 곳에서 수행을 하고 싶은 생각이 굴뚝같았다. 스러졌던 용담정은 1924년 교인들의 힘으로 중건되었고 그 옆에 마루 두 칸과 온돌 한 칸짜리 집이 있었으나 돌보는 사람 없이 쇠락해 가고 있다고 했다. 그곳을 다시 손질하여 기거하며 수도 생활을 하고 싶었다. 진즉 그리할 것인데 순열이 뒤늦게 태어나는 바람에 뜻대로 하지 못했다. 순열은 차분하고 심성이 깊어 어린 날의 자기 자신을 보는 듯했다. 이제 순열도 처녀티가 나기 시작했으니 뒷바라지할 일도 많이 줄어들었다. 순열은 김연국을 도우며 신도안에 남기를 희망했으므로 윤은 다음 해 혼자 용담정으로 들어가기로 했다.

1931년 늦봄 성건동의 조카 최남주 집에 20여 일 머무는 동안 조카 내외는 용담계곡으로 들어가는 최윤을 위해 이것저것을 챙겨 주었다. 윤은 수운 선생이 거처하던 용담정 계곡 건너편에 지어진 작은 집에 거처를 정하고 땔감을 마련해 놓고 채소밭을 일구었다. 그해 여름, 아들처럼 생각했던 방정환이 떠났다는 소식이 들려왔고 만주사변이 터졌다는 이야기를 들었지만 윤은 그럴수록 기도에 매진했다. 수운 대신사의 동경대전, 용담유사와 아버지의 법설을 새기고 또 새기면서 나날이 깊고 넓은 세계로 나아갔다. 산속은 새소리와 바람 소리와 계곡의 물소리로 언제나 조용히 분주했다. 윤은 묵묵히 흔들리지 않고 세월을 넘어섰다.

집집마다 아기가 있는 집에선 여지없이 '엄마 앞에서 짝자꿍' 노래가 들려왔다. 아이들에 대한 대접이 해가 갈수록 달라지는 것이 눈에 보였다. 힘든 중에서도 어렵사리 여러 종류의 잡지들을 만들어 내는 〈개벽사〉의 젊은이들도 모두 아들처럼 딸처럼 고맙고 감사한 존재들이었다. 서슬이 퍼런 일제의 감시하에 언제까지일지 모르지만 그래도 순철이 정치적으로 덜 위험한 어린이를 위한 음악을 하면서 매서운 화살을 피해 가는 것도 감사했다.

새소리가 한울님 말씀(天語)이라고 했던 아버지의 말이 뼈저리게 다가왔다. 멀리서 우는 고라니의 비명 같은 울음소리도, 낮은 곳을 찾아 부단히 흐르는 물의 소리도, 쑥부쟁이나 자귀나무 꽃의 향기도 모두 모두 천어였다. 감사의 기도를 하며 한편으로는 생계를 이어 나가기 위해 지게를 만들어 땔감을 마련하고 부지런히 호미질을 해야 했다. 사람들은 윤이 만든 지게를 보고 감탄을 했다. 윤 역시 늘 무엇인가를 하던 아버지 옆에서 알게 모르게 생활의 지혜를 많이 배워 왔다는 것을 알고 스스로 놀랐다. 자기 안에서 아버지의 모습을 발견하는 것은 또 다른 경이로운 일이었다.

가끔 정주현에게서 오는 편지를 전해 주던 우체부가 이번에는 두툼한 봉투를 전해 주고 내려갔다. 정주현의 편지는 보지도 않고 아궁이로 집어던졌지만, 이건 필체도 다르고 중국 소인이 찍혀 있었다. 뜯어 보니 낯선 책이다. 뭔가 사연이 들어 있을 성싶은데 아무것도 보이지 않았다. 책을 밀어 두었다가 저녁을 먹고 다시 이모저모로 살펴보았다. 약간 두툼한 책 뒤표지에 눈길이 갔다. 풀로 붙인 종이 두 장 사이에 편지가 들어 있었다.

최윤 선생님께

정말 오랜만입니다. 불쑥 이렇게 연락드리는 것이 실례가 되지 않을까 오래 망설였습니다. 저는 김구입니다. 갑오년 봄에 청산에서 뵈었으니 43년 만이군요. 강산이 네 번도 더 변했을 시간입니다.

기억하실지요. 제가 황해도 접주들과 함께 해월 선생님을 찾아갔을 때 칼이 강한지 꽃이 강한지 따님에게 물었던 것을요. 저는 며칠을 끙끙거렸던 문제였는데 그때 댕기머리 처자는 단숨에 제 고민을 해결해 주었답니다. 머릿속이 갑자기 환해지는 느낌이었지요.

제 나이 그때 열아홉. 애송이 접주가 되었을 때지요. 그때 그냥 그곳에 주저앉을 것을…. 그렇게 후회한 적이 가끔 있었답니다. 그랬다면 세상과 마주하는 저의 모습도 달라지고, 별스러운 인연이 맺어질 수 있었을지도 모르는데요.

동학군으로 해주에서 싸우다가 이태 뒤에는 치하포 사건으로 곤경을 겪었고 29세가 되어서야 장가를 들었는데 아내는 두 아들을 남기고 13년 전에 세상을 뜨고 말았습니다. 그동안 상해, 남경에서 바쁘게 살다가 작년에 회갑을 맞으며 제 인생을 되돌아보았답니다. 해월 선생님의 따님이 제 가슴 한구석에 계속 자리를 차지하고 있다는 것을 알게 되었지요. 아실지 모르겠지만 젊은 동학도들 사이에서 해월 선생의 따님(나중에 이름이 윤이라는 걸 알게 됐습니다만)은 꽤 유명했었답니다.

갑오년(1894) 다음 해에 남원에서 올라와 중국으로 향하던 김형진

접주를 황해도 신천에서 만나 함께 반년 가까이 평양으로 함흥으로 심양으로 여행을 했지요. 그렇게 둘이 다니며 가끔 동학도들을 만나기도 했고 바람결로 해월 선생님은 잘 피신해 계시다는 이야기를 들었습니다. 다만 따님이 인질로 옥에 잡혀 있다가 옥졸에게 늑가를 갔다는 이야기를 들었을 때는 얼마나 상심을 하였던지요. 얼마나 가슴이 아프던지요. 그 뒤로 무술년(1898) 봄에 삼남(충청, 전라, 경상)을 둘러볼 때 청산에 잠시 들러 볼까도 했지만 혹여 큰 폐나 끼치게 되는 것은 아닌가 하여 그냥 공주 마곡사에 머물며 중 노릇을 하기도 했습니다. 마음 아픈 기억이시겠지만 정묘년(1927) 초, 선생의 동생인 최동희 군이 상해 적십자병원에서 사망했을 때 김규식, 여운형, 신익희 등과 함께 장례를 치러 주었답니다. 고려혁명당을 만들면서 애쓰던 모습이 눈에 선한데 젊은 친구가 참 아깝게 되었지요. 그러다가 몇 년 뒤에 최윤 선생이 경주 용담정에 혼자 계시다는 걸 해주에서 김정삼 접주 아드님 김기전에게 들었습니다.

각설하고, 중일전쟁이 시작되니 다시 시국이 어수선해지네요. 얼마 전에 소중한 것이라며 아는 스님께 받은 책인데 제 거처가 불안정하니 최윤 선생께 보냅니다. 한겨레의 3대 경전인 『천부경』, 『삼일신고』, 『참전계경』 입니다. 귀한 책이니 아무쪼록 시간을 내어 공부해 보세요. 비밀스럽게 내려오는 겨레의 소중한 자산입니다. 혹시 압니까? 나중에 제가 경주로 책을 돌려받으러 가게 될지. 하하.

어찌되었건 소중한 인연에 감사드립니다. 건강하게 살아 계신 것만으로도 제게 큰 위안이 됩니다. 그럼 다시 만날 날이 꼭 있기를 서원하며.

1937. 늦여름 김구 배

최윤은 두근거리는 가슴으로 얼른 반닫이를 열어 오래전 만들어 두었던 꽃버선 안쪽을 더듬어 보았다. 그곳에 그대로 있었다. 젊은 날의 그가 자기 손목에서 벗어 전해 주었던 수정 한 알 박힌 그 나무 구슬 염주가. 태희가 다시 자기에게 돌려주었던 그것이. 머리가 어찔하였다.

잠시 후 또렷하게 그날의 기억이 떠올랐다. "무 자르는 데는 칼이 강하고요, 열매를 맺는 데는 꽃이 강하지요." 이렇게 대답하자 눈을 고정시킨 채 자기를 빨아들일 듯이 들여다보던 그 젊은이. 짐짓 아무렇지 않은 듯이 빈 물그릇을 받아 쥐고 자리를 떠났지만 뒤통수를 따라오던 그 남자의 뜨거운 시선에 자기도 잠깐 흔들리지 않았던가. 그가 40여 년을 마음속 한 귀퉁이에 나를 품고 있었다고?

그가 보낸 『참전계경』. 단군성조 신성한 시대에는 이 책들의 지혜로 모든 사람을 가르쳐 어리석은 이가 없어 지극히 평화로운 세상이었다는 말이 적혀 있었다. 책자를 후루룩 넘겨보았다.

136조 물택(勿擇)--勿擇者 不拘碍也 敎化之流行 如日影隨物 無物不照 何擇賢者而敎之 不賢者而不敎 故 敎者 改愚以返賢也(물택은 구애를

받지 않는 것이다. 가르침을 행하는 것은 마치 해가 물체를 따라 그림자를 만들 듯이 비추지 않는 곳이 없는 것이니 어찌 현명한 사람만 골라 가르치고 현명하지 못한 자는 가르치지 않으리오. 어리석은 사람을 가르쳐 어진 사람으로 바꿔 놓는 것이 참된 가르침이라.) 그래. 아무렴. 그렇지. 큰 스승이라면 배우는 자가 누구라도 그 수준에 맞게 공을 들일 것이야.

243조 불구(不苟)--不苟者 善有決而不苟且也 性善者 無決則柔 纇斷遂滯 善之決 欲行必行 欲施 無所苟且(불구는 옳게 결정한 것에 대해 더 이상 주저하거나 구차하게 굴지 않는 것이다. 성품이 선한 사람이라도 결단이 없으면 우유부단하여 영단을 내림에 머뭇거릴 수 있다. 그러나 선한 마음으로 옳게 결정한 것은 반드시 행하며 뜻을 펼칠 때 구차함 없이 실천해야 한다.) 그래. 아무렴. 그렇지. 옳게 결정한 뒤에야 망설이고 근심하며 걱정할 일이 어디 있을까. 구차하게 살 일은 아니야.

잠자리에 누우면 곧 잠에 들고 새벽에 눈을 뜨면 곧바로 일어나 청수로 심고를 하던 윤이었다. 그런데 자리에 눕자 방금 읽은 글은 머릿속에서 사라지고 머리부터 발가락 끝까지 몸이 뜨거워지기 시작했다. 이성 간의 뜨거운 사랑? 그건 지금까지 윤과는 상관없는 일이라 생각했다. 정주현과는 물론이고 간혹 교당에서 만나게 되는 남정네들이 있었지만 그저 좋은 교우들이었고 가끔 마음이 가는 사람이 있어도 뒤늦게 태어난 순열의 어미로 지켜야 할 자리가 있었다. 그런데 이제 와서 이게 뭐람. 60고개에 들어섰는데 이렇게 몸이 뜨거워지다니. 발바닥부터 하단전까지 뜨거운 피가 쏠려 미약하나 통증까지도 느껴졌다. 열일곱 댕기머리 뒤로 느껴졌던 뜨거운 시선이 육십이 된 최윤의 몸을 다시 달뜨게 할 줄이야.

윤은 구름 위를 걸어 다녔다. 먹지 않아도 배가 불렀고 입에서는 콧노래가 흘러나왔다. 이렇게 보름을 보내고 나서 윤은 자기가 감지하지 못했던 자기 안의 부족한 한구석이 채워지는 충만감을 느꼈다. 겪어야 할 것을 모두 겪은 느낌. 치러야 할 것을 모두 치른 느낌. 그 충만함 뒤에 비로소 그녀는 모든 것이 깨끗하게 비워지는 것을 느꼈다. 그리고 그 빈자리에 다시 하늘의 기운을, 생명과 사랑의 에너지를 받아들였다. 세상 만물에 대한 사랑과 축복의 힘이 더욱 온전해지는 듯했다.

윤은 동네에서 입지 않는 헌 옷들을 모아 허수아비를 만들어 돌려주었다. 참새들은 그녀가 만든 허수아비에 놀라 벼를 따먹지 못했다. 동네 사람들은 추수 후에 햇곡식으로 용담 할매의 지혜에 답례를 했다. 집안에 어려운 일이 생기면 과일이며 쌀을 가지고 올라와 치성을 부탁하기도 했다. 마을에 궂은일이 생겨도 그녀를 청했다.

"왜, 우셨수?"

"글쎄, 내가 혼자 사는 옆집 할매가 심심해 하길래 우리 일하는 밭에 함께 동무 삼아 가자고 했거든요. 그랬더니 시집갔던 딸이 모처럼 와서 보고는 몸이 불편한 자기 어매 일 부려 먹는다고 그러지 말라고 눈을 흘기고…."

"그게 그렇게 섭섭해서?"

"아니 내가 날마다 혼자 있는 할매 불쌍해서 국수도 삶아 주고 반찬도 챙겨 주고…. 할매도 나를 얼마나 좋아하는데…. 내가 뭐 지 어매를 노비처럼 부려 먹은 양…. 엉엉…."

"딸이 제 어매를 노비처럼 부려 먹었다고 해요?"

"그래서 내가 딸한테 어매 품삯이라고 돈을 던져 주고 왔지. 엉엉…."

"여기서 울지 말고 옆집 할매한테 갑시다."

윤이 울고 있는 할매를 앞세워 옆집으로 건너가자 딸이 곱지 않은 눈초리로 볼멘소리를 한다.

"흥, 용담 할매를 모시고 왔네!"

"아니 아니야. 혼자 울고 계시길래 내가 모시고 왔지. 할매가 나를 끌고 온 게 아니야. 자 서로 이야기를 해 봐요."

두 사람이 얼굴을 붉히고 열심히 싸우는 모습을 보고 있노라면 윤의 입에서는 미소가 흘러나왔다. 상대의 말을 듣지 않고 자기주장만 소리 높여 터뜨리니 각자 가슴은 터지는데 문제는 해결되지 않았다.

"자. 이제 그만! 이제 할매는 한마디도 하지 말고 따님 이야기를 들어 봅시다. 하고 싶은 말을 모두 하세요. 다만 조용조용히, 차근차근하게 얼굴을 붉히지 말고 합시다. 따님 이야기 다 들은 다음에 할매 이야기 하세요. 마찬가지로 조용조용 차근차근하게. 하고 싶은 말은 다 할 수 있게 할 테니."

딸은 어머니 건강도 좋지 않고 자식이라고 자주 들여다보지도 못하는데 뜨거운 볕 아래 병이라도 나실까 봐 걱정이 되어 그리 말했다고 했다.

할매는 평소에 어머니 수발을 많이 들고 있다는 것과 혼자 집에만 있으니 적적하다고 하여 본인 의사에 따라 함께 밭에 갔다는 것을 이야기했다. 싸움의 원인이 되었던 딸의 어머니가 할매의 말을 긍정함으로써 딸은 분노와 걱정의 마음을 가라앉혔다. 돈은 서로가 밀어내어 일단 윤이 주머니에 넣어 두었다. 나중에 슬쩍 할매에게 돌려주면 되리라.

상대의 말을 서로 조용히 듣노라면 해결 방법은 저절로 찾아진다.

문이 한쪽만 열려 있으면 바람은 들어오지 않는다. 양쪽이 열려 있어야 바람은 불어 들게 되지 않던가. 분쟁이 생기는 건, 그리고 그것이 지속되고 있는 건 양쪽 모두 귀를 막고 있기 때문이고 상대를 무시하기 때문이고 그것이 얼마나 어리석은 일인지 모르기 때문이다. 곁에서 돕는 것은 어렵지 않았다. 꼬이고 얽힌 부분을 막힌 물꼬 트듯이 살짝 터 주기만 하면 되었다.

가끔 몸이 아픈 사람들도 간단히 짐을 꾸려 윤의 집을 찾았다. 윤은 아버지에게 배운 대로 인동초, 방풍, 민들레, 둥굴레, 창이자, 활인초, 익모초 등 약초들을 갈무리해 두었다가 그들을 대접했다. 어른들에게서 배운 대로 궁을 영부도 만들어 나누어 주었다. 함께 기도하며 함께 하늘에 정성을 드렸다. 따로 돈으로 사례를 받지는 않았지만 그들이 가져오는 쌀과 부식들로 윤은 생계를 이어 나갈 수 있었다. 넉넉지 않은 사람들은 답례로 땔감이라도 해다 주었다. 윤의 집을 찾는 호랑이가 아무 말 없이 오가면 그 환자는 치유가 되었다. 호랑이가 방문에 흙을 던지면 윤은 환자에게 고칠 수 없겠노라고 말을 해 주었다.[55]

"오래 산다고 좋은 건 아니에요. 죽기 전에 '잘 살았다. 모든 인연에 감사하고, 남아 있는 이들을 축복한다.' 이렇게 말하며 떠날 수 있다면 그게 바로 이번 생에서 수지맞는 장사를 했다는 뜻이지요. 아직도 안 늦었으니 부지런히 남은 시간 동안 이번 생을 남는 장사로 만들어 보세요. 주검을 수습해 줄 수 있는 가족이나 이웃이 있다는 것도 얼마나 감사한 일이에요?"

"고생만 하다 가는 것 같아 아쉽구려."

"그렇지요. 그러나 부귀영화를 누렸던 진시황도 죽음 앞에 아쉬워했어요. 오늘 태어난 아이도 언젠가는 가기 마련. 만약 죽음이 없다면 지금 이 땅에 발붙이고 있을 자리도 없을걸요? 그래서 지혜로운 분들 말씀이 태어나는 게 기쁜 일이듯이 떠나는 것도 기쁜 일이라고 하셨지요."

낙담을 하고 있던 환자의 얼굴에 약간의 생기가 돌았다.

"그렇군요. 가족이 뒤처리를 해 줄 수 있다는 것만으로도 정말 감사하지요. 이번 생을 남는 장사로 만드는 좋은 방법이 뭐가 있겠수?"

"진시황도 못 한 걸 해 봅시다."

"그게 뭐길래요?"

"내가 낳은 자식들…. 젖이 충분하지 못했어도 방긋방긋 웃을 때 얼마나 행복했어요?"

"그럼요. 그 새끼들 아니면 나는 벌써 세상 떠났을 거유."

"내가 수십 년간 사는 동안 내 입으로 들어왔던 음식들도 감사하고…."

"맞아요. 고생은 했어도 어쨌든 굶지 않고 살아남은 건 음식들 덕분이니까."

"헐벗어 얼어 죽지 않게 해 주었던 입성과 땔감이 되었던 나무들에 감사하고…."

"그렇지요. 어쨌든 얼어 죽지는 않고 살았으니까…. 그러고 보니 내 한 몸 살자고 다른 생명들을 많이 없애기도 했구려. 미안하고 감사한 일이 참 많은 것을…."

"네. 나도 그렇게 목숨이 다하는 날까지 감사를 하며 살 생각이지요. 진시황도 이런 걸 몰랐으니 죽기 전까지 발버둥을 치며 마음이 불편했겠지만…. 이런 걸 알고 떠나게 되는 우리들은 훨씬 잘 산 셈이지요."

"내가 고생만 하고 살다 가는 줄 알고 세상 원망만 하고 주변 원망만 하고 살았는데 마지막에 봉사가 눈을 뜨게 되는 것 같네요. 내가 왜 진즉 이런 걸 몰랐을까. 정말 고마워요. 죽기 전에 조금이라도 더 감사와 사랑을 나누어야 하겠구만요."

7촌 조카며느리 이원임이 장기 기도 수행을 하겠노라고 윤에게 왔다.

"아악, 고모님, 저게 뭐, 뭐예요? 문 밖에 웬 불빛이, 자동차보다 더 밝은 빛이 이 산중에 웬일이에요?"

"쉿, 조용! 가만히 있게. 저것 역시 한울님이시거늘 자넨 어찌 놀라기만 하는가?"

윤은 조카며느리를 달래고 나서 고개를 방문으로 돌렸다.

"밥은 드셨는가?"

밖은 고요했다.

"그럼 어서 주무시고 가시게."

윤은 잔잔한 미소를 짓고 밖을 향해 말했다.

"호랑이가 매일 와서 우리 대청마루 밑에서 자고 간다네. 안 오면 궁금해지는걸?"[56]

"아이고 간 떨어질 뻔했네. 고모님은 이럴 때 무섭거나 혼자 쓸쓸하지는 않으세요?"

"하하, 호랑이가 문을 열고 들어오지는 않던걸. 그리고 나무가 무서운가, 돌이 무서운가? 새와 풀과 꽃이 나와 더불어 있고, 가끔 바람 부는 숲에 나가 바람과도 벗을 삼는데 쓸쓸할 게 뭐 있을꼬? 내가 전생과 이생에 복을 많이 지어 이곳에 살고 있는 거라고 생각한다네."

김기전 찾아오다

이원임이 105일 수도를 하고 내려간 그해 가을 뜻밖의 손님이 찾아왔다. 소춘 김기전. 『개벽』의 주필. 일찍이 천도교 소년회를 만들었고 방정환, 정순철과 함께 어린이날 행사를 치뤄냈던 큰 일꾼이다. 그는 10년 전부터 결핵을 앓기 시작해서 금강산, 해주, 봉황각에서 요양을 해 왔던 터다.[57]

"아이구, 이게 누구야. 소춘 선생 아니야? 병 때문에 고생한다더니 얼굴이 많이 좋아졌네?"

"우선 절부터 받으세요. 어머님!"

"그래, 그간 어찌 지냈나? 김정삼 대접주께서도 평안하시고?"

"예, 아버님이 저 때문에 마음고생이 많으셨죠. 저희 고향은 집집마다 천도교인일 정도로 아버님이 포덕에 힘쓰고 계시지요."

"아이구. 감사하기도 하지. 아이들은? 매일 저녁 가족예회를 하면서 아이들에게 아비가 꼬박꼬박 존대말을 쓰고 경전을 읽거나 책을 읽고 세상 이야기며 집안 이야기들을 나눈다고 들었네. 참말 고마우이."

"아비가 건강치 못해 처자식을 오래 고생시켰지요. 미안하기만 한걸요."

"미안할 게 뭐인가. 개벽사 꾸려 가며 오죽 애간장을 태웠을까. 감옥에두 들락거리구. 소파가 요절한 것도 너무 스스로를 돌보지 않았기 때문이지. 정말 아까운 사람인데…. 자네가 이리 건강을 찾은 걸 보니 정말 고맙네. 고약한 병에 10년이나 붙잡혀 있다가 어찌 용케 빠져 나왔나?"

"금강산 신계사에도 있다가 해주에서 외국인이 하는 요양원에도 5년이나 있었는데 차도가 없더라고요. 그런데 수유리 봉황각 뒤 골짜기에서 4년간 수련하던 중에 어느 날 수련하러 오셨던 한 원로 할머니께서 수운 대신사가 하듯 영부를 태워서 먹으라고 말씀해 주시더군요. 그렇게 몇 번 먹고 올봄에 정말 거짓말처럼 다 나았어요."

"그래? 진심으로, 깊은 마음으로 받아들이니 그렇게 되었군. 참말 감사하네. 그런데 용담정엔 웬일로?"

"10년간 병 때문에 아무 일도 못 했잖아요. 이제 마흔 일곱이에요. 제2의 인생을 산다 생각하고 어머님 곁에서 이번 겨울을 나면서 새롭게 출발하기 위한 기운을 모으고 싶어서요. 수운 대신사의 기운도 느끼고 싶고요."

"그래. 잘 왔네. 열심히 공부하고 가게."

"순철은 이번 연초에 귀국한 뒤에 만났지요. 순열 양은요?"

"응. 순철은 곧 중앙보육학교에 나가게 된다더군. 순열이는 이태 전에 구암장(김연국) 중매로 착실한 젊은이하고 혼인을 했는데 신랑이 얼마 안 있다가 세상을 떠나고 말았다네. 최근에 대구서 한약방을 하는 사람에게 재가했지. 잘 살고 있는 모양이야."

"아. 그랬군요. 이제 땔나무는 걱정 마세요. 제가 몇 년 치는 해 놓고 가겠습니다. 하하…."

"그럼 고맙고…. 참, 자네가 김구 선생한테 내가 용담정에 있다고 했나?"

"아. 예! 수년 전에 아버님과 해주에 한 번 오셨더라고요. 김구 선생한테서 무슨 연락이라도?"

"아니, 그저, 뭐…."

"뭐 좋은 일 있었던 거 아니에요?"

"예끼, 이 사람아. 좋은 일은 무슨…. 나중에 아마 두 사람이 함께 할 중요한 일이 있을 것이네."

말을 마친 윤의 얼굴에 잠시 그림자가 드리워졌다.

"수운 선생님이 그러셨지요. 우리 도는 모두 운수로 된다고. 팔짱끼고 엉터리없는 조화가 생기길 기다릴 게 아니라 이 운수의 앞머리에 나서서 분주하게 움직여야 한다고. 정말로 운수를 탄 사람은 가만히 있지를 못한다고요."

"그러셨다지. 그래 그런 뜻을 잘 이해하고 있으니 사람들이 자네에게 '조선 사회의 지보(至寶)'라거나 '천심을 잃지 않는 진인(眞人)'이라고 하는 게야."

윤이 만족한 듯 미소를 짓고 김기전을 바라보았다.

"아이고 별말씀을. 이곳에 있는 동안 어머님께 많이 배우겠습니다."

새벽에는 청수를 떠 놓고 함께 심고를 했다. 몇 년 치 땔감을 약속했던 소춘은 눈이 오기 전까지 그 말을 실행에 옮겼다. 윤이 쉬엄쉬엄하라고 말렸지만 소춘은 건강해진 몸으로 육체노동을 하는 기쁨이 얼마나 큰지 모른다고 웃으며 말했다.

조용한 시간이 돌아오면 각자 기도를 하거나 궁금한 것을 서로 묻기도 했다.

"자네는 심고를 왜 한다고 생각하나?"

"심고는 무슨 일을 할 때마다 정성스레 내 안에 계신 한울님에게 무엇을 시작하겠다고 아뢰는 일 아닙니까? 자기 행위 일체를 한울님께 보고하면서 시작과 끝의 근거를 분명히 하는 유일한 방법이라 생각하지요. 두서없는 머리와 단락 없는 행동이 사라지고 내 주의에 대한 목적의식을 고조시키고 분명하게 만들어 주지요."

"아이고 야무져라. 역시 개벽사 주필이라 다르구먼. 하하."

"어머님은 여기 들어오신 지 얼마나 되셨지요?"

"쉰넷에 들어왔는데 지금 예순넷이니 10년이나 되었구먼."

"혼자 외롭거나 불편하지는 않으셨어요?"

"이 주변을 돌아보게. 풀, 나무, 새, 반딧불이며 귀뚜라미…. 얼마나 많은 생명들이 함께 있는지 모른다네. 그러니 외로울 리가 있는가? 게다가 경전 속에는 수운 어르신도 계시고 아버님도 계시지. 아침에 용담정에 청수를 떠 놓을 때면 80년 전에 이곳에 살아 돌아다니셨을 수운 어르신과 그 가족들 생각도 하게 된다네."

"아, 제가 14년 전에 저 산 아랫동네에서 수운 대신사 수양녀인 주씨 할머니하고 문답을 나누고 『신인간』에 기사를 쓴 적이 있어요. 그때 할머니 연세가 81세라고 하셨지요."

"노비로 살다가 수양딸이 되셨다는 그분? 그러면 주씨 할머니도 이곳에서 사셨겠구먼. 그래 어떤 말씀을 하시던가?"

"대신사님이 혼인 후에 아이 없이 집을 떠나 장삿길에 나섰을 때 울산 친정 동네에서 살던 박씨 사모님이 세 살짜리 아이를 데려다 키우셨대요. 그 집 수양녀가 되어 열여덟 살에 수운 대신사가 서울로 잡혀가시던 때까지 함께 살았으니 15년을 함께 사셨다더군요."

"그러면 집안 사정을 아주 잘 알고 계셨겠네. 수운 어르신은 어찌 생기셨다던고?"

"아주 잘 생기셨대요. 곧은 콧대가 높고 눈은 어글어글하고 키는 중간쯤 되셨고요. 주씨 할머니는 가족들과 헤어진 후 여기저기 많은 곳을 다니며 고생했는데 그 어른 비슷한 이도 만날 수 없었다고 하셨어요. 그렇게 잘 생기셨다는 거지요. 누구라도 오랫동안 얼굴을 마주 바라볼 수도 없었대요."

“오. 그렇게 잘 생기셨구먼. 수운 어르신이 집에서는 뭘 하고 어찌 지내셨다던가.”

“어려서는 집 안에서는 잘 못 뵈었고 그분이 열세 살에 그 가족 모두 용담으로 다시 이사해 들어왔는데 그 후에는 줄곧 집에 계셨답니다. 언제나 책을 보셨다지요. 부인과 아이들은 안방에서 살고 대신사님은 사랑에서 지내셨는데 자다가 일어나 보면 아직도 책을 보고 계셨고 새벽에 일어나 주무시겠지 하고 그 앞을 지나가다 보면 벌써 일어나 책을 보고 계셨다고 해요.”

“세상에…. 그렇게 볼 책이 많으셨을까?”

“사랑방은 온통 책이었다는군요. 여자도 글을 알아야 한다며 자기에게도 글을 배우라고 하셨다는데 그냥 달아나고 말았대요. 나이 들어 생각하니 후회가 막급하더라나요.”

“맞아요. 나도 글을 배우지 않았다면 얼마나 깜깜한 세상을 살았을까 생각할 때가 있지. 용담유사에 보면 수운 어르신 도통하실 적에 박씨 사모님하고도 순탄하지는 않았던 모양이던데 부부 사이는 어땠다고 하던가?”

“경신년(1860) 4월에 하늘로부터 도를 받으셨잖아요. 옆의 사람은 들리지 않는 소리를 들었다 하고, 보이지 않는 빛을 보았다 하고, 몸이 좋아진다며 종이에 그림을 그려서 태워 물에 타 마시고…. 이러니 옆에 있던 사람들은 미친 게 아닌가 싶었던가 봐요. 사모님이 ‘계속 그럴 거면 나는 이제 물에라도 빠져 죽겠다.’고 밤중에 뛰어나가시고는 했대요. 그러면 대신사께서 버선발로 쫓아 나가서 붙잡고 자세자세히 무언가를 설명하시더랍니다. 그렇게 하기를 한 달쯤 갔는데 부인이 나중에는 눈물을 흘리시더래요. 미친 줄 알았는데 그 밖의 일상생활에선 이상이 보이지 않고 차근차근 하는 그 이야기들이 서서히 이해가 가니까 완전히 감화가 되었던 모양이에요. 그다음부터는 남편에게 한 번도 눈살을 찌푸린 적이 없대요."

"그다음부터는 훌륭한 내조자가 되셨겠네. 아니 첫 번째 제자가 되신 거로군."

"예. 경주에 신인(神人)이 났다며 하루에도 손님이 백여 명씩 찾아왔대요. 아침부터 저녁까지, 저녁에서 아침까지 늘 밥을 지었는데 늘 환한 얼굴이셨다지요."

"그렇게나 손님이 많았다고? 어떻게들 알고 왔을까?"

"이 용담 계곡 마룡동 일대가 대신사를 찾아오는 사람으로 그득 찼대요. 한 번 다녀간 사람들이 사방팔방 소문을 냈던가 보지요? 시도 때도 없이 아침부터 밤까지 찾아왔다지 뭡니까? 와서는 하룻밤을 자기도 하고 여러 날을 자기도 하고…. 그래서 사모님과 수양녀가 조리로 쌀을 일어 대느라 손목이 떨어질 정도였답니다."

"그 밥을 우리 아버지도 얻어 자셨겠네."

"그랬겠지요. 그리고 그 많은 사람들 중에서 도통을 전수받는 으뜸가는 제자가 되셨구요."

기전의 말에 아버지에 대한 감사함으로 윤의 눈매가 잠시 촉촉해졌다.

“대체 그 쌀들은 어디서 나구?”

“찾아오는 사람들이 빈손으로 오지는 않았나 봐요. 곶감이나 꿀 같은 걸 가지고 오면 그걸 쌀로 바꾸기도 하고…. 곶감을 나누어 먹고 곶감 꽂았던 싸릿가지를 울타리 밖에 쌓아 놓으면 아랫동네에서 나무하러 산에 올라가던 일꾼들이 산으로 안 가고 그 싸릿가지를 한 짐씩 지고 가곤 했다니 얼마나 손님이 많았는지 상상도 못할 정도지요.”

“와서 자는 사람들이 그렇게 있으면 잠자리는 어떻게 했을꼬? 근처에 인가도 없었을 텐데?”

“당시 용담정은 안채가 네 칸, 부엌이 한 칸, 사랑이 두 칸 반, 마루가 한 칸, 곳간이 한 칸이었는데 식구들 쓰는 안방 한쪽을 빼고는 모두 손님들이 들어찼대요.”

“손님들이 찾아와서 무엇을 했다던가?”

“수양녀야 늘 손님들 뒤치다꺼리를 해야 하니 자세한 것은 알 수 없지만 신이 내린 사람이라니 무슨 이야기를 하나 듣고 싶어 하는 사람들이 많았고 개인적인 고민을 해결하는 데 도움을 얻으려는 사람도 있고 병이 들어 나으려고 온 사람도 있었다고 해요.”

“평등한 세상, 개벽세상도 이야기하셨을 터인데 그런 이야기를 싫어하는 사람들도 있었을걸?”

“그렇지요. 양반들, 특히 최씨 문중의 양반들이 많이 험담을 했다더군요."

"그러게…. 유명해지면 가까운 곳에서 시샘을 하기 마련이지. 게다가 양반들은 대신사가 평등 세상을 말씀하는 것도 위험하다고 생각했을 테니까."

"그래서 양반들이 관에다가 상소문을 올리고 수운 대신사를 못살게 굴었던가 봐요. 결국 그 때문에 돌아가셔야 했지요. 하지만 이곳에 계신 동안 평등 세상을 이야기하고 앞으로 어떤 세상이 될 것이며 그런 세상을 만들기 위해 무슨 일을 해야 한다는 이야기들을 하셨으니 그걸 반기는 사람들도 엄청나게 많았을 겁니다. 사람으로 태어나 온갖 차별을 겪고 화나고 슬프고 낙담해 있던 사람들에게 대신사의 말씀은 큰 희망이 되었을 것이에요. 세상에 태어나 누구도 가르쳐 주지 않았던 이야기들을 들으니 사람들이 신기하고 반가워서 구름 떼처럼 몰려든 것 아니겠어요?"

"세상에 바로 이곳에서, 우리가 발 딛고 있는 이곳에서 그런 일들이 벌어졌다는 말이지?"

"그렇군요. 그러고 보니 바로 이곳에서 그런 일들이 벌어졌었군요. 새삼 제가 수운 대신사의 기운이 서린 곳에 있다는 것이 실감나네요."

"용케도 그 팔십 노인을 찾아내어 이야기를 들었구먼. 수양녀를 만나지 않았다면 이런 이야기들이 모두 묻혀 버렸을 터인데. 과거를 들추어 이모저모를 알아본다는 것이 또 이렇게 가슴 벅찬 일일 줄 몰랐네."

"그러게 말이지요. 대신사의 종증손인 최현우라는 분이 그 자리를 마련하느라 중간에 애를 써 주었지요. 할머니는 대신사의 수양녀라 하여 관에서도 오래 쫓기셨대요. 그러니 오죽 고생이 많았겠어요? 그래서 할머니에게 '일본놈들 치하이기는 하지만 요즘 조선 사람들은 대개 다 대신사의 가르침을 받고 있지 않습니까? 그래서 많은 사람들이 나를 시켜 할머니를 만나 말씀을 들어 오라 해서 이렇게 더운 날, 불원천리 먼 길을 찾아왔습니다. 이 자리에서 들은 말씀을 잡지책에 쓰려고요.' 했더니 할머니가 '정말 세상이 그렇게 바뀌었는가? 그럼 지금 내가 한 이야기가 많은 사람들에게 알려진다는 말인가?' 하면서 어린애 같이 좋아하시며 웃으셨지요. 참말 어린애처럼 밝은 얼굴을 하셨는데…. 지금은 돌아가셨겠네요."[58]

"그럼. 살아 계시다면 100세 가까우시겠는걸. 자네를 만나 이야기를 들려줄 때까지 살아 계셨다는 것도 감사하고, 돌아가시기 전에 귀한 말씀을 받아 책으로 남긴 자네의 수고도 감사한 일이네. 글로 기록이 남아 후손에게 전해진다는 건 참으로 감사한 일이야."

김기전이 호롱불 심지를 끌어 올리며 말을 이었다.

"이제는 어머님 이야기를 듣고 싶네요. 여기 사시며 보통 하루 일과는 어찌 보내셨어요?"

"아침에 일어나면 먼저 샘에 가서 청수를 떠 놓고 심고를 드리지.

오늘 하루도 감사히 잘 살겠습니다, 하고. 그러고는 동쪽, 서쪽, 남쪽, 북쪽을 향해 합장하며 감사를 드린다네."

"어떤 감사를 드리시는데요?"

"존재하는 모든 성자들, 신들을 생각하며 감사드리고, 알고 있는 사람들을 하나하나 떠 올리며 축복을 보내지. 인류의 시조부터 가뭄과 홍수와 기근과 온갖 재해를 견디고 살아남아 이내 몸까지 스며들어 나를 만들어 준 생명의 조상들에게 감사드리고, 아픈 사람들을 하나하나 떠올리며 그들의 쾌유를 빌어 주고."

"아…."

"돌아가신 부모님, 산에서 들판에서 스러져 간 동학도들, 자유로운 영혼으로 살고 싶어 탐욕스런 자들에게 저항하다 희생당한 사람들을 생각하며 기도하고 하늘, 땅, 태양, 별, 구름, 비, 바람…. 삼라만상에 감사의 마음을 보내요. 그리고 마지막으로 무기를 만들어 내는 작자들이 사라지기를, 무력을 통해 이익을 보는 자들이 없기를, 세상에 감사와 평화와 축복만이 넘쳐 나기를 깊이 기도하고 기도하지."

"마지막으로 무기에 대해 생각하시는 이유가 있나요?"

"아버지와 동학도들을 생각하면 참으로 귀한 사람들이었다는 생각을 하지. 내가 어려서부터 보아 왔던 아버지의 제자들이나 열여섯 되던 해에 보은 집회에서 만났던 수만 명의 동학도들은 참으로 아름다운 사람들이었네. 점잖고, 따듯하고, 곧고, 서로를 돕고…. 그런데 그 많던 사람들이 갑오년(1894) 한순간에 모두 사라지지 않았나? 그들을 한순간에 모두 사라지게 만든 건 일본놈들이 가지고 온 총 때문이 아닌가 말이야. 그놈들은 그 무기 앞에 속절없이 스러지는 조선인들을 보며 끝없는 자만심을 갖게 되었을 거야. 온 세상을 차지할 수 있다는 욕심이 부풀어 올랐겠지. 그러니 어떤 주저함도 없이 지금까지 끊임없이 전쟁을 벌이면서 끊임없이 생명을 죽이고 있는 거 아닌가. 앞으로도 신식 무기는 계속 만들어지게 될 걸세. 그리고 강한 무기를 가지고 있는 자는 다른 나라들을 공격하려 할 것이고 나라마다 끊임없는 무기 경쟁을 하게 될 거야. 생명 소중한 걸 모르고 다른 존재들을 귀하게 생각하지 못하는 거…. 그게 내 제일 큰 걱정일세. 그러니 나만이라도 이 자리에서 평화로운 세상을 위한 기도를 깊고도 깊게 해야겠다는 생각이네."

"저도 내년 봄까지 여기 있는 동안 기도의 깊이를 더해야겠어요. 그런데 맹수련을 하려면 어찌해야죠?"

"우선 중하게 맹세를 해야 하네. 작심을 하고…. 그러고는 절대 경건한 마음, 지극한 정성과 지극한 공경심을 내고. 주문을 외울 때는 지극히 엄정해서 주문이 반드시 내 몸 안에 있게 해야 하네. 앵무새처럼 입에서만 내보내지 말고."

"그렇죠. 가끔 뜻도 잊고 기계적으로 할 때가 있었어요."

"간절하고도 간절한 마음이 있어야 해. 감사를 말하고 축복을 말하면서 건성건성 하지 말고."

"아, 가끔 감동이 깊어지면 머릿속 깊은 곳에서 찌르르 울림이 생기더군요."

"그렇지. 깊은 마음으로 내 몸 전체에서 공명이 일어나도록 하늘에 대한 한없는 감사와 사람에 대한 큰 공경심과 만물에 대한 강한 일체감을 가지고…. 이렇게 지극히 절실한 마음으로 일정한 기간 동안 간절하고 간절하게 침식을 잊다시피 하고 나면 그 뒤로는 잠깐잠깐 동안의 일상적 수련을 해도 좋은 결과를 얻을 수 있을 게야. 경전을 읽으며 수운, 해월 선생을 친히 만나고 있다는 생각을 하면 그게 한울님, 스승님과 하나가 되는 방법이니 얼마나 감사한가."

"소원도 비나요?"

"밭을 간 뒤에 종자를 안 심으면 곡식이 생겨나나? 간절한 기원을 해야지. 그러나 간절한 기원 중에 가장 으뜸인 것은 자기 안에, 이웃 안에, 만물 안에 한울을 발견하고 그것이 커지길 서원하는 것이야. 무한한 자유와 무한한 평화와 무한한 사랑으로 가득 찬 한울!"

최윤이 일방적으로 도움을 주기만 하는 것은 아니었다. 열다섯까지 서당에서 한문 공부를 하고 후에 법학을 전공했던 소춘은 『참전계경』에 나오는 낯선 한문에도 막힘이 없었다. 봄이 되어 떠날 때까지 아들처럼 살갑게 굴었던 소춘은 좋은 제자이자 좋은 스승이 되었다.

자갈밭 해당화 같은 내 자식들[59]

윤은 자기의 영이 점점 맑아져 간다는 생각을 했다. 깊은 기도 속에서 깊은 침묵 속에서 천어가 떠오르고는 했다. 1945년 봄에 용담정을 벗어나 경주 시내 성건동 조카 최남주 집에 들렀더니 조카며느리 이원임이 끼니 걱정을 하고 있었다. 일제가 예전보다 더 가혹하게 샅샅이 뒤져 빼앗아 가던 시절이었다. 놋그릇도 수저도 남아 나지 않았다.

"조금만 견뎌 보시게. 이번 여름에 일제가 패망할 것이네. 올여름에는 찹쌀로 떡도 하고 고깃국도 먹을 수 있을 게야."

"예? 정말 일본이 망해요? 몇 달 있으면? 아이구 그리되면 얼마나 좋아. 안 먹어도 배가 부르겠네!"[60]

몇 달 뒤 윤의 말대로 일본은 두 손을 바짝 들었다. 소련이 대일 선전포고를 하고 미국이 원자폭탄 두 개를 일본 땅에 터뜨린 직후였다.[61]

감옥에 있던 좌익사상범 2만여 명이 풀려 나왔다. 일제가 식민 강점에서 손을 뗄 때까지 마지막까지 일본을 골치 아프게 했던 세력으로 거의 유일했던 독립운동 세력이었다. 여운형이 해방되자마자 발빠르게 건국준비위원회를 구성해서 전국에 1,400개의 지부를 확정하고 자주적 질서 활동을 순조롭게 진행해 나갔다. 그들은 전국에서 선출된 600여 명으로 전국인민대표자회의를 꾸리고 조선인민공화국 조직 법안을 마련하여 9월 6일 조선인민공화국의 수립을 선포했다.

그러나 한 달 전인 8월 11일 미 육군성 작전국의 대령 두 명은 자기들 마음대로 일제의 무장해제를 위해 미군과 소련군과의 작전 범위를 정하면서 한반도 지도 위에 38선을 그었다.[62] 9월 8일 인천으로 들어와 9일부터 통치 업무를 개시한 미군정청은 10월 10일 여운형의 조선인민공화국 승인을 거절했다. 그들의 곁에는 이승만이 있었다. 미국은 세계대전 이후 강대국으로 부상하는 소련을 견제하기 위해 한반도에 친미 국가를 세워야 했고, 가장 적임자로 국내 지지 기반이 취약하다는 결점에도 불구하고 영어로 소통이 되는 친미 성향의 이승만을 꼽았던 것이다. 12월의 모스크바 3상회의에서 한반도의 5년 신탁통치가 결정되자, 자주독립을 외치는 국민들의 반탁 투쟁이 일어났고, 그것이 단지 후견만을 뜻하는 것이라며 찬탁을 주장하는 좌파 성향들 사람들과 대립이 생겨났다. 이승만은 발 빠르게 남한만의 단독정부 구상을 밝혔다.

김기전이 위원장을 맡고 있던 천도교 청우당은 단독선거 반대 운동, 좌우합작 운동, 남북 분열 저지에 혼신의 힘을 쏟았다. 편좌 편우 성향을 버리고 절대다수인 민중에 기초하여 대동단결해야 한다고 목에서 피가 터지도록 외쳤다. 김기전의 청우당은 미소양군 동시 철군, 과도정부가 남북통일에 적합할 것, 미소 양군정이 내정간섭을 절대하지 말고 정치적 자유를 부여해야 할 것을 강조하고 또 강조했다.

오랫동안 『개벽』의 주필을 맡았던 김기전의 주장은 명쾌했다. 첫째, 미군정의 차관공여는 그 분배와 사용을 공정하게 하고 이를 공개할 것! 둘째, 차관으로 소비 물자를 들여오지 말고 생필품을 구입하고 수입 종목의 수량을 공표하여 공정 분배하며 건설적인 곳에 쓸 것! 셋째, 일제가 두고 간 적산 처리를 모리배 수중에 넘기지 말고 임시정부 수립 이후로 미룰 것! 넷째, 대미 종속의 반공 정권을 기도하지 말 것! 다섯째, 행정권을 인민의 손으로 넘기고 하루바삐 좌우합작 남북통일의 완전한 민주 정부를 수립하도록 할 것! 여섯째, 철도 파업, 경남북 일대 등 국내에서 일어나는 소요는 생활고와 행정 당국에 대한 불만 때문이니 탄압으로 일관하여 사태를 악화시키지 말고 민족상잔의 원인을 만들지 말 것!

소련의 후원과 자주적 질서 인정으로 개혁이 일사천리로 빠르게 진행되었던 북한과 달리, 남쪽에서는 연일 좌우의 이견 대립으로 해결책이 보이지 않았다. 1946년 봄부터 단독정부 수립의 뜻을 드러냈던 이승만 계열은 1947년이 되자 점점 더 노골적으로 남북의 분리를 주장했다.

김기전은 최대의 역사적 사명인 남북통일의 민주 정부를 수립하기 위해, 거족적인 민족협동전선을 위해 상대방의 과오를 용서하자며 우익과 좌익을 향해서 간절한 마음을 담아 호소했다.

첫째, 우익은 봉건적 매판적 성격을 청산하고 일보 전진하라! 둘째, 좌익은 공리적 돌진에서 민족혁명 본진에 돌아오라!

그러나 1947년 7월 여운형이 암살당했고, 김기전은 북쪽으로 올라가 단독선거를 막으려는 시위를 준비하다가 1948년 3월 행방불명이 되었으며, 그해 8월 남에는 이승만을 대통령으로 하는 단독정부가 들어서고, 9월에는 북에도 김일성의 단독정부가 들어서 버렸다. 그 뒤에도 통일정부의 열망을 버리지 못하고 통일정부를 만들기 위해 애썼던 김구는 1949년 6월 육군 소위 안두희에게 살해당했다.[63] 소련을 등에 업고, 미국을 등에 업고 반쪽만이라도 확실하게 제 권력 아래 두고 싶었던 양쪽의 세력들은 그렇게 여운형도, 김기전도, 김구도 처치해 버리고 스스로 괴물들로 변해 갔다.

한반도가 이렇게 소용돌이칠 때, 패망국 일본으로 건너간 미국의 점령군 사령관 맥아더 장군은 왕궁 인근에 '연합군 최고사령부'를 설치했다. 맥아더는 일황을 전범으로 처벌하지 않고 천황제를 유지시켰다. 도조 히데키 등 14명이 A급 전범으로 처형될 때 아시아에서 2천만 명을 살육한 일본군의 최고 책임자였던 히로히토 일황은 손가락 하나 다치지 않았다.

일찍이 미국의 루스벨트 대통령은 일본 사무라이 정신을 높이 숭상했고 일본인을 좋아했다. 동북아시아의 정책 방향을 일본의 세력을 키워 러시아를 견제하는 쪽으로 정리했다. 조선인은 스스로를 방위할 힘이 없으니 한반도 지배권을 일본에 주어야 한다고 했다.[64] 루스벨트 지시를 받은 육군 장관 태프트는 1905년 도쿄에서 일본 총리

가쓰라(桂太郎)를 만나 비밀 협약을 맺었다. '가쓰라-태프트 밀약'의 골자는 '일본은 필리핀에 대한 미국의 지배를 확인한다. 미국은 조선에 대한 일본의 지배를 확인한다.'였다.

그 때문이었을까? 일본에서 맥아더는 물렁팥죽이었다. 중국 하얼빈에서 마루타(통나무)처럼 2만 6천 명을 산 채로 잔혹하게 이리 찢고 저리 잘라 실험한 뒤 쓰레기 처리를 했던, 인류 역사상 가장 잔인한 부대로 유명한 일본 731부대 관련자 모두는 미국과 실험 자료를 공유하는 대가로 천수를 누리며 살아남았다. 맥아더가 6년의 통치를 마치고 일본을 떠날 때 하네다 공항에는 100만 명의 환송 인파가 몰려들었다.[65]

점령국인 미국에 대한 일본인들의 평가가 저토록 호의적이었을 때 한국에선 그와 다른 경계의 소리가 높아져 갔다.

미국놈 믿지 말고 소련놈 속지 마라.

일본놈 일어난다 조선 사람 조심해라.

해방 정국의 혼란 속에 널리 퍼졌던 이 소리는 시간이 흐르면서 점점 더 섬뜩하게 조선 민중들의 가슴을 파고들었다.

사랑하는 사람들을 가슴에 묻고

해방 후에 윤이 모처럼 서울 나들이를 하면 천도교 원로 간부들은 도력 높고 지혜가 출중한 윤을 서로 집으로 모시려고 했다. 정순철은 삼청동 35번지에 세를 얻어 일곱 아이들과 아홉 식구가 살았다. 집주인이 월북하면서 집을 싸게 내놓았는데 상업학교 졸업 후 은행에 취업한 첫째 아들 문화가 대출을 받아 그 집을 샀다. 은행에 처음 출근하던 날, 입을 옷이 없어 아버지의 헌 양복을 궁둥이며 팔꿈치며 재봉틀로 들들 박아 입고 출근했던 문화가 허리띠를 조르고 애를 쓴 덕분에 정순철 생애에 처음으로 제집을 갖게 된 것이다. 문화가 아버지 이름이 적힌 집 등기를 전하자 정순철은 그것을 손에 받아 쥐고 뛸 듯이 좋아했다.

어려서 외롭게 컸던 순철이 자신이 낳은 7남매에 둘러싸여 다복하게 사는 걸 보는 건 얼마나 감사한 일인지. 그러나 서울을 비롯해 한반도는 역사의 회오리 속에서 심한 몸살을 앓고 있었다. 이견을 조율하지 못하고 서로 죽이고 죽는 살벌한 상황이 계속 이어졌다. 김구의 암살 소식이나 행방불명되어 틀림없이 누군가에게 살해되었을 김기전의 소식을 들었을 때는 윤의 머릿속이 하얗게 바래어갔다. 윤은 깊은 슬픔을 가슴에 묻었다.

윤은 1949년 겨울 문턱에 경주시 성건동의 조카 집을 찾았다. 조카

며느리 이원임은 콩을 고르고 있었다.

"뭐 하시는가?"

"아유, 어서 오세요. 메주를 쑤려고요. 내년 먹을 간장, 된장을 담으려면…."

"아니. 내년엔 온통 아수라장이 될 걸세. 담아 놓은 간장 된장 먹을 시간도 없을걸?"[66]

"지난번 일본놈들 망하기 직전에 말씀하신 건 확실하게 맞추셨는데 이번에는 맞을까 봐 걱정이네요. 온통 아수라장이 된다면 전쟁이 날까요?"

"글쎄…. 걱정이구먼. 같은 민족 간에 아주 큰 미움의 싹이 트게 될 거야. 미움이란 서푼어치도 값어치가 없는 것을…."

미군정은 해방 후에도 일본 정보과 경찰들을 몇 달 동안이나 곁에 두고 있었다. 일제 때 '사상경찰의 악마'라고 불리던 사이가 시치로(齊賀七郎)가 종로의 집 근처에서 총에 맞아 죽은 것은 해방 후 석 달이 다 되어 가는 11월 2일이었다. 일본 경찰이 만든 요시찰 인물 명단은 고스란히 미군정의 요시찰 인물 명단이 되었고 그대로 이승만에게 인계되었다. 미군정과 국내 지지 기반이 없어 친일파 조직과 손잡은 이승만은 정판사 위폐 사건을 조작했다. 그리고는 사회를 혼란케 하니 좌익 세력을 일체 소탕해야 한다며 일제 때부터 독립운동에 매진했던 수많은 사람들을 다시 감옥에 가두었다. 자주독립을 꿈꾸며 일본에 저항했던 수많은 문인, 예술가, 운동가들, 집집마다 글깨나 쓰고 말깨나 한다고 했던 사람들이 해방의 벅찬 감동을 누리기도 전에 다시 체포를 피해 북으로 북으로 썰물처럼 빠져나갔다.

1950년 6월 25일. 남과 북 사이에 전쟁이 시작되었다. 이승만은 이틀 뒤인 6월 27일 내각에 알리지도 않고 몰래 네 명의 수행원만 데리고 한강을 넘어 남쪽으로 도망간 뒤, 밤부터 녹음테이프에 녹음한 목소리로 서울 시민에게 안심하라고 수차례 방송하고, 다음 날 새벽 두 시 한강 다리를 폭파했다.

전쟁 시작 후 제일 먼저 미군정과 이승만 정권이 감옥에 가두었던 좌익수들이 희생되었다. 7월 초 충청남도 대덕군 산내면 낭월리 뼈잿골로 이송되어 살해된 좌익수는 수천 명. 이승만은 '좌익 사상에 물든 사람들을 사상 전향시켜 이들을 보호하고 인도한다.'는 구실로 국민보도연맹을 만들어 식량 배급이라는 유인책과 지역별 할당제라는 채찍 정책을 병행하여 등록하게 한 뒤 6 · 25가 터지자 20만~50만의 연맹원들을 산에서 바다에서 집단 학살했다.

게다가 9 · 28 서울 수복 후 돌아온 이승만은 한강 다리 폭파로 어쩔 수 없이 서울에 남겨졌던 시민들을 석 달 동안 북한에 협력했다는 이유로 처벌하고 처형했다. 분단의 비극이 한반도에 참혹한 어두움을 드리웠다.

전쟁 통에 남과 북의 젊은이들은 부치지 못한 편지를 접어 군복 주머니에 넣고 어머니를 부르며 죽어 갔다.

8월 10일 목요일 쾌청.

어머니, 나는 사람을 죽였습니다.

그것도 돌담 하나를 사이에 두고. 10여 명은 될 것입니다.

나는 4명의 특공대원과 함께 수류탄이라는 무서운 폭발 무기를 던져 일순간에 죽이고 말았습니다.

수류탄의 폭음은 나의 고막을 찢어 버렸습니다.

지금 이 글을 쓰고 있는 순간에도

귓속에는 무서운 굉음으로 가득 차 있습니다.

어머니, 적은 다리가 떨어져 나가고 팔이 떨어져 나갔습니다.

너무나 가혹한 죽음이었습니다.

아무리 적이지만 그들도 사람이라고 생각하니 ,

더욱이 같은 언어와 같은 피를 나눈 동족이라고 생각하니

가슴이 답답하고 무겁습니다.

어머니,

전쟁은 왜 해야 하나요?

이 복잡하고 괴로운 심정을 어머님께 알려 드려야

제 마음이 가라앉을 것 같습니다.

저는 무서운 생각이 듭니다.
지금 제 옆에서는 수많은 학우들이 죽음을 기다리는 듯
적이 덤벼들 것을 기다리며 뜨거운 햇볕 아래 엎드려 있습니다.
적은 침묵을 지키고 있습니다. 언제 다시 덤벼들지 모릅니다.

적병은 너무나 많습니다.
우리는 겨우 71명입니다.
이제 어떻게 될 것인가를 생각하면 무섭습니다.
어머니, 어서 전쟁이 끝나고 어머니 품에 안기고 싶습니다.

어제 저는 내복을 손수 빨래해서 입었습니다.
물내 나는 청결한 내복을 입으면서 저는 두 가지 생각을 했습니다.
어머님이 빨래해서 주시던 백옥 같은 내복과
내가 빨래해서 입은 내복을 말입니다.
그런데 저는 청결한 내복을 갈아입으며
왜 수의를 생각해 냈는지 모릅니다.
죽은 사람에게 갈아입히는 수의 말입니다.

어머니, 어쩌면 제가 오늘 죽을지도 모릅니다.
저 많은 적들이 그냥 물러갈 것 같지는 않으니까 말입니다.
어머니, 죽음이 무서운 게 아니라

어머님도 형제들도 못 만난다고 생각하니 무서워지는 것입니다.
하지만 저는 살아 가겠습니다. 꼭 살아서 가겠습니다.
어머니, 이제 겨우 마음이 안정되는군요.
어머니, 저는 꼭 살아서 다시 어머님 곁으로 가겠습니다.

상추쌈이 먹고 싶습니다.
찬 옹달샘에서 이가 시리도록 차가운 냉수를
한없이 들이키고 싶습니다.
아!
놈들이 다가오고 있습니다.
다시 또 쓰겠습니다.

어머니 안녕! 안녕!
아, 안녕은 아닙니다.
다시 쓸 테니까요…. 그럼.[67]

아들 순철을 가슴에 묻다

정순철은 1950년 9월 28일 서울 수복일, 근무하던 성신여고를 지키고 있다가 학교로 찾아온 제자들을 따라 북의 변화를 보고 오겠다며 어머니와 처, 그리고 다섯 살 된 막내까지 일곱 남매를 남쪽에 남겨 두고 북으로 올라갔다. 그러고는 소식이 끊어졌다.

스물다섯 살 난 순철의 장남 문화가 용담정으로 할머니 윤을 찾아왔다.

"할머니, 아버지께 문제가 생겼나 봐요. 9월 말에 제자들을 따라 북에 다녀오신다고 올라가셨다는데 몇 달이 지나도 소식이 없네요. 엄청나게 많은 사람들이 북으로 올라가다가 미국 폭격기에 죽었다고 하던데…."

"그래. 무지막지하게 폭탄을 퍼부었다는 소식은 나도 들었다."

"아버지는 무사하실까요?"

"네 아버지는 무사할 테니 걱정 말고 돌아가거라. 막내가 지금 다섯 살이지? 아버지 안 계신 동안 네가 어머니랑 동생들을 잘 돌보아 주면 좋겠다."

윤은 걱정을 안고 산을 내려가는 손자 문화의 뒷모습을 오래도록 지켜보았다. 손자에게는 그렇게 말할 수밖에 없었지만 윤은 알고 있었다. 아들이 끝내 가족의 품으로 돌아오지 못하리라는 것을. 윤의 가슴속에 또 하나의 커다란 무덤이 생겼다.

전선이 38선 부근에서 교착상태에 빠진 가운데 국내적으로는 대통령 선거가 돌아왔다. 이승만은 자유당이 열세이고 무소속이 60%를 차지하는 국회에서 규정대로 간접선거를 하게 되면 대통령 연임이 힘들 것을 예상하고, 국회를 해산하기 위해 전쟁으로 서울 경기 강원에서 연일 대격전이 벌어지고 있던 1952년 4월 난데없이 지방회의 선거를 실시했다. 격전지 일부를 제외한 17개 시, 72읍 1,308면에서 시읍면의회 의원 선거를 실시하고, 5월엔 시읍면장 간접선거와 도의원 선거를 실시했다. 지방의회는 급조된 지 한 달 만에 '상부로부터 내려온' 〈국회해산 즉시 총선거 실시 결의문〉을 채택하여 정부에 제출했다. 이승만이 대통령 연임을 위해 전쟁 중임에도 지방의회를 급조하여 거수기로 이용한 것이다.[68]

1953년 7월 27일 남과 북에서 각각 백만 명 이상을 희생시키고 전쟁이 끝났다. 아니 종전이 아니라 휴전이다. 미군도 3만 명이 넘게 죽었고 중공군도 수만 명이 죽었다. 시체가 너무 쌓여 국군은 시체를 불도저로 밀어내며 전진해야 했다. 화천댐(파로호)에는 물 반 시체 반, 3만 8천 명의 중공군이 수장되었다고 했다.

전쟁 전후 납북자, 월북자 수는 수만 명. 본인이 밝히기 전에는 납북인지 월북인지 단언할 수 없었다. 외세의 간섭 없이 새 세상을 꾸린다는 북한을 보기 위해 잠깐 다녀오려 했던 사람들도 있을 것이다. 많은 수가 북으로 올라가는 중 엄청난 폭격에 희생되었다. 북에 도착하여 가끔 자기 역할을 다하고 사는 사람도 있었지만, 월북 과정에서 또는 정착 후 숙청 과정에서 수많은 사람들이 일제 스파이, 미제 스파이, 가치관의 불철저 등의 혐의를 쓰고 비명횡사하고 말았다. 남에서 북에서 많은 이들이 그들을 거부하는 한반도에서 떠나야 했다. 그들의 이름은 남쪽에서는 오랫동안 입 밖에 내어서는 안 되는 금기어가 되었다.

정순철, 정지용, 이태준, 홍명희, 홍기문, 임화, 지하련, 박팔양, 오장환, 김억, 김동환, 박영희, 김기림, 이용악, 박태원, 설정식, 신고송, 김원봉, 박세영, 김동석, 김순남, 안기영, 안성현, 박은용, 김창조, 이쾌대, 김철수, 박동실, 김제술, 김약수, 김웅, 이강국, 김명시, 김형선, 박진홍, 백남운, 조운, 이기영, 한설야, 유진오, 김복진, 김삼용, 성면현, 이동규, 김호영, 이준태, 김철원, 유혁, 김웅빈, 최용달, 최익한, 홍증식, 정태식, 박헌영, 김단야, 이승엽, 이현상, 고준석, 김수임, 김재봉, 이관술, 정칠성, 박승극, 홍증식, 김두봉, 김명시, 김원봉, 박영발, 하순주, 김태준, 유영준, 이주하, 허하백, 최승희, 안막, 홍증식, 박두복, 이순금, 박진홍, 임순득, 조봉암, 황태성, 정재달, 박열….

모두 제 부모 눈에는 '자갈밭에 핀 해당화'처럼 예쁘기만 한 자식들이었다.[69]

친일 경찰 청산을 외쳤던 경무부 수사국장 최능진은 친일 경찰을 끼고 도는 이승만과 맞서다가 친일 경찰에 잡혀 9·28 수복 후 '이적

죄'로 사형을 당했다. 억울한 죽음들이 속출하는 가운데 세계를 제패하려는 강대국들의 욕망은 권력 욕심을 가진 남북의 정치가와 통했다. 통일된 독립이나 국민 생명은 안중에 없었다. 소통에 실패한 정치가들은 국민을 전쟁에 몰아넣었다. 전쟁을 통해 얼마나 많은 군인들과 민간인들이 죽어갔던가. 정치가들의 탐욕과 미숙함 때문에 남북 사이에 골이 생겼고, 상처가 깊을수록 이 골은 쉽게 메꾸어지지 못할 것이었다.

감사의 눈물을 닦다

광란의 소용돌이가 잠잠해진 1956년 봄. 용담 계곡에도 따스한 기운이 돌기 시작했다. 새싹들이 기지개를 켰다. 용담정에서 멀지 않은 안강에는 폭탄이 터졌던 곳에도 바로 쑥과 쇠뜨기가 솟아오르더라고 했다. 참말로 고마운 생명들 아닌가. 녹황색 빛을 띤 나뭇가지에서는 꽃망울들이 조용히 꽃잎을 터뜨릴 힘을 모으고 있었다.

며칠 전 윤은 곡식 항아리를 모두 비워 동네 끝 움막에서 혼자 살고 있는 노파의 깨진 항아리에 부어 주었다. 난리 통에 어찌 혼자 흘러 들어오게 된 모양으로, 가끔 들여다보면 쫄쫄 굶고 있는 적이 한두 번이 아니었다. 그에게 며칠 후 내 장례를 치르게 될 터이니 때가 되면 동네 사람들에게 일러 달라고 부탁했다.

집 앞 양지바른 곳에 돌나물이 뾰족뾰족 돋아났다. 아이갸…. 추운 겨울을 어떻게 견뎌 났을꼬…. 매년 보는 것이지만 새싹들은 볼 때마다 신기하고 예쁘기 그지없었다. 몇 천 년 전에도 이랬을 것이고 몇만 년 전에도 이랬을 것이다. 윤은 마루 선반에 올려 두었던 종자 소쿠리를 내려 텃밭으로 향했다. 내가 먹지 못한다 해도 누군가가 먹게 될 것이다. 호미로 밭에 골을 내어 상추와 근대 씨를 뿌리고 가장자리에 호박씨를 묻은 뒤 바가지로 물을 주었다. 바가지에 실금이 보였다. 마루에 앉아 바늘에 무명 실을 꿴 뒤 골무 낀 손으로 바가지를 한 땀 한 땀 꿰매었다. 어찔하며 몸에 열이 올랐다.

79세. 여한 없이 살았다. 고요히 자리를 정돈하고 눈을 감았다. 제일 먼저 보따리 하나 들고 34년을 도망 다니며 좋은 세상을 꿈꿨던 아버지가 떠올랐다. 어머니와 오빠와 연화 언니, 두 분의 손씨 어머니와 태희를 생각했다. 독립된 나라에서 물질의 평등과 정신의 고양된 삶을 꿈꾸며 이국의 병원에서 쓸쓸히 죽음을 맞은 동생 최동희와 온갖 고문의 후유증으로 죽은 동생 최동호가 떠올랐다. 가족과 이웃과 껴안고 웃는 꿈을 안고 스러져 간 수십만의 동학군을 생각했다. 그리고 전쟁 통에 누구보다 사랑했던 아들 순철을 비롯해 아들딸 손주 같은 수많은 젊은이들이 흔적도 남기지 못하고 사라진 것을 생각했다. 어디로 갔는가 내 아들아, 내 딸들아….

탐욕스런 자들은 계속 무기를 생산하며 적을 만들어 낼 것이고 어리석은 지도자는 갈등의 골을 더 깊게 파며 증오를 부추길 것이다.

그러나 지혜로운 대중은 갈등의 골을 메우며 같이 꾸는 꿈을 이루기 위해 애쓸 것이다. 아버지가 닦아 놓은 보석들이 모두 사라진 것 같았지만 젊은 사자들은 다시 태어나고 또다시 태어나지 않던가.

문득, 아버지의 가르침 한 대목이 또렷이 머릿속으로 들어왔다.

'사람이 바로 한울이요, 한울이 바로 사람이다. 사람 밖에 한울이 없고, 한울 밖에 사람이 없느니라. 마음은 어느 곳에 있는가, 한울에 있다. 한울은 어느 곳에 있는가, 마음에 있느니라. 그러므로 마음이 곧 한울이요, 한울이 곧 마음이니, 마음 밖에 한울이 없고 한울 밖에 마음이 없느니라.'

"시천주조화정 영세불망만사지. 한울을 내 가슴에 품고 떠나갑니다. 감사합니다."

눈에서 감사의 눈물이 넘쳐 조용히 귓가로 흘러내렸다. 눈물을 닦았다. 몸에 다시 열이 올랐다. 머릿속이 환한 빛으로 가득 찼다. 환한 빛이 온몸으로 퍼져 나가더니 빛은 하늘과 하나가 되고 우주와 하나가 되어 갔다.[70]

주석

1. 수운이 참형을 당한 1864년 이후 해월이 체포되는 1898년까지 해월은 34년간 대부분의 시간을 피를 말리는 도피생활을 해야 했다. 입도 이후 단양 도솔봉 아래 송두둑에서 김씨 부인과 아이들과 지낸 10년 가까이의 시간이 해월에게는 가장 평온했던 생활이었다.
2. 조선 후기부터 한말 개화기까지 약 200년 동안 20, 30년 간격으로 콜레라, 장티푸스와 같은 전염병이 유행하여 한 해에 수만 명에서 수십만 명이 죽어 갔다.
3. 유태홍은 삼례취회, 동학혁명, 3·1운동, 신간회, 해방 후 남원군 건국위원장을 지내며 일관되게 새 세상을 위한 노력을 그치지 않았다. 광복 후 건국훈장 애족장에 추서되었다.
4. 충청도의 집강 중에서도 문의(오일상, 박상기), 회덕(김복천, 강건회), 회인(강영석, 박성환), 보은(황하일, 임국호), 청산(박태현, 김익균) 옥천(박석구, 이용용), 영동(손인택, 최천식)은 지도자가 두 명일 정도로 동학의 세가 강했다.
5. 동학을 전도한 사람을 연원이라 하고 연원의 안내로 입도한 사람을 연비(連臂)라 한다.
6. 정암, 『백범일지』, 1990, 37쪽. 김구는 갑오년 3월에 해월을 만났다. 북접과 남접이 9월까지 대립하고 있었다고 역사학계는 주장해 왔으나 백범의 자세한 묘사에 따르면 해월은 봄부터 무장봉기를 지지하고 있었음을 알 수 있다.
7. 김석중, 『동비토록』 총서3, 97쪽.
8. 동학 봉기 초기에 해월이 전봉준 쪽과 다르게 대처했다는 점은 사실과 다르다. 전라도에서 1차 봉기가 일어났을 때 해월은 4월에도 기포령을 내려 충청도 각지에서도 수백, 수천 명 단위의 동학농민군이 봉기했다. 『개벽의 꿈』, 박맹수, 모시는사람들, 320쪽.
9. 『취어』 총서 2, 122-123쪽.
10. 『건건록』, 무쓰 무네미쓰, 김태욱 역, 명륜당, 112쪽.
11. 현재 일본수상 아베 신조의 외조부.
12. 『1894년, 경복궁을 점령하라!』, 나카츠카 아키라, 박맹수 역, 푸른역사, 74쪽.
13. 위의 책.
14. 조선총독부는 1913년부터 1917년에 걸쳐 조선 시대 행정구역을 대대적으로,

그리고 인위적으로 통폐합하여 대개편을 했다. 대개편의 명목은 착종된 행정 구역을 합리적으로 정리한다는 것이었지만 실제 속셈은 조선이라는 나라의 '정체성'을 없애고 식민지 지배 체제를 강고하게 하기 위한 것이었다. 조선 말의 '황간군 매하면 오리동'은 일제시대에 들어와 '영동군 매곡면 공수리(梅谷面公須里)와 어촌리(漁村里)' 두 개의 마을로 분할 편제되었다. 청산에서 멀지 않은 곳이며 동학 교세가 탄탄한 지역이었다. 후지타 부대의 임무는 일본군 병참선을 공격하는 동학농민군 진압에 있었다. 대구, 김천에서 올라와 청산으로 가는 길목에 오리동이 있었기 때문에 일본은 편의상 그렇게 기록하고 있다.(도움말: 박맹수(자료의 오리동은 현 공수리의 오리곡을 뜻하는 듯))

15. 스기야마 도라키치와 도쿠시마 병사의 대화, 『동학농민전쟁과 일본 -또 하나의 청일전쟁』, 51쪽, 나카츠카 · 이노우에 · 박맹수 저, 한혜인 역, 모시는사람들, 2014.
16. 김석중이 기록한 『토비대략』에는 당시 동학군의 수를 3만~4만 명 또는 8만~9만 명으로 기록하고 있다.
17. 12월 11일, 12일의 영동(당시 황간) 용산 장터의 싸움은 양쪽에서 많은 희생자를 냈는데 경리영 참모관 이윤철 등은 시체도 발견되지 않았다. 독자들은 이윤철의 죽음을 기억해 두시라.
18. 『토비대략』 국역총서 3, 401쪽. 김석중은 보은까지 동학군을 쫓아가 12월 17~18일 양일에 걸쳐 일본 구와바라(상원桑原)부대, 미야케 부대와 함께 북실에서 2,600여 명을 죽였다고 보고했다. 김석중은 다음 해 안동 군수로 부임하러 가던 길에 의병 이강년에게 체포되어 살해되었다.
19. 『국역총서』 7권, 양호우선봉일기 510쪽.
20. 『정순철 평전』, 도종환, 충북 옥천군 정순철기념사업회, 75쪽.(『천도교회사』 초고, 우윤 해제 『동학농민전쟁연구자료집(1)』, 349쪽 재인용).
21. 일본은 청의 간섭 없이 조선을 삼키기 위해 1894년 7월 23일(양) 경복궁을 무력으로 점령해 고종을 포로로 삼은 뒤 조선 독립을 구실로 7월 29일(양) 아산에서 청과 첫 전투를 벌였다. 일본의 교활한 속셈은 당시 외무대신이었던 무네미스의 기록에 잘 드러나 있다. '일 · 청의 충돌을 고의로 추진토록 하는 것이 오늘의 급선무이므로 이를 단행하기 위하여는 어떠한 수단이라도 취하도록 할 것이며….' 『건건록』, 무네미스, 명륜당, 1980, 112쪽.
22. 1894년 10월 27일 밤에 인천 병참 총감에 도착한 전보 명령은 다음과 같았다. "동학당에 대한 처치는 엄렬함을 요한다. 향후 모조리 살육할 것" 『동학농민전

쟁과 일본』, 나카츠카 아키라 외, 모시는사람들, 2014, 77쪽.

23. 1856~1931 경기도 광주 출신으로 1883년 동학에 입도. 동학농민혁명 당시 중앙에서 황색 깃발은 든 손병희의 오른쪽에서 경기, 충청, 강원을 망라한 20여 포를 지휘하며 백색 깃발을 들고 함께 투쟁했다. 3·1운동 때 33인 중의 한 사람으로 참가하여 투옥되었다가 후에 만주에 가서 해월의 아들 최동희를 도와 독립운동에 참여한다.
24. "경기재판소에서는 옥수 위생시키는 데 등한하야 옥수 30여 명이 요사이 주려 죽을 지경이라니. 사람이 죄가 있으면 죄는 주려니와 죄인이 주려 죽게 하는 것은 나라 법률에 크게 손상한다고들 한다더라." 〈독립신문〉 1898.9.7(양력)
25. 해월신사 수형전후실기, 조기간, 『신인간』, 1927.7.
26. 당시 처형자의 시체는 사흘 동안 효시했다가 3일 후 내다 버리게 되어 있었는데 갑오년 12월 12일 영동전투에서 사망한 경리병 이윤철의 아들 이문재 삼형제가 아버지의 원수를 갚겠다고 교형장 뒤뜰로 넘어 들어가 해월의 뒷머리를 몽둥이로 크게 내리쳐 훼손시키고 전신을 구타하다가 포졸에게 발각되어 옥에 갇히는 신세가 되었다. 〈독립신문〉 1898년 7월 26일(양).
27. 1900년 경기도 여주군 금사면 주록리 천덕산으로 이장.
28. 〈김낙철역사〉 '花開於扶安 結實於扶安'.
29. 49일 기도 대신 음식 차리지 않는 간단한 의례를 통해 하늘과 하늘을 모시고 있는 자신에 정성을 드리는 절차.
30. "처교한 죄인 동학괴수 최시형을 고등재판소에서 사진을 박여 각도 각군에 회시하야 경중하라고 훈령 한다더라", 〈매일신문〉, 1898.
31. 함께 잡혔던 여주 사람 황만이(39세)는 태 100에 종신형, 영동 사람 송일회(33세)는 태 100에 10년 형을 받았다. 옥천 사람 박윤대(53세)는 체포에 도움을 주었다 하여 방면되었으나 김연국에게 20냥을 받아 해월에 전하려고 경무청에 들어갔다가 다시 잡혀 태 100에 15년 형을 받았다. 이들은 5개월 뒤 각각 15년, 7년, 10년으로 감형되었다. 황성신문, 1898.12.13.
32. 일제는 강점기에 팔음산에 질 좋은 흑연이 있다는 것을 알고 나서 강점 기간 내내 악착스럽게 흑연을 파내어 갔다.
33. 〈황성신문〉, 1907.7.12.
34. 〈황성신문〉, 1908.6.25.
35. 장지락(김산, 님 웨일즈 아리랑의 주인공), 고준석(아리랑고개의 여인의 작가/김사임의 남편), 정지용(향수), 박헌영, 이현상, 김단야, 조봉암, 이승엽, 조운, 조명희, 권오

실, 이관술, 김성숙, 이주하, 최창익, 한설야, 최익한…. 숱한 젊은이들이 3·1 운동으로 영혼의 눈을 뜬 뒤, 일본에 가서 사회주의를 접하게 되었다. 이들 대부분은 사회주의를 독립의 방편으로 손에 쥐고 해방 이후까지 끝끝내 변절하거나 타협하지 않고 투쟁했다. 친일로 돌아선 많은 기성세대와 달리 일제를 마지막까지 괴롭힌 건 그들이었는데 일제는 패망 후 쫓겨 가면서 미군정에게 그들 사회주의자를 조심하라는 충고를 잊지 않았다.

36. 그는 1984년 이후 일본의 최고액권인 1만엔 화폐 도안으로 등장.

37. 일본은 동학군 집단 살육을 시작으로 1945까지 아시아 태평양 여러 섬에서 2천만 명이 넘는 사람들을 무참히 학살하거나 죽음으로 몰아넣었다.(『1894년, 경복궁을 점령하라』, 나카츠카 아키라, 푸른역사, 233쪽, 1만원 화폐 도안으로 등장.)

38. 『朝鮮雜記』 1896.4. 『田中正造全集』, 이와나미서점, 283쪽 참조. "동도대장(東道大將=전봉준)은 각 부대장에게 명령을 내려 약속하기를 적을 상대할 때 우리 동학농민군은 칼에 피를 묻히지 아니하고 이기는 것을 으뜸으로 삼으며, 어쩔 수 없이 싸우더라도 적의 목숨만은 해치지 아니하는 것을 귀하게 여길 것이며, 진실로 다른 사람의 물건을 해쳐서는 아니 되며… 등의 명령을 내린다. 동학에 대한 해월의 가르침이 죽임에 있지 않고 살림에 있기 때문이다."

39. '녹두장군' 전봉준과 다나카 쇼조의 '공공적' 삶, 박맹수.

40. 윤극영은 방정환과 처음 만났던 상황을 ① 정순철이 있는 것(1965 소파 아동문학전집) ② 정순철이 없는 것(1973.5.15 한국일보 '나의 이력서') 두 가지로 기록을 남겼다. 『정순철평전』, 도종환, 정순철기념사업회. 윤극영이 정순철을 후에 삭제한 것은 월북, 납북인에 대한 언급이 금기 사항이었기에 뺀 것으로 보인다.

41. 橫濱市 編纂係, 〈橫濱震災誌〉5책, 1927, 431쪽.

42. 〈지지신문〉, 1894.10.30.

43. 경시청 관계자가 '뻔뻔스러운 놈'이라고 비난한 것에서 힌트를 얻어 일본 권력이 말하는 바 '불령선인'이 조금도 뻔뻔하고 무례하지 않다는 것을 일본 민중에게 알리고자 이름을 그렇게 정했다.

44. 다테마쓰는 후일 조사 과정에서 그들을 특별 대우했다는 이유로 야당의 공격을 받아 사직서를 제출했다.

45. 후에 그는 『운명의 승리자 박열』을 펴내기도 했다. 일제는 후일 그를 식민지법 위반과 치안유지법 위반으로 투옥시키고 변호사 자격을 박탈했다. 그의 기념비에는 '살아서는 민중과 함께, 죽어서도 민중을 위하여'라고 적혀 있다. 정부는 일본의 쉰들러로 알려진 그에게 2004년 건국훈장 애족장을 수여했다. 『후

세 다츠지』, 도서출판 지식여행, 2010.

46. 후미코는 형무소를 옮긴 지 석 달 반, 검거된 지 3년이 되던 1926년 7월 23일 새벽 목을 맨 시체로 발견되었다. 『가네코 후미코』, 야마다 쇼지, 정선태 옮김, 도서출판 산처럼, 2003. 화장된 그녀의 유골은 그녀의 희망대로 박열의 고향인 문경읍 팔령리에 묻혔다. 2003년 문경시 마성면의 박열기념관 뒤로 이장 때 유골함이 없어 진토만 옮겼다.
47. 동학혁명 이후 해월이 체포되기 직전까지 3년여 동안 평안도, 함경도의 동학도들은 악착같이 해월을 찾아다니며 설법을 들었는데 1902년 전후 서북지방은 '집집마다 동학이요 사람마다 주문을 외운다.'는 말이 있을 정도로 동학의 세가 강했다.
48. 일본인 검열 담당 곤도(近藤)는 그들이 6년 동안 발행한 『개벽』 72호 중 절반인 35호를 압수했다. 압수된 책들은 리어카에 실려 경찰서로 가서 작두로 잘린 뒤 폐기 처분 되었는데 그때마다 김기전은 리어카를 뒤쫓아 가며 통곡했다고 한다. 개벽사는 그 외에도 『어린이』, 『신여성』, 『별건곤』, 『신인간』, 『학생』, 『혜성』, 『제일선』, 『신경제』 등 쉴 틈 없이 한국의 근대화를 위해 노력했다.
49. 최신복은 오빠생각을 쓴 최순애의 오빠로 1929년에 개벽사에 입사해 『어린이』, 『학생』, 『소년』의 편집을 맡으며 방정환을 도왔다. 정순철이 지은 '호두기'의 작사자이기도 하다.
50. 짝자꿍은 1929년에 간행된 갈닢피리에 수록.
51. 셋째 손씨 부인은 해월과 10년 간 부부의 인연을 맺었다. 해월과 44년 간 부부의 인연을 맺었던 첫째 손씨 부인과 13년의 인연을 맺었던 둘째 김씨 부인의 비석이라도 함께 세워야 한다는 천도교 내부 여성들의 주장은 아직 받아들여지지 못하고 있다.
52. 2014.7. 중국국가당안국(檔案局) 1934년 만주국 경무지도관으로 자원한 오오노 타이지(大野泰治)전범자백서 공개(www.onbao.com)/ 그는 패전 전까지 중국인 654명을 살해하고 14명을 강간했으며 724명을 고문했다. 포로의 뇌를 먹기도 했고 임산부의 배를 가르기도 했다고 자백했다.
53. 『아사카와 다쿠미 평전』, 다카사키 소지, 김순희 옮김, 효형출판, 2005.
54. 박창해는 우리나라 최초의 국어 교과서 '바둑이와 철수'의 집필자다.
55. 정순철 장남 정문화(1926~) 옹의 회고.
56. 『해월 최시형가의 사람들』, 최정간, 웅진출판, 307쪽.
57. 김기전, 『신인간』, 1942.11, '성지로부터 성지로: 용담정에서.'

58. 소춘 김기전 인터뷰, 『신인간』, 1927.9, '대신사 수양녀인 80노인과의 문답'.

59. 『현대사 아리랑』, 김성동, 동녘, 2010, 23쪽. 경북 김천 출신 김단야의 아버지는 조국 해방을 위해 애쓰는 아들을 5년 만에 만나고 그 느낌을 '어쩐지 꼭 자갈 위에 핀 해당화만 같다.'고 표현했다. 그러나 아들의 모습을 '깊이 보고만 싶었던' 아버지는 아들의 죽음을 오랫동안 알지 못한 채로 살았다.

60. 앞의 책, 최정간, 308쪽.

61. 마지막 총독 아베 노부유키(阿部信行, 1875-1953)는 패전 후 한반도를 떠나며 "우리는 비록 전쟁에 패했지만 조선이 승리한 것은 아니다. 장담하건데 조선인이 제정신을 차리고 옛 영광을 되찾으려면 100년이 더 걸릴 것이다. 우리 일본은 조선인에게 총과 대포보다 더 무서운 식민 교육을 심어 놨다. 조선인들은 서로 이간질하며 노예적 삶을 살 것이다. 그리고 나 '아베 노부유키'는 다시 돌아온다."라고 말했다. 그의 손자가 현 일본의 아베 수상이다. 최근 아베는 일본의 무장을 금하는 평화헌법 9조를 개정하여 군사 강국이 되겠다고 벼르고 있다. 2014년 12월 아베 수상과 박근혜 대통령은 한미일군사정보공유 약정을 체결했다. 아베는 한반도에 문제가 생기면 자국민 보호를 위해 한반도에 군대를 파견하겠다고 공언했으며 미국은 그를 환영한다고 발표했다. 2015년 9월 17일 일본 참의원에서 아베 신조 정권이 제출한 '안보법안'이 6분 만에 날치기로 통과됐다.

62. 38선은 1945년 8월 11일, 백악관 옆의 아이젠하워 빌딩 지하실에서 미국 육군성 작전국 정책과 찬스 본스틸 3세(CHARLES H. BONSTEEL III) 대령과 딘 러스크(DEAN RUSK) 대령이 내셔널 지오그래픽 지도를 가져다 놓고 자기들 마음대로 일제의 무장해제를 위해 미군과 8월 8일 대일 선전포고를 한 소련군과의 작전 범위를 잠정적으로 나눈 선이었다.

63. 안두희는 1년 뒤 석방되어 군에 복귀, 고속 승진을 하여 소령으로 예편. 이후 군납품업으로 부를 쌓았다.

64. 미국의 26대 대통령 루스벨트는 "나는 일본이 조선을 차지하기를 바란다."며 한반도 강점의 지원금으로 일본에 7억 엔(14조원)을 주었다. 캐롤 카메룬 쇼, The foreign Destruction of Korean Independence, 서울대출판부. 2007.

65. 일본의 외무대신 무쓰 무네미쓰는 『건건록』에서 '미국은 종래 우리나라(일본)에 대하여 가장 우의가 두터웠고, 가장 호의를 가진 나라'라고 했다.(김태욱 역, 명륜당, 1988, 80쪽) 36년간 일본에게 강점을 당한 한국이, 가해국이며 패전국인 일본에 대해 어떤 요구도 하지 못하고 있을 때 일본의 구렁이는 슬쩍 담을 넘

어가버리고 말았다. 인류 역사상 가장 잔인한 부대라고 알려진 일본의 731부대(마루타부대) 관계자들은 미국과 정보를 공유한 대가로 대부분 무죄판결을 받고 천수를 누렸다. 미국은 현재 메릴랜드의 FORT DETRICK 부대에서 세균전을 위한 생물무기 연구를 계속하고 있는 것으로 알려져 있다.

66. 최정간, 앞의 책, 309쪽.

67. 1950년 8월 포항여중 앞 벌판에서 전사한 국군 제 3사단 소속 소년병 이우근(李佑根)의 호주머니에서 나온 일기.

68. 청산면 면의회 회의록, 1952-1961, 신한서(전 청산면장).

69. 강만길, 성대경, 『한국사회주의운동 인명사전』, 창작과비평사; 김성동, 『현대사 아리랑』, 동녘, 2010; 고준석, 『아리랑고개의 연인』, 도서출판 한울; 동덕여자중학교동창회, 『동덕인』, 2014; 조동식이 설립한 동원여자의숙과 동덕여자의숙을 병합해 동덕여학교를 설립한 손병희는 민족의식을 고취하기 위한 많은 열정을 교육에 쏟아부었다. 알려지지 않았지만 3·1운동 후 수감되었던 오정화, 1930년 시내만세소요사건으로 수감되었던 안갑남, 고옥경, 박선숙, 한정희, 허복록, 홍옥인, 노동조합 파업투쟁을 하다 옥고를 치른 이효정, 해방 뒤 남조선민주여성동맹에 가입해 여성운동을 했던 이순금, 김재선, 김영원, 조선공산당 재건 사건으로 수감된 박진홍, 경성노조 적색독서회 사건으로 구속된 이종희, 김정순, 이경선, 임순득 등 많은 동덕여고(출신) 여학생들이 조국의 독립을 위해 사회주의자가 되었고 구속되어 일본 경찰의 모진 탄압을 받았다. 해방 후 일본의 탄압은 고스란히 미군정의 탄압으로 이어졌고 대다수의 젊은 이들은 월북을 선택하게 되었다. 그러나 월북 후 상당수가 숙청 대상이 되었다.

70. 용담정 아래 살았던 최해발(1933~) 씨는 중학 다닐 때부터 용담정을 오가며 최윤을 지켜보았다고 한다. 어려움을 당한 사람들이 찾아오면 목욕재계하고 정갈한 상을 차리고 정성껏 치성을 올려 주었다고 한다. 나이가 들었어도 뽀얀 피부가 고왔고 마을에 내려올 때는 정갈한 옷차림과 흐트러짐 없는 자세로 여중군자(女中君子)라는 소리를 들었다고 한다. 4일장을 치를 때에는 가까이서 멀리서 그녀를 기리는 많은 사람들이 참여했다고 한다.

연표

■ 한국사·동아시아사

● 청산

연도(간지)	날짜·내용
1827 정해	3월 21일 경주 황오리에서 해월 최시형 탄생하다
1845 을사	최시형, 밀양 손 씨와 혼인(19세)하다
1860 경신	4월 5일 수운, 동학 창도하다
1861 신유	●최시형, 수운을 찾아가 입도(35세)하다
1862 임술	■진주 등 전국각지 민란 성행하다
1863 계해	8월 14일 수운, 최시형에게 도통 전수(37세)하다
1864 갑자	3월 10일 수운, 대구장대에서 순도(41세), 최시형, 高飛遠走하다
1871 신미	3월 10일 이필제, 영해 교조신원운동 일으키다
	■신미양요 일어나다
1872 임신	수운 첫째아들 양양, 옥에서 장형 받다가 사망하다
1873 계유	12월 9일 수운의 부인 박 씨, 별세하다
1874 갑술	최시형(48세), 김 씨와 단양에서 결혼하다
1875 을해	1월 24일 최시형 아들 덕기, 출생하다
	수운 둘째아들, 사망하다
1876 병자	■강화도조약 체결되다
1877 정축	●9월 6일 정주현 출생하다
1878 무인	●10월 18일 최시형 딸 최윤 출생하다
1882 임오	■임오군란 일어나다
1884 갑신	■갑신정변 일어나다
1885 을유	■거문도사건 일어나다
1887 정해	●최시형 아들 덕기 결혼, 최시형 부인 김 씨 사망하다
1888 무자	●최시형(62세), 손소사(26세)와 결혼하다
1889 기축	●10월 최시형 첫째 부인 손 씨 사망하다
1890 경인	●최시형 셋째 부인 손 씨, 아들 동희 낳다
1892 임진	10월 공주교조신원집회, 11월 삼례교조신원집회 개최하다
1893 계사	2월 11일 광화문상소집회 개최하다
	●최시형, 청산으로 이사, 아들 덕기 사망하다
1894 갑오	●최윤(17세)과 손씨 부인 등 청산관아 투옥되다

연도(간지)	날짜·내용
	3월 20일 무장기포, 25일 백산 결진하다
	3월 25일 호남창의대장소(백산), 4대강령, 12개조 군율 선포하다
	4월 7일 황토현 전승, 23일 황룡천 승전(경군 격파), 27일 전주성 함락하다
	5월 7일 동학군과 관군, 전주화약 체결하고 동학군 집강소 활동하다
	6월 21일 일본군, 경복궁 강제 점령, 23일 청일전쟁을 도발하다
	7월 충청도, 경상도, 강원도, 황해도 동학군 본격 기포하다
	9월 10일경 전봉준 재봉기를 위해 전라도 삼례에 대도소를 설치하다
	9월 29일 카와카미 소로쿠 병참총감, 동학당 전원 학살 명령하다
1895 을미	3월 29일 전봉준 최경선 손화중 김덕명 성두환 등 처형되다
	●최윤, 정주현에게 늑가하다
	■8월 20일 일본군인과 낭인 경복궁을 점령. 명성황후 살해하다(을미사변)
1896 병신	■아관파천 시행되다
1897 정유	●최시형, 둘째아들 동호 얻다
	■10월 12일 대한제국 선포하다
	12월 24일 손병희(37세), 최시형으로부터 도통을 이어받다
1898 무술	6월 2일 해월, 한양 육군형장에서 교수형으로 순도하다
1899 기해	●방정환 출생하다
1901 신축	●9월 13일 정순철 출생하다
	김연국 체포, 손병희, 일본으로 가다
	■이재수의 난 일어나다
1902 임인	●정지용, 옥천에서 출생하다
1904 갑진	■2월 8일 러일전쟁(일본군 뤼순군항 기습공격) 일어나다
	김연국, 감형 석방되다
	●최시형 장남 최동희(15세), 일본으로 유학하다
1905 을사	■7월 29일 카쓰라-태프트 밀약 체결되다
	■11월 17일 일본과 강제로 을사조약(늑약) 체결하다
	12월 1일 손병희, 동학을 천도교라는 근대종교로 개신하다
1906 병오	손병희, 일본에서 귀국하다
	■2월 1일 일제, 통감부 설치하다(초대 통감 이토 히로부미)
1907 정미	●최시형 장남 최동희, 홍영과 결혼하다
	수운과 해월(최시형), 정부로부터 신원되다
1909 기유	●최윤과 정순철, 서울 가회동 79번지로 이주하다
	■안중근, 의거하다
1910 경술	■한일강점 시작되다

연도(간지)	날짜·내용
1911 신해	■청, 멸망하다
1914 갑인	●최시형 차남 동호, 오순화와 결혼, 동희(25세), 일본서 귀국하다
	■7월 28일 제1차 세계대전 발발하다(오스트리아, 세르비아에 선전포고)
1916 병진	●최동희, 중국으로 가다
1917 정사	●방정환, 손병희 3녀 용화와 결혼하여 가회동 집에서 생활하다
1918 무오	●5월 정순철(18세), 황복화(1902년 생)와 결혼하다
	■11월 11일 제1차 세계대전 종결되다
1919 기미	3 · 1운동 후 손병희 투옥되다
	●순철, 보성고보 졸업, 순열 출생하다
	■고종, 서거하다
1920 경신	『개벽』 창간되고, 방정환 일본 특파원으로 가다(9월)
1921 신유	●9월 가회동 집 처분하고 손씨 부인 청주로 낙향하다
1922 임술	●5월 19일 의암, 환원하다
	●최동호 사망, 정순철, 일본으로 유학하다
1923 계해	●색동회 발족하고 어린이날 제정, 『어린이』지 창간, 방정환 귀국하다
	■9월 1일 동경 대지진 일어나다
1924 갑자	●정순철, 귀국하여 독창회 갖다(토월회 주관 기독교청년회관에서)
1925 을축	●정순철, 노래 짝자꿍 발표, '길잃은 까마귀' 매일신보 갑상 수상하다
1926 병인	●정순철 장남 정문화 출생, 조선문예협회 대음악회 참여하다
	■6 · 10만세운동 일어나다
1927 정묘	●정순철, 동덕여고 재직(1938년까지), 최동희, 상해에서 병사하다(고려혁명당)
	■경성방송국 방송 시작하다
1928 무진	●색동회, 세계아동예술전람회 개최하다(천도교회당)
1929 기사	●정순철, 동요작곡집 『갈닢피리』 출간하고, 조선시가협회 조직하다
	■광주학생운동 일어나다
1930 경오	●최윤, 딸과 김연국 있는 신도안 행, 정순철 2남 봉화, 출생하다
1931 신미	●방정환 타계, 최윤, 경주 용담정으로 가다
	■만주사변 일어나다
1932 임신	●정순철, 동요집 『참새의 노래』 엮음, 정순철 3남 기화 출생하다
	■이봉창, 윤봉길 의거하다
1933 계유	●정순철, 『어린이』에 노래 잘 부르는 법 기고하다
1934 갑술	●정순철 장녀 정경화, 출생하다
1935 을해	●정순철, 동덕여고보 생도와 라디오 방송하다(합창, 제창)
1936 병자	●망우리 아차산 봉우리에 방정환 묘지 만들다

연도(간지)	날짜·내용
1937 장축	●손씨 부인, 김연국 처소에서 타계(75세), 정순철 2녀 영화, 출생하다
	■중일전쟁, 난징대학살 일어나다
1939 기묘	●정순열 결혼, 정순철, 두 번째 일본 유학 떠나다
	■9월 1일 제2차 세계대전 발발하다(독일 폴란드 침공)
1941 신사	●정순철, 귀국, 정순철 4남 윤화 출생하다
	■12월 7일 아시아태평양전쟁 발발하다(일본군, 진주만 기습)
1942 임오	●정순철, 중앙보육학교(중앙대 전신)에서 근무하다
1944 갑신	●김연국 타계하다(88세)
1945 을유	■8월 15일 광복 맞이하다. 천도교청우당 재건 부활(이북 47년)하다
1946 병술	●정순철, 졸업식 노래 작곡, 정순철 3녀 홍심, 출생하다
1947 정해	●정순철, 노래동무회 활동(~1950), 무학여고 근무하다
1948 무자	●정순철, 성신여고 근무, 종로구 삼청동 35-59로 이사하다
	김기전 행방불명되다(북에서 단독 총선 반대중)
	■남북총선위해 UN위원단 도착, 제주4·3항쟁 일어나다
1949 기축	■6월 김구 암살되다
1950 경인	●정순철, 납북되다(중도 사망 추정)
	■6·25 전쟁 일어나다
1953 계사	■휴전협정 체결되고 남북 분단되다
1956 병신	●3월 1일 최윤, 별세(79세), 경주 수운묘 근처에 묻히다
1988 무진	●월북납북인사 해금되다
1994 갑술	동학농민혁명 100주년 맞아, 동학에 대한 관심 고조되다
2004 갑신	3월 5일 동학농민혁명 참여자 등의 명예회복에 관한 특별법 의결되다
2008 무자	●제1회 옥천 짝자꿍 동요제 개최되다
2011 신묘	●『정순철평전』 발간되다(도종환)
2014 갑오	10월 11일 동학농민혁명120주년 기념대회 서울에서 개최되다

주요 등장인물과 가족관계

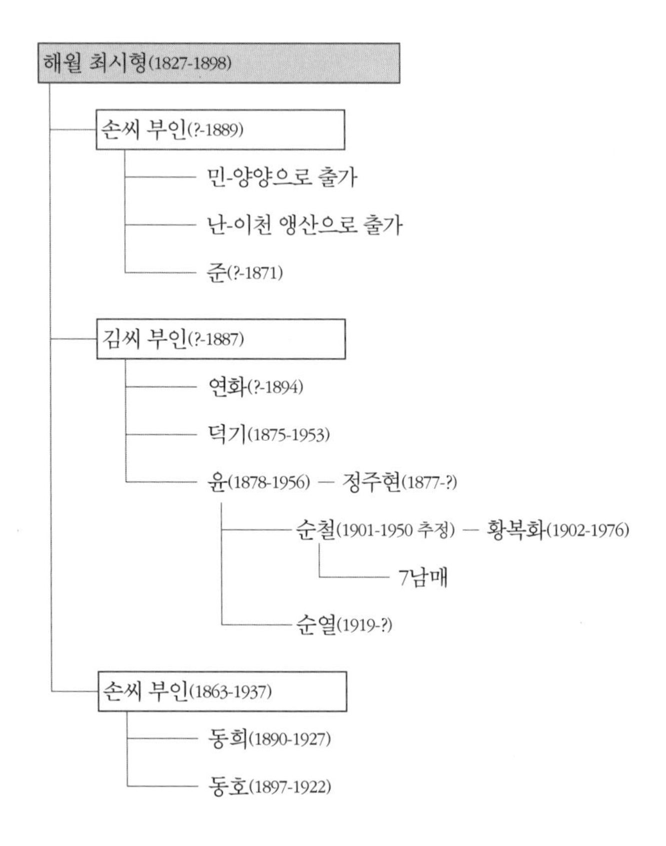

* 해월의 첫째 부인 손 씨는 딸 넷을 낳았다고 하지만 사료에 드러난 것은 둘뿐이고 이름도 알려지지 않아 민, 난이라 칭했다. 준과 연화는 입양한 자식이다. 김씨 부인이 낳은 딸 최윤과, 윤이 낳은 정순철이 이 책의 주요인물이다.

해월 최시형 등 판결선고서(현대글로 옮김)

강원도 원주군 평민 피고 최시형 72세

경기 여주군 평민 피고 황만이 39세

충청북도 옥천군 평민 피고 박윤대 53세

충청북도 영동군 평민 피고 송일회 33세

피고 최시형과 황만이와 박윤대와 송일회의 안건을 검사 공판에 따라 이를 심리하니 피고 최시형은 병인년(1866; 실제 최시형이 최제우를 찾아가 입도한 것은 신유년(1861)이다-역자 주)에 간성에 사는 필묵상인 박춘서라 하는 사람에게 이른바 동학을 전해 받아 선도(善道)로 병을 치료하며 주문으로 신을 받는다 하고 각도의 여러 지역을 두루 돌아다니며 시천주조화정 영세불망만사지라는 13자 주문과 지기금지원위대강(至氣今至願爲大降)이라는 8자 강신문(降神文)과 동학원문 제1편 포덕문과 제2편 동학론과 제3편 수덕문과 제4편 불연기연문과 궁궁을을이라는 부적으로 인민을 선동하며 도당을 조직하고, 또 이미 죄를 받아 사형당한 최제우의 만년지상화천타 사해운중월일감(萬年枝上花千朶 四海雲中月一鑑)이란 시구를 받들어 외며 법형법제(法兄法弟)라 부르며 성심공경의 뜻으로 법헌(法軒)이라 불리며, 해월이라는 도장을 만들어 교장과 교수와 집강과 도집과 대정 중정 등 두목을 각 지방에 만들고, 또 포와 장이란 모임 장소를 만들어 도인 대중을 모아 수만 명으로 계획을 짠 것이다. 먼저 벌을 받아 죽은 최제우를 신원(명예회복)한다는 구실로 지난 계사년(1893)에 동학도 무리 수천 명으로 대궐 밖에서 상소를 하다가 돌아가 해산하고, 또 보은 장내리에 많은 사람을 모아 놓았을 때에 순무사의 설명을 듣고 각자 돌아갔는데, 갑오년(1894) 봄이 되자 피고의 도당 전봉준과 손화중 등이 고부 지방에 무리들을 불러 모아 폭풍처럼 봉기하여 관리들을 죽이며 성을 함락시켜 호남과 호북의 지역이 쑥대밭이 되는 지경에 이르니 피고가 차에 지시하고 함께한 일은 없다고 하나 난리가 난 단계와 그 뿌리를 파헤쳐 보면 피고가 주문과 부적으로 사람들을 꾀어 냄에 있다 할 것이다.

피고 황만이는 지난 갑오년 5월에 동학도 임학선의 꾀임을 받아 입도하여 집으로 돌아갔다가 작년(1897) 7월에 또 임학선의 말을 듣고 경상도 땅에 온 대종 선생을 마땅히 보지 않으면 안 된다며 도망 중인 최시형을 찾아가 만나고 생선을 대접하였고, 피고 송일회는 갑오 4월에 동학에 들어와 최시형이 청산군에 기거할 때 한 번 찾아가 만난 후 올(1898) 정월에 평소에 가까운 동학도 박윤대의 거처에서 최시형이 이천군에 거처함을 풍문에 듣고 옥천사람 박가에게 말했던 바, 경무청 관인에게 체포되어 박윤대와 눈짓으로 길을 이끌어 원주에서 최시형을 포획하게 하였고, 피고 박윤대는 동학에 입도하여 최시형의 사위 김치구 집에 고용되었다가 경무청 관인에게 체포되어 송일회와 함께 길을 안내하여 원주에서 최시형을 체포하게 하여 이런 이유로 석방이 되었음에도 돌아가는 길에 평소에 친한 동학도 박치경을 만나 그에게 부탁을 받고 엽전 20냥을 가지고 경성에 돌아와 최시형에게 식비를 조달할 목적으로 경무청에 왔다가 다시 체포된 사실이 있다.

이러한 사실들은 피고 등이 스스로 인정한 바 확실하므로 이를 법에 비추어 피고 최시형은 대명률 제4편 이단사술금지(사도로써 정도를 어지럽히는 좌도난정)의 죄를 범하였고 또는 부적을 가슴에 지니고 향을 살라 무리를 모았으며 밤에 모이고 새벽에 흩어지는 모임을 계속하면서 선한 일을 닦는 듯이 위장하였으며 어리석은 백성들을 선동하여 그 우두머리가 된 죄목으로 교수형에 처하고, 피고 황만이는 같은 법조항에 따른 종범으로 태형 100대와 종신 징역에 처하고, 피고 송일회는 같은 법조항에 따른 종범으로 태형 100대와 종신형에 처할 만하나 피고 최시형을 포획할 때에 앞에서 인도한 공로가 없지 않으니 법에 따라 2등을 덜어주어 곤장 100대와 징역 10년에 처하고, 피고 박윤대는 같은 법조항에 따라 종범으로 곤장 100대와 징역 종신에 처할 만하되 최시형을 체포할 때에 인도한 공로가 없지 않은즉 송일회와 마찬가지로 2등을 덜어 줄 것이나 최시형이 옥에 갇혔을 때 식비를 조달하려 하였으므로 1등만을 덜어 곤장 100대, 징역 15년에 처하노라.

광무 2년 7월 18일
고등재판소 검사 윤성보 검사 태명식 검사시보 김낙헌 입회선고
고등재판소재판장 조병직
판사 주석면
판사 조병갑
예비판사 권재운
예비판사 김택
주사 김하건

* 최시형은 1898년 7월 18일(양력)에 교수형 판결을 받고 이틀 뒤 처형되었다. 심상훈은 해월의 체포를 주도했으며 그 사돈이자 동학농민봉기의 원인이 되었던 조병갑은 최시형 재판의 판사로 참여했다.

여성동학다큐소설 청산편

해월의 딸, 용담할매

등 록 1994.7.1 제1-1071
1쇄 발행 2015년 11월 30일
2쇄 발행 2018년 2월 5일

지은이 고은광순
펴낸이 박길수
편집인 소경희
편 집 조영준
디자인 이주향
관 리 위현정

펴낸곳 도서출판 모시는사람들
03147 서울시 종로구 삼일대로 457(경운동 수운회관) 1207호
전 화 02-735-7173, 02-737-7173
팩 스 02-730-7173
인 쇄 (주)상지사P&B(031-955-3636)
배 본 문화유통북스(031-937-6100)
홈페이지 http://www.mosinsaram.com

값은 뒤표지에 있습니다.
ISBN 979-11-86502-30-3 03810

이 도서의 국립중앙도서관 출판시도서목록(CIP)은 e-CIP 홈페이지(http://www.nl.go.kr/ecip)에서 이용하실 수 있습니다.(CIP제어번호: 2015029173)

여성동학다큐소설을 후원해 주신 분들

(사)모시는사람들
(주)들판
Arthur Ko
Gunihl Ju
Hyun Sook Eo
Minjung Claire Kang
Sohyun Yim
강대열
강민정
고려승
고영순
고윤지
고인숙
고정은
고현아
고희탁
공태석
곽학래
광양참학
구경자
권덕희
권은숙
극단 꼭두광대
길두만
김경옥
김공록
김광수
김근숙
김길수
김동우
김동채
김동환
김두수
김미영
김미옥
김미희
김민성
김병순
김봉현
김부용
김산희
김상기
김상엽
김선
김선미
김성남
김성순
김성훈
김소라
김숙이
김순정
김승민
김양보
김연수
김연자
김영란
김영숙
김영효
김옥단
김용실
김용휘
김윤희
김은숙
김은아
김은정
김은진
김은희
김인혜
김재숙
김정인
김정재
김정현
김종식
김주영
김지현
김진아
김진호
김춘식
김태이
김태인
김행진
김현숙
김현옥
김현정
김현주
김홍정
김환
김희양
나두열
나용기
노소희
노영실
노은경
노평희
도상록
동학언니들
라기숙
류나영
류미현
명연호
명종필
명천식
명춘심
명혜정
문정순
민경
박경수
박경숙
박남식
박덕희
박막내
박미정
박민경
박민서
박민수
박보아
박선희
박숙자
박안수
박애신
박양숙
박영진
박영하
박용운
박웅
박원출
박은정
박은혜
박인화
박정자
박종삼
박종우
박종찬
박찬수
박창수
박향미
박홍선
방종배
배선미
배은주
배정란
백서연
백승준
백야진
변경혜
서관순
서동석
서동숙
서정아
선휘성
송명숙
송영길
송영옥
송의숙
송태회
송현순
신수자
신연경미
신영희
신유옥
심경자
심은호
심은희
심재용
심재일
안교식
안보람
안인순

양규나
양승관
양원영
연정삼
오동택
오세범
오인경
왕태황
원남연
위란희
위미정
위서현
유동운
유수미
유형천
유혜경
유혜련
유혜정
유혜진
윤명희
윤문희
윤연숙
이강숙
이강신
이경숙
이경희
이광종
이금미
이루리
이명선
이명숙
이명호
이문행
이미경
이미숙
이미자
이민정
이민주
이병채
이상미
이상우
이상원
이서연
이선업
이수진
이수현
이숙희
이영경
이영신
이예진
이용규
이우준
이원하
이유림
이윤승
이재호
이정확
이정희
이종영
이종진
이종현
이주섭
이지민
이창섭
이향금
이현희
이혜란
이혜숙
이혜정
이희란
임동묵
임명희
임선옥
임정묵
임종완
임창섭
장경자
장밝은
장순민
장영숙
장영옥
장은석
장인수
장정갑
장혜주
전근순
정경철
정경호
정금채
정문호
정선원
정성현
정수영
정영자
정용균
정은솔
정은주
정의선
정인자
정준
정지완
정지창
정철
정춘자
정한제
정해주
정현아
정효순
정희영
조경선
조남미
조미숙
조선미
조영애
조인선
조자영
조정미
조주현
조창익
조청미
조현자
주경희
네오애드앤씨
주영채
주진농씨
진현정
차복순
차은량
천은주
최경희
최귀자
최균식
최성래
최순애
최영수
최은숙
최재권
최재희
최종숙
최철용
하선미
한태섭
한환수
허철호
홍영기
황규태
황문정하
황상호
황영숙
황정란

여러분의 후원에 감사드립니다.

이름이 누락된 분들은 연락주시면 이후 축간되는 여성동학 다큐소설에 반영하겠습니다. / 전화 02-735-7173